〔韩〕千明官◎著

薛舟　徐丽红◎译

고래

鲸

重庆出版集团　重庆出版社

第一部　码头

工厂

后来，那个人称"红砖女王"的女砖瓦工被设计大剧场的建筑师首次公之于众。她的名字叫做春姬。战争结束那年冬天，她被某个女乞丐生在马厩里。降生的时候，她的体重已经达到七公斤，不到十四岁就超过了一百公斤。她是哑巴，封闭于自己的世界，孤独地成长，跟着继父文学会了烧砖。经过那场烧死八百多人的大火灾，她以纵火犯的身份被逮捕，关进了监牢。囹圄岁月很残忍，经历了漫长的牢狱生活，她回到砖瓦厂。当时她的年龄是二十七岁。

夏日正午，无限亲近地球的太阳热得似乎能熔化钢铁，身穿蓝色囚服的春姬站在砖瓦厂的中央。院子中间的水泵早就干涸了，只有沿着铁管流出的红色铁锈水清晰地留在地上。砖窑周围的地面被粗鲁的男人们踩硬了，马齿苋、大蓟和高耸的野艾蒿等杂草钻出地面，茂盛地生长，互相纠缠。尤其是飞蓬草，宛如包围城墙的士兵，总是密密麻麻地环绕着工厂。趁着主人不在，它们悄悄侵入里面，不知不觉占领了整个工厂。所谓工厂建筑，只不过是横向排列的几座砖窑，以及木板和石棉瓦混合而成的房子。春姬离开工厂的日子里，建筑物彻底倒塌粉碎了。粉碎的砖窑缝隙、房子的地板、爬满黑苔藓的波浪状石棉瓦房顶上面，仍然盛开着飞蓬草。这是自然的法则。

春姬赤脚站在从前奔跑玩耍的院子里。水泵旁，曾经茂盛的白杨树从根部断了，成了腐朽的树桩，没有了树叶，取而代之的是成串胖嘟嘟的秀珍菇。昔日弥漫在工厂的工人的汗味和喧哗声都消失了，只有春姬独自站在宽阔的院子里。回来后，春姬慌乱的目光始终追随着曾经魂牵梦萦的风景，努力寻找人的痕迹，却已被久远的岁月风雨冲刷得干干净净，无影无踪了。

人生就是不停地擦拭堆积的尘埃。

这是与春姬同关在一间牢房的女囚的话。满脸雀斑的她用放入氰化钾的食物毒死了丈夫和两个女儿，被判了死刑。狱友们都叫她氰化钾。直到被判死刑之前，她仍然不停地打扫和擦拭牢房里的灰尘。同牢的囚犯们挖苦她说，没几天活头的死囚还打扫什么卫生啊。氰化钾一边用抹布擦地板，一边作出了上面的回答，随后又补充说："死亡也没什么大不了，无非就是落满灰尘罢了。"春姬无法准确理解这句话的含义。不知道为什么，那天她走向变成废墟的房子，突然想起了氰化钾说过的谜团般的话语。

盛夏的烈日在头顶炙烤着大地。她感觉头晕,停下了脚步。远处的铁路下面,经过天桥通往砖厂的狭窄入口已经被杂草覆盖,早就看不出痕迹了。刚才她穿过入口处的草丛,裤子沾上了泥土和草汁。每迈一步,趾甲脱落的大脚趾上不停地渗出鲜血,打湿了松软的黄土。工厂遗留的砖头早已被村子里的淘气包劈成了几半,散落在地。几天前下过雨,地面出现了很多小水坑,孑孓在水坑里迎着烈日轻轻蠕动。

春姬走上廊台,上面铺着厚厚的灰尘。狗尾草从破碎的廊台缝隙里探出头来。推开折叶脱落的房门,阴暗的房间里散发出刺鼻的霉味,混合着动物排泄物的气味和蛋白质腐烂般令人作呕的气味。不一会儿,春姬的眼睛就适应了黑暗,房间里的风景映入眼帘。落满灰尘的衣物就像干巴巴的老鼠尸体,滚落在断裂的衣柜旁。墙壁上到处都长满了黑色的霉点,撕裂的壁纸诡异地悬挂在房间中央的天花板上。春姬看了看房间里的风景,经过折断的外层门,走进了厨房。厨房里的景象更是凄惨,天花板和墙壁都被烧成了黑色。搁板和灶台塌了,腐水满地。放在灶台上的锅不知丢在哪里,不见了。破铁锅和烧剩的木柴乱糟糟地堆在原来的灶坑位置。她有种错觉,仿佛闻到了不知从哪里传来的刺鼻的烟味和香喷喷的饭味,忍不住抽了几下鼻子。不一会儿,冰冷的霉味就萦绕在她的鼻尖,厨房的每个角落都感觉不到温度。

推开通往院子的厨房门走出来,远处的火车正好呼啸而过。她朝着砖窑走去。她被警察逮捕离开工厂之后,时常有人推着手推车从邻村来到工厂，拉走无主的砖块，修补封堂①或灶台。后来，附近的淘气包们常常聚集而来，摆弄着剩不了几块的砖头。有用的砖头都没了，从此以后就没有人再到工厂来了。每天夜里只有狐狸和獾子等野生动物在附近徘徊，寻找食物。人迹断绝的工厂里杂草丛生，西边飞来的尘土堆积起来，渐渐抹除了人迹。

走进砖窑，冰冷气息迎面扑来。不同于外面的是，砖窑里的景象没有太大变化。阳光从倒塌的窑缝里渗透进来，幽深如洞窟的砖窑内部仍然不停地冒着冷气。春姬坐在地上，靠着窑壁。汗水浸湿的后背碰到冰冷的墙壁，她不由自主地闭上眼睛。酷热难耐，似乎连昆虫都不做声了，周围阒寂无声。

堆满红砖的工厂庭院的风景出现在眼前，分不清是梦还是现实。童年时代在砖块间蹦蹦跳跳的情景也历历在目。仿佛听见养父催促工人的喊声，仿佛看见浓妆艳抹的妈妈笑吟吟的脸。忘了什么时候跟着妈妈去电影院看过的某个电影场面也在眼前若隐若现，枪声、马蹄声，掺杂着金发女人的夸张尖叫声，乱糟糟地回荡在耳边。她在监狱的时候，经常跟在后面极尽折磨之能事的教导官低声耳语"巴克夏"的声音似乎也传到耳边。这是英国地名，也是起源于此地的猪的名字。春姬始终都不知道这句话是什么意思。后来这名教导官被春姬撕破了脸，面部肌肉全部脱落，只能戴着铝合金面具过活了。作为女人，春姬从他那里受到了难

---

① 不铺设地板，地面为泥土的房间。——译注

以启齿的折磨，如今也都成了过去。痛苦变得模糊，她已经离开监狱，回到了衰落的砖厂。

耳边又隐隐传来火车经过的声音，像是幻听。她追着白蝴蝶，奔跑在飞蓬草之间。草叶划过赤裸的小腿，隐隐作痛。她连这种疼痛也分不清是梦还是现实。蝴蝶转眼飞上天空，渐渐远去。

火焰在熊熊燃烧。男人们在窑前往里塞煤炭，粗壮的胳膊青筋暴起，汗流满面。窑里散发出的热气和火焰使得他们的脸涨得通红。每次填入煤炭，就有深红色的火花像花瓣似的飞出窑洞。春姬坐在砖窑前，注视着火花。隔着红蓝交织的熊熊火焰，砖块渐渐熟透，变成红色。炽热的火焰让脸滚烫，呼吸也变得急促，但是春姬却动不了。火焰越来越猛烈，红彤彤的舌头伸出了窑外，仿佛马上就要把她吞噬。如果继续坐在这里，也许会被吸入砖窑，转眼间被火熔化。必须赶快起身逃跑，她的心里这样想着，身体却像被沉重的石头压住了，纹丝不动。砖窑附近做事的男人们谁也没有注意春姬。春姬冲着他们呼喊，干燥的喉咙里只是流淌出奇怪而微弱的呻吟。火焰到达春姬面前，火光摇曳。终于，巨大的火焰扑向春姬的脸。她竭尽全力，站起身来。

从睡梦中醒来，春姬身上的蓝色囚衣被汗水湿透了，散发出煮牛饲料似的热气。转眼间，睡觉时透过倒塌的砖窑缝隙照射进来的阳光已经挪了位置，正射向她的脸。喉咙干燥，晒得黝黑的脸热乎乎的，像着了火。她想站起来，可是浑身无力。她用胳膊撑地，艰难地挪到阳光照射不到的地方。她连鞋也没穿，只是穿着囚衣。漫长的牢狱岁月，原来穿的衣服不知丢到什么地方了，最后只能穿着在监牢里穿过的囚衣出狱。她闭上眼睛，喘了几口粗气，靠坐在砖窑旁。

九天前，走出监狱大门，她不知道自己该去往何方，只是本能地朝南走。离开监狱所在的城市，看到铁路的时候，她才意识到自己是在走向砖厂。然后，她就沿着铁路向前走。到了夜里，靠在铁路附近的墓地睡上片刻。肚子饿了，她就找到峡谷下面的泉水，喝到肚子饱了为止。偶尔，她也会捞起藏在冷水中的火蜥蜴吃，或者从铁路附近的桑田里摘桑葚。脚上很快就起了水泡。水泡破了，露出红色的血肉。她索性脱掉鞋子，赤脚步行。顶着盛夏的烈日沿铁路前行，实在不是容易的事情。但是，她不想遇到人，尽可能不离开铁路。快到繁华城市火车站的时候，她就离开铁路，绕过城市。

第三天，她的脚绊上了木头支柱，大拇趾趾甲脱落，殷红的鲜血流个不停。她把脚贴在滚烫的铁道上，从脚尖蔓延到全身的刺痛反而令她感觉清爽。夏日的雷阵雨过后，被阳光晒得滚烫的身体降了温，不过湿漉漉的囚衣紧紧裹住身体，走路更吃力了。

她庞大的躯体缓慢却不停歇地向南挪动。出发后的第七天早晨，她终于隔着铁路看到了犹如火车般横向排列的砖窑。远远看到砖厂的瞬间，空荡荡的肚子里突然涌起了什么，喉咙哽咽了。她坐在铁轨旁，茫然地俯视着砖厂。这些天来，她只是本能地觉得自己应该回到工厂，却不知道回去之后该做些什么。

春姬把头转向铁路对面，远处山脚下的坪岱映入眼帘。宛如曾经繁盛后来衰落的古代城市，坪岱被晨雾笼罩，隐隐地露出轮廓。距离很远就格外引人注目的是高高耸立在建筑物之间的剧场，看起来就像庞大的鲸鱼为了呼吸而从深海浮出水面。这座模仿鲸鱼而建的剧场由春姬的妈妈金福亲手设计。令人眼花缭乱的剧场招牌和剧场前面拥挤不堪的人们，以及卖零食的路边小贩的身影浮现在春姬的脑海。很久以前，剧场失火的时候，这些繁荣的风景全部消失了。整个剧场被火焰包围，巨大的火焰气势汹汹，直冲天空。全城的消防车都出动了，还是无法控制住熊熊的火焰。人们都退开很远，注视着仅凭一个女人的力量成就的巨大荣耀消失在火焰之中。火焰转向隔壁的市场，最终把坪岱变成了废墟。春姬坐牢期间，人们纷纷离开了没有希望的受诅咒之地，再也没有回来。火车站废弃了，无人的坪岱埋藏在自然的循环中，正在渐渐逝去。

春姬离开砖窑，走向水泵。首先要喝点儿水。长满红锈的水泵已经干枯，看样子不可能出水了。橡皮垫裂开了，不知道还能不能正常运转。她走进厨房，拿着烧焦的汤锅，在附近找水。很快，她就在开向铁路的入口处发现了小水沟。顽强冒出地面的水蓼下积着温水。她小心翼翼地把水舀进汤锅。工厂的位置原来就在沼泽地。为了填平沼泽，她的妈妈往里倒了很多很多的石子和泥土。当时觉得这个举动有些草率，后来，她的全部努力都得到了砖厂几十倍的回报。

水满了。春姬拿着汤锅，把水倒进水泵，迅速压了几下。水很快就消失在水泵里，只发出刺耳的风声。需要更大的水桶。她在工厂附近转来转去，寻找合适的容器，却在附近草丛里意外地发现了个大铁锅。正是厨房里那口大锅，还以为丢了。虽然已经生了锈，一只把手掉了，但是哪儿都没破。只要除去铁锈，应该还能派上用场。

很久以前，春姬的妈妈曾经在这口大铁锅里为工厂里的男人们煮面条。夏天，春姬的妈妈宰了拴在白杨树上的小狗崽，用这口大铁锅做狗酱汤。煮狗酱汤的日子里，整个工厂从清早就格外热闹。春姬的妈妈在院子角落里堆起砖块，架上大锅，开始烧水。工人们一边做事，一边悄悄地瞥着大锅那边，从早到晚都垂涎欲滴。当狗酱汤的味道终于弥漫整个工厂，太阳落山的时候，男人们带着满脸羞涩的微笑，聚集到大铁锅旁。春姬的妈妈一边和男人们开着暧昧的玩笑，一边给他们每人盛上一勺汤。他们汗流满面，哧溜哧溜地喝着热乎乎的汤。那时候，家里总是有很多好吃的东西，日子过得很充裕。

春姬把汤锅拿到水沟边，舀起地上的水，倒进大铁锅里。连续舀了几十次，大铁锅里才装满了水。舀水的时候，春姬感觉到草丛里有股邪气。果然不出所料，她翻开茂盛的杂草丛，一条粗大的猫眼蛇正从草丛爬向水沟。春姬迅速抓住蛇的尾巴，用力扔在地上。猫眼蛇轻轻地痉挛一阵，长长地贴在地面。春姬不再理会猫眼蛇，双臂抱住大锅，用力举了起来。她的双腿摇摇晃晃。从水沟到水泵距离并不是很远，然而她已经九天没怎么吃东西，身体疲惫不堪，想要搬起铁锅并不容易。一百多斤的铁锅里装满水，两名壮汉抬起来也很吃力。

春姬四次放下大铁锅休息，总算把铁锅搬到了水泵旁。她往水泵里装满了水，再次去压水泵。水很快就消失得无影无踪，陈旧的橡皮垫发出风声。大铁锅里的水都被吞掉了。她疲惫至极，差不多已经放弃的时候，终于有了起色。压水泵的手指尖传来沉重的感觉，红色的锈水流过之后，凉爽的地下水流淌出来。春姬先用嘴巴对准水泵口，喝了很久很久。凉水沿着食道进入胃肠，那种战栗感蔓延至全身。春姬气喘吁吁地坐了一会儿，然后站起身来，脱去了单薄的囚衣。

赤裸裸的庞大身躯犹如水牛，暴露在盛夏的烈日之下。虽然几天没吃东西，但是被教导官称做"巴克夏"的身体仍然保持着一百二十公斤的体重。不过，春姬并不像大多数肥胖女人那样耷拉着腹部或臀部的赘肉。长期劳动锻炼出来的粗壮的胳膊和宽阔的肩膀，令人联想到男运动员，黝黑的皮肤使她看起来更加结实。她个子很高，将近一米八，又有橡树桩似的粗壮双腿支撑着她庞大的身体，的确很引人注目。年近三十还没有生过孩子，甚至连怀孕都从未有过，乳房依然坚挺。

春姬在大铁锅里接了水，用汤锅舀水，泼上热乎乎的身体。冷冰冰的地下水碰到身体，因为炎热而疲惫不堪的身体赫然被惊醒，春姬情不自禁地发出呻吟，开始在水泵旁边洗澡。

春姬反复揉搓着自己的肌肤。没有得到任何人爱抚的肌肤，像命运凄凉的主人公，被囚禁在囚服中，跟随她跋山涉水，最后又回到这个砖厂。虽然已经被太阳晒得黝黑，而且伤痕累累，不过她的皮肤仍然保持着弹性。春姬像是在自慰，温柔而隐秘，却又执著地擦拭着全身的每个角落。洗澡的时候，她想起了文的面孔。很久以前，继父文让体重将近一百公斤的她站在水泵旁，一边给她洗澡，一边说："春姬呀，你这两条粗腿可以比任何人都更有力地战胜泥土，你这两条粗胳膊可以比任何人搬运更多的砖石，这是你的福分。"

文教会了她烧砖的方法。他的眼睛渐渐瞎了，谁也没有发现。后来，他又在深深的孤独中独自迎来凄凉的死亡。春姬突然感到茫然失措，停下了擦拭身体的手。她没有哭。花了很长时间洗澡之后，她像和面似的认真地洗净脱在旁边的囚衣，晾在草丛上面。

从远处峡谷里吹来带着冷气的风。她闭上眼睛，体会着从庞大裸体上舔过的风。好久没有这么清爽的感觉了。她的敏锐感觉通过沐浴得到了恢复，感觉到了混合在风中的峡谷里的阴湿气息，感觉到了藏在峡谷下面的岩石缝里沉睡的野貉的腥味，感觉到了经过原野时沾染的野草的芬芳。终于回到应该回到的地方了。她安下心来，慢慢地摆脱了长久以来的紧张。

不一会儿，气喘吁吁地坐在水泵旁的她又感觉到了暂时遗忘的饥饿。她去了刚才舀水的水沟，拿回刚才被她抓住的猫眼蛇。蛇还没死，缠在她的胳膊上蠕动。这条蛇身体肥厚，足足有三尺多长。她用牙齿咬断蛇的喉咙，剥去蛇皮，露出了白花花的肥厚身体。尚未消化的青蛙和飞虫还留在胃肠。用水洗去血迹之后，春姬卷起蛇的身体，从头顶开始大嚼起来。她用牙齿咬下蛇肉，嚼了很长时间，油腻的香味充满了口腔。肉汁吸尽，她吐出了剩下的骨头渣。就这样，她坐着慢慢地吃光了整条猫眼蛇。用水冲过从蛇腹取出来的青蛙，也塞进了口中。

空了很久的肚子里有了肉，肠胃立刻开始蠕动，作呕的感觉油然而生。自从在监狱门口从一位老妇那里得到了一块豆腐，这几乎是她九天以来第一次吃东西，作呕也是理所当然。她勉强咽下沿着喉咙涌上来的食物。胃里终于平静下来。她用凉水漱了漱口，站起身来，穿上了还未晾干的囚衣。她用手撕掉了破碎的裤腿。她穿上湿漉漉的囚衣，茫然环顾四周。终于，她慢慢地走向起居室。砖窑附近爬来爬去的黄鼠狼看到她，张皇不迭地逃到草丛里去了。飞蓬草上嬉戏的黄蜻也连忙拍打翅膀，为她让路。

工厂的主人归来了。

鬼物

这个漫长的故事开始于在坪岱经营汤泡饭餐馆的老妇人。早在春姬出生之前，这位老妇就死了。两个人相距遥远，互不知道对方的存在。谁知道呢，这些故事说不定就是复仇剧。老妇真能如愿以偿地复仇吗？没有人能够给出答案。记得她的诅咒的人早已经不在人世，她的故事发生在遥远的昨天——第一辆火车进入坪岱的时候。

汤泡饭餐馆位于火车站附近偏僻的角落里，专门以外地人和体力劳动者为对象，卖汤泡饭和马格利酒。餐馆由罕见的丑陋老妇独自经营。她其貌不扬，一辈子在厨房做事，练就了精湛的厨艺，客人络绎不绝。有一年冬天，老妇去市场买菜，滑倒在门口的冰面上。老妇冲着自己造成的冰发起了牢骚："哪个该死的臭婆娘把洗菜水泼到别人家门前。"一边嚷嚷，她一边站了起来。

故事就从这里开始。就像昔日掠过坪岱山谷的风，很轻。

那天夜里，老妇的腰臀疼得难以忍受。她以为在热乎的地方躺上片刻就好了，于是往灶坑里塞了几根平时舍不得用的柴火，然后钻进了脏兮兮的被窝。直到第二天早晨，腰还是没好，反而更疼了，疼得连动都动不了。几年前老妇被邻村来抢钱的盗贼毒打半夜，第二天也照常起床做事。这次，她预感到不妙了。

　　老妇躺了一整天，连饭也做不了。直到太阳落山，她才艰难地坐了起来。不管感冒多么严重从来没吃过药的老妇，几乎是连滚带爬地走进火车站门前的药铺，买了药，回来又躺下了。从此之后，老妇再也没有起来。早在很久以前，老妇的骨关节就千疮百孔，弱不禁风了。这次摔倒在冰面，骨头彻底碎成了几十块。然而乡下出售劣质药的药铺老板和无知老妇不可能知道这些。

　　直到七天后，那些在火车站前租房子、到山间干活的工人们才来到汤泡饭餐馆，想暖暖从早到晚在山里受冻的身体。他们发现了老妇。别的客人看见餐馆里熄了灯，只是往里看看，嘀嘀咕咕地转身走了。只有他们太想念热乎乎的汤，一边叫着老妇，一边打开了房门。看到纹丝不动躺在房间里的老妇，他们还以为她死了。老妇在黑暗的房间里嚼着结冰的冷饭团，坚韧地维持着生命。原本就所剩无几的牙齿又掉了几颗。

　　后来，住在隔壁的寡妇偶尔喂她吃几口凉饭，帮她倒掉尿缸。老妇动弹不了，只能卧床不起。没过多久，她的后背和阴部就生出了疮，房间里充满了秽物的气味和肌肤腐烂的味道。寡妇本来就性格不好，而且没什么人情味，每隔几天探头往里看的时候，都会责怪老妇："哎哟，这么大年纪了，怎么还拉这么多屎""吃得也不多，这屎到底从哪儿来的呢?"再过些日子，连她也很少来了，尿缸里的污物漫溢出来。老妇经常几天吃不上东西，骨瘦如柴的肉体渐渐腐烂。这是社会的法则。

那段日子，本来冬天不该来的蜜蜂飞来了，黑压压地笼罩在坪岱的上空。人们吓得浑身发抖，都说是发生大变故才会这样。没多久，一个女人出现在村口。更为可怕的是，这个女人还是独眼龙。她手里拄着拐杖，脸上没有皱纹，洁净如白玉。不知怎么回事，她的头发却是花白的。因为女人从小吃了太多蜂蜜的缘故，所以人们无法猜出她的年龄。

女人赶着蜂群，缓缓地走向老妇的汤泡饭餐馆。村里的人们跟在她的身后。她告诉那些人说，她是老妇的女儿。人们害怕这个独眼女人怪异的外貌，更害怕被围绕在她脑袋周围的蜜蜂蜇伤，纷纷用畏缩的声音小心翼翼地说话，应该赶快送医院才行、干红花对褥疮有效果等。独眼女人把人们赶出了家门，她说，"我的妈妈，我知道怎么办"。人们走了，她用唯一的眼睛盯着映着浓浓的死神影子的老妇的脸。后来女人告诉人们，把她变成独眼龙的罪魁祸首就是老妇。这似乎是真话。当时，她们母女已经分别了二十多年。

故事往上追溯。很久以前，长相丑陋的老妇在出嫁之后非但没能得到新郎的怀抱，反而饱受虐待被驱赶出门。老话"红颜薄命"也变得苍白无力了。后来她也没有找到自己的另一半，三十多岁还寄人篱下，再后来终于进了某个大户人家的厨房。那双深陷的老鼠眼只能让人知道那是眼睛的位置，贫瘠的脸颊和矮塌塌的蒜头鼻怎么也找不出可爱的模样，两条短腿和矮小的个子，再加上笑起来就露出满口腐烂的黑牙，就连那里的老奴才都不肯多看。夏天，单扇门、横推门都敞开着，内裤从里面露出来，也没有哪个男人越过门槛。面对着她的丑陋，"破鞋也能成双"都成了空话。

她做女仆的那户人家有个独生儿子，偏偏是个傻子。有人说他刚出生时摔下廊台，脑袋撞在台阶上面就变傻了。也有人说他小时候吃了太多的茸，变成这个样子。还有人说他在娘胎里就是个傻子。正如世界上大多数的傻子一样，关于他的出生也有种种不同的说法。不管他的出生是怎么回事，这个傻子到了十几岁还分不清你我，也不分场合随处躺倒，随处大小便。看来他的确是个傻子。不但需要有人伺候他吃饭穿衣，还需要有人伺候他洗澡，甚至上厕所。负责这件事的人就是嫁不出去的可怜的老处女。尽管当时有着严格的男女之别和等级制度，然而傻子毕竟是傻子，没有哪个男人愿意多看的丑陋老处女服侍这样的傻子，也没有人觉得有什么不妥。

傻子长到十五岁的时候，出了个问题。不是因为别的，而是因为他的巨大阳物。也许是为自己的智力只停留在三四岁孩子的水平而感到委屈，他的阳具不停地生长，就像五六月的丝瓜。到十五岁的时候，长度已经达到一尺。

　　当然了，大也不是什么缺点。不管是哪个女人，都会乐得合不拢嘴，应该算是某种福气吧。世界上的男人那么多，如此宝贵的东西偏偏长在这个不解云雨更不懂阴阳调和之道的傻子身上，不管怎么想，都只能归结于造物主的恶作剧了。

　　三十多岁从来没有享受过男人怀抱的纯真老处女，初次目睹这种惊人的威容，她的心情会是怎样呢？我们在现实生活中从没见过一尺多长的奇物，自然很难想象她受到的刺激。我们只能猜测，面对那个巨大的怪物，她恐怕会瞠目结舌吧。

　　是的。坐在浴桶里搓完身上的灰，傻子站起来的时候，老处女张大了嘴。以前也觉得傻子的那个东西很特别，不过整个冬天都没洗澡，这期间也就没注意到他的阳物在飞速成长，而且那天他也不知道为什么那么兴奋，青筋暴起的阳具就在她眼前，展示着不折不扣的威容。我们可以想象嫁不出去的可怜老处女会受到怎样的打击。她突然感觉眼前模糊，瞠目结舌，坐着尿出了尿。这是条件反射。

　　凡是有生命的存在，理所当然都要生育和繁殖。不管她有着多么罕见的丑陋外貌，毕竟也是带着两个 X 染色体出生的雌性，看到那么特别的雄性奇物，怎能不受打击？她浑身颤抖，脑子里产生了各种诡异的想法，下身燥热至极，长长地叹了口气。

老妇和傻子之间后来发生的就是雌雄之间发生的寻常故事。尽管单纯至极，却还是被添油加醋，通过人们的嘴巴和耳朵不断传播，最终变得与全世界任何有关"合宫"的故事都没什么两样了。如果非要说有什么特别之处，那就是可怜的老处女为了不让自己接受世间少有的傻子鬼物时情不自禁的呻吟传出门外，就用床头的抹布塞住了嘴。

原来每到太阳落山就入睡、一直睡到公鸡打鸣、中间被人背走都浑然不觉的老处女，突然找出种种借口深更半夜随时出入傻子的房间。有时说要倒尿缸，有时说要换喝的水。最先发现的人是与她同室的厨房小丫头。那天白天，她一边做酱曲，一边趁厨娘不注意偷偷往嘴里塞煮熟的豆子，最后开始拉肚子，一趟一趟去茅房，直到凌晨。经过傻子房间门口的时候，她听到不知从什么地方传来野猫的叫声，这才明白同室的老处女近来为什么总是魂不守舍。

几天后，她跟在附近做厨房丫头的老乡见面，小心翼翼地说了这件事。放到传送带上的悄悄话很快就自动膨胀为像模像样的煽情故事，经过整个村庄，传到了邻村。传来传去，最后悄悄话传进了夫人的耳朵。这时距离老处女和傻子在浴桶里发生第一次肌肤接触已经四个月了。这是谣言的法则。

那天老处女又藏在傻子的房间里，做着快活事。突然，门重重地开了，一群年轻长工闯了进来，抓住老处女的头发，拖出去扔在地上。老处女这才明白，一切都完了。不一会儿，院子里亮起火把，脸色铁青的夫人出现了。赤裸裸的可怜老处女蜷缩在庭院中间，等待着处罚。突如其来的躁动惊醒了下人们。他们纷纷跑出房间，环绕在老处女四周。夫人脸上的肌肉轻轻颤动，狠狠地盯着像碗刷似的蜷缩在地上的丑陋老处女。尽管自己的儿子是傻子，然而在等级森严的社会里，这也是她想都不愿去想的耻辱。夫人夺过佣人手里的棒槌，高高举起。她打算砸碎这个卑贱女人的脑壳。别看夫人年近五旬，冲天的愤怒使她完全有能力砸碎老处女的脑壳。

正在这时，意外发生了。房间里的傻子哭着冲了出来。他不知道老处女为什么被拖出去，喊着她的名字跑进了庭院。当然，他也像老处女那样赤裸着身体。他的母亲，也就是夫人，和家里的下人们都是第一次看到悬挂在傻子胯下的巨大阳物。就像老处女第一次看到那个东西的时候一样，所有人都目瞪口呆。刹那间，夫人忘记了愤怒，厨房丫头们忘记了羞耻，男人们忘记了自己该做什么。

不一会儿，最先回过神来的夫人勃然大怒："你……你这丢人的德行！"几名老仆人这才想起自己该做什么，赶紧把傻子拖进房间。厨房的丫头们这才感到羞愧，纷纷大叫，同时用双手捂住脸，朝着厨房跑去。随后，夫人下达了严厉的命令：

"把这个该死的女人打成残废，从这个家里赶出去！"

她又羞又怒，连连咂舌，消失在里屋。随后，男人们的棍棒恶狠狠地落在老处女的裸体上。伴随着声声惨叫，老处女皮开肉绽。生来就难以糊口的他们不会有什么人情味或同情心。可怜的老处女一边尖叫，一边翻滚着赤裸裸的身体。虽然面目丑陋，但是看到皮开肉绽的女人做出的赤裸姿势，男人们还是忍不住兴奋起来，眼睛里闪烁着乖戾之气，握着棍棒的手更加用力。他们也判断不出夫人所说的"打成残废"是什么程度，所以在夫人下令停止之前不会住手。这是惯性的法则。

　　厨房丫环们通过厨房门缝向外张望。每打一下，她们都像自己挨打似的缩起身子，连连咂舌。若不是她们跑出去阻止男人们，这场残忍的毒打说不定会持续整夜。满脸通红的男人们终于停下来，难为情地干咳了几声，顾左右而言他。这时，不知是谁拿来了衣服，裹住血肉模糊的肉团。男人们抬起这个肉团，扔出了大门外。大家连连摇头，钻进了自己的房间。他们似乎想要忘记那天夜里的残忍场面。老处女像被雨淋过的稻草，无力地垂下头，靠在大门边，好像已经死了。她喘不上气来，鼻子和嘴巴不停地流血，打湿了地面。

　　第二天早晨，门房打开大门的时候，可怜的老处女已经消失不见。幸好她没有死，到某个地方过自己的生活去了。人们这样想着，回到了各自的岗位。这是下人们的法则。故事到这里似乎就结束了。

几天后，午夜已过，有人悄悄地躲进了傻子的房间。正是几天前被打成肉饼的老处女。她轻轻摇醒睡得天昏地暗的傻子。傻子睁开眼睛，老处女趴在他耳边小声说道：

"宝宝，要不要跟我一起洗澡？"

"我不想洗澡。"

傻子又要闭上瞌睡的眼睛。老处女把手伸进傻子的裤裆，轻轻揉搓他的阳物。"还不想吗？"

傻子笑呵呵地回答："嘻嘻，那我想洗澡。"

老处女带着傻子，悄悄走出门外。傻子嘀嘀咕咕地说，不在厨房洗澡，去哪儿呀。老处女还是连哄带骗地拉着他出了门。不一会儿，她把傻子带到了村前的大河边。傻子被足以引发恐惧的阴森水声和老处女不同寻常的眼神吓坏了，连连后退。

"好冷，我要回家。"

老处女迅速脱光了傻子的衣服，将他放倒在河边的草丛里，自己骑在上面。

"别动，宝宝，这才乖呢。"

周围漆黑，没有光线，只有哗哗的水声和两个人肌肤碰撞的声音。老处女的口里发出呻吟声。这回没必要拿抹布堵上嘴巴了。终于，老处女长啸一声，达到了高潮。不一会儿，她抓住气喘吁吁躺在地上的傻子的手，把他拉了起来。

"好了，现在该洗澡了。"

"好冷，我不想洗澡。"

"不行！那也得洗。"

老处女凶狠地瞪起眼睛。傻子无奈，只好被她拉着走进水里。几天前的大雨让河水暴涨，冷冰冰的水包围了他的腰。傻子害怕了，用力抓住老处女的手。老处女把傻子带进更深的水中。她的身后掀起了黑色的漩涡。

深夜失踪的傻子第二天早晨还没有回来，全家上下都乱套了。家里的亲戚朋友分散到四面八方，寻找傻子。直到两天以后，四五里之外的某个村庄，有个洗衣服的女人发现了漂浮在水面的傻子的尸体。当然，发现傻子尸体的女人也瞠目结舌。

独眼龙

几年后，几十里外的某个山村里，来了个带着年幼的女儿到处做杂活、勉强糊口的流浪女人。女人长得很丑，个子矮小，没有哪个男人愿意抬眼看她。她就是曾经和傻子亲热的可怜的厨房丫头。女儿当然是傻子的骨肉。傻子肿胀的尸体漂浮在下游村庄的那年冬天，老妇在别人家的灶坑前独自产下了女儿。幸运的是，傻子的女儿并不是傻子。乍看上去，根本就不像傻子。双眼皮，大眼睛看上去纯真、空洞，又显得有些漫不经心。

每当看到女儿那双让她想起傻子的眼睛，老妇就痛苦不堪。于是她就打女儿。细弱如筷子的小女孩，身上每天都有伤痕。每次挨老妇打的时候，女儿就蜷缩在角落里悲伤地哭泣，抬头望着老妇。这时候，那双楚楚可怜的眼睛更让老妇想起傻子。她仿佛看见傻子露出恐惧的眼神，朝着自己挥舞双手，听到他消失在水中的瞬间发出的喊声。

"讨厌，我不想洗澡。"

老处女为什么要把可怜的傻子推入水中呢？为了报复残忍毒打自己的主人家吗？还是为了永远记住人生中最幸福的短暂瞬间？我们不得而知。一切都沉入水底了。故事又从这里继续展开。

女儿七岁那年的冬天，老妇正在种植人参的富农家里做女仆。女儿总是要看主人的脸色，不敢踏进富农的家门，每天从早到晚在马圈旁的肥料堆前忍受着寒冷。唯一能让她感觉到温暖的是肥堆冒出的热气，尽管有时会被刺骨的寒风猛地吹散。最后，她把小小的身体埋在肥料堆里，只露出脑袋，分不清哪是肥料，哪是小女孩。

不知过了多久，女儿在肥料堆里睡着了。醒来时，她被扑鼻的甜美味道吸引，情不自禁地走出肥料堆，钻进了妈妈干活的厨房。看到衣服沾满牛粪的女儿，老妇大惊失色，赶忙挥起烧火棍说，要是让主人看见，就会被赶走了。可怜的女孩，大眼睛里充满了泪水。看到女儿的眼睛，老妇又想起了傻子的面孔。她突然觉得女儿很可怜。她让女儿坐在灶坑前，给她盛了一碗热乎乎的糖稀。女儿顾不上烫，狼吞虎咽地吃了个精光。坐在灶坑前烤了会儿火，身体也暖和了，浑身散发出肥料的味道。老妇在旁边的灶坑里点着火，开始在锅里烧水。等待水开的时候，女儿坐在灶坑前睡着了。看着女儿睡熟的样子，老妇感觉鼻尖发酸，后悔自己以前对女儿太过刻薄。

不一会儿，水开了，老妇在大浴桶里盛满水，叫醒女儿，脱去沾满牛粪的衣服。干巴巴就像烧火棍的身体上到处是鞭子抽打的痕迹和伤疤。老妇意识到自己以前对女儿是多么残忍，再次感到内疚，心里很不是滋味。然而不知为什么，她想给女儿洗澡的时候，女儿突然坚持不肯进浴桶，非常顽固。以前从来没有这样的事情，老妇伤心极了。好不容易想做回像样的妈妈，女儿却又不听话，这让她有点儿气愤。她高高举起烧火棍，瞪大眼睛说，如果你不赶快进去，我就打你。坚持不肯进去的女儿瞪圆了眼睛，盯着她喊道：

"讨厌！我不想洗澡。"

刹那间，老妇不由自主地用带着红色火星儿的烧火棍刺向女儿的左眼。短暂唤醒的对女儿的感情统统消失了，老妇又变成了从前的狠心妈妈。女儿鲜血淋漓，捂着眼睛放声痛哭。老妇一边搅拌糖稀，一边说道：

"臭丫头，让你在外面待着，你钻到这里来干什么？要是不快点儿出去，我就把你扔进灶坑。"

松木在灶坑里熊熊燃烧。

独眼龙女儿十三岁那年，村里开始修铁路。俗话说"破鞋也能成双"，这次终于应验了，或许是造物主心生恻隐，一个做搬运工的男人每天夜里都悄悄溜进老妇的房间。搬运工是个麻子，黝黑的脸就像玄武岩，长满了小洞。"看她屁股扭来扭去，就知道了"，村子里流言满天飞，老妇却不在意。原本粗糙如树皮的皮肤又焕发出光泽，就像新鸡蛋。细长的眼睛更细了。这是爱情的法则。

每天做完活儿，老妇立刻回家，对女儿威逼利诱，让她赶快睡觉，然后就脱下裙子钻进被窝，等待麻子男人的到来。这段日子也许是老妇生命中最幸福的时光，然而龌龊的命运并没有让这种幸福持续太久。

有一天，工作结束得晚，老妇深夜回家的时候，听见房间里传出奇怪的声音。隔着门缝往里张望，麻子男人正和自己的女儿赤裸裸地在被窝里纠缠。老妇走进厨房，低声哭泣，诅咒刻薄的命运。她没哭多久。很快，老妇拿起尖刀，静静地推开房门。麻子男人没有察觉老妇，仍然在女儿纤细的裸体上气喘吁吁。躺在男人下面的女儿发现了老妇，大惊失色，唯一的眼睛瞪得溜圆。老妇把手指放在嘴边，示意女儿不要做声。然后，她走到麻子男人背后，对准他宽阔的后背正中央，用力刺了下去。尖刀穿透肺部，麻子喉咙里发出阵阵风声。老妇双手抓住进去半截的刀，深深地插了进去，直到刀柄彻底插进男人的身体。麻子男人来不及出声，猛地一抖，趴倒在女儿身上。麻子嘴里吐出的鲜血染红了女儿的脸颊。女儿躺着，一声不吭，瑟瑟发抖。老妇扔下手里的刀，说道："还看什么呢，臭丫头，还不快点儿收拾，你打算就这么睡吗？"

那天夜里，母女俩用草席卷起麻子的尸体，埋在了铁路边。

女儿以为自己过不了多久也要死，吓得偷偷做起了逃跑的打算。其实她没有必要逃跑。麻子死后第二天，老妇就去了位于村子后面的偏僻山谷的窝棚里，找到了养蜂的老人。每年早春，老人就从南部尽头出发，辗转全国各地寻找蜜源，晚秋时节到达最北部。每年五月，他就来到坪岱，在胡枝花和栗子花开得漫山遍野的山谷里搭上窝棚，停留半个月左右，然后离开。

老妇对养蜂老人提了个建议，那就是用五桶蜂蜜和自己的女儿交换。条件是明天立刻把女儿带走，在她死掉之前不许出现在村子附近。养蜂人稀里糊涂地看了看老妇，说道：

"她能做什么？"

"做饭、洗衣服，你想让她做什么都可以。"

老妇看了看老人空荡荡的裤裆，冷幽幽地说道。

"这个嘛，一只眼睛的小女孩，不知道能派上什么用场……"

养蜂老人仍然迟疑不决。

"虽然只有一只眼睛，但是她能看到藏在远处树丛里的野鸡。现在看起来很小，不过女孩子成熟得很快，到时候就不一样了。"

老妇人连连摆手，驱赶着身边飞舞的蜜蜂。

"我还是不确定她值不值五桶蜂蜜的价钱……蜂蜜很贵。"

养蜂老人还是犹豫不决。最后，老妇在被蜜蜂蜇了八次之后，决定用两桶蜂蜜换自己的女儿，然后就离开了窝棚。第二天，养蜂老人拉着十三岁少女的手，离开了村庄。这是她们最后一次见面。从那之后的二十多年里，两个人再也没见过面。

　　故事又回到老妇腰部受伤、卧床不起的汤泡饭餐馆。老妇看了很久，这才看出独眼龙就是自己的女儿。老妇人猛然坐起，大声喊道，你这个臭丫头还有什么脸来这儿，赶快给我滚出去。独眼龙眼睛眨也不眨地说，我是来讨债的。老妇弄瞎了她的一只眼睛，又以两桶蜂蜜的价钱卖掉了自己，她要让老妇付出代价。老妇解释说，女儿的眼睛并不是自己的责任，把她卖给养蜂老人也是为她好。她说，这些年来你没饿着肚子，还不是我的功劳，再说像我这么个孤身老人能有什么钱。独眼龙说，我早就听说了，你有很多钱。正如独眼龙说的那样，早在很久以前，关于老妇藏了大钱的传言就在村子里传得沸沸扬扬了。

　　麻子男人死后，再也没有男人光顾老妇了。她开始攒钱。针线活和杂活不用说，连农田里的活也做。无事可做的时候，她就上山挖草药和野菜。普普通通的寒冷日子里，她连火也不烧，衣服多半靠捡破烂，或者是别人给的。世界上各种各样的肮脏艰辛的工作都属于她，她总是像虫子似的在地上爬来爬去。偶尔有年迈花眼的鳏夫看上她，她也会出卖自己的身体。二十多年来，她为了攒钱而付出了自己的全部。人们无法理解老妇，她无儿无女，也没有男人，攒那么多钱干什么呢。老妇只是简短地回答，"为了报复世界"。除此之外，她不再多说什么。人们觉得老妇是过得太辛苦，精神也不正常了。

几年前，邻村的几个盗贼听到传言之后来抢她的钱。他们整夜轮流践踏老妇，最后老妇也没有说出钱在哪里。她嘴里叼着嚼子，发出短促的呻吟，重复着和后来对女儿说的内容一样的话，"像我这么个孤身老人能有什么钱"。他们原打算抢钱之后杀死老妇，这是他们的法则。老妇身上的每个洞里都冒出污水，还是没有开口。他们不得不相信老妇的话了。他们觉得没有什么值得用生命去捍卫。最后，老妇因为没有开口而保住了性命。不过因为这件事，她的身体受了重伤。后来她经营这家汤泡饭餐馆，也是出于这个原因。

老妇的女儿看着老妇笑了笑，就像强盗们那样翻遍了每个可能藏钱的地方。她拿起老妇放在床头的尿缸扔在地上，污物泼了她一头，她连眼睛都没眨。翻了整天，也没有找到钱，她在老妇的床头做饭吃，威胁老妇说，如果不交出钱，就把老妇饿死。老妇也不甘示弱，用难以启齿的龌龊语言诅咒女儿。第二天，第三天，独眼女人继续执著地翻找家里的每个角落。天棚都翻遍了，还是没有找到钱。

该找的地方都找过了，没有发现钱的影子。独眼龙靠坐在墙角，瞪着老妇。老妇躺着，对女儿置之不理。突然，独眼龙想起有个地方自己还从来没有翻过，那就是铺在老妇身体下面的厚垫子。她推开老妇，想要翻开沾了脓血的脏垫子。老妇把垫子缠在身上，不肯松开。两个人发生了激烈的争夺。老妇几天没吃东西，腰还受了伤，当然不是女儿的对手。眼见自己力量不足，老妇便用所剩无几的牙齿去咬女儿的胳膊。老妇的牙齿咬在女儿胳膊上，鲜血直流。女儿失声尖叫，用力推开缠在自己胳膊上的老妇。咬在胳膊上的腐烂牙齿无力地碎了，老妇的头撞到墙上了。咔嚓，老妇的头盖骨破裂了。

独眼龙低头看老妇的时候，老妇已经瞪着眼睛断了气。老妇不是死于脊椎骨折，也不是死于褥疮，而是死于脑震荡。老妇的女儿看了看渐渐冷却的老妇的尸体，赶紧拿来刀，剪开了垫子。垫子里面果然藏着钱，可是数额远比独眼龙以及村里人想象中少得多。老妇的尸体就放在房间里，她又在家里翻了两天，再也没有找到钱。被老妇咬伤的胳膊肿了。独眼龙失望至极，最后把老妇的死告诉了隔壁的寡妇。她把垫子里的钱拿出小部分给了寡妇，拜托她为老妇举行葬礼，并且卖掉了老妇经营的餐馆。然后，她又赶着蜂群，白发飘飘地往南走去。

关于很久以前拉着独眼少女的手离开的养蜂老人，世间流传着许多谣言。每天傍晚，养蜂老人都用干净的溪水把少女洗得干干净净，带到窝棚里面，抱着她瘦弱的裸体睡觉。也许是他的性能力有问题，除此之外没有再做其他的事情。养蜂人不像妈妈那样毒打自己，偶尔还可以偷吃蜂蜜，少女觉得跟他生活也不错。但是，养蜂人居无定所，辗转山林，身体里总是充满寒气，很虚弱。

独眼少女十七岁那年秋天，连续下了几天的大雨，养蜂老人患了感冒，整天盖着草席在窝棚里面打寒战。听着养蜂老人牙齿打战的声音，少女通宵未睡。她撕了草叶，塞在耳朵里。那天夜里，养蜂老人离开了人世。

奇怪的是，养蜂老人死的时候，蜜蜂黑压压地扑在他的身上，形成了大大的蜂团。养蜂老人的尸体上面像是放了块大石头。蜜蜂就像跟马蜂作战那样贴在他的身上，迅速扇动翅膀。后来，老妇的女儿想从尸体上面赶走蜜蜂，然而那里滚烫，她像被火烧着了似的，吃惊地连连后退。后世的人们说，那些蜜蜂是想给养蜂人取暖。也有人说，那些蜜蜂因为失去照顾自己的主人而悲伤。还有人说，正是那些蜜蜂杀死了养蜂人。

少女

现在到了春姬的妈妈，也就是金福的世界。

来到坪岱之前，金福在双胞胎姐妹经营的酒馆里干杂活，同时寻找离开的借口。当时她二十五岁，已经阅人无数，对男人到了不厌其烦的地步。除了格外肥硕的臀部，她算不上引人注目的美女。然而走在路上却能让所有的男人都回头，这是因为她身上散发着某种气味。不过说是气味而已，气味又没有形态，那些走在路上忍不住回头看金福的男人们也不知道自己闻到的是桃子熟透的味道，还是马格利酒的酸味，还是悄悄躲进树林时闻到的山海螺的气味。这是无法具体形容的感觉，只能茫然地当成某种气味。它让男人们热血沸腾，烂醉如泥，蜂拥而至。它让男人们变得执著和野蛮，也让男人们大打出手，直到彼此血肉模糊。它让他们的血液猛烈地聚集到下身。有人说这是到达排卵期的雌性发出的雌性味道，也有人很有学问地说这是某种信息素。不管是什么名称，金福觉得这种气味使得自己的人生变得复杂。为了除去那种从胯下长出阴毛便开始产生的气味，只要有空，她就使劲清洗浑身上下每个角落，不管是冷水，还是热水。但是，原本就不存在的气味不可能洗掉。

金福的第一个男人是很久以前到她住的山村里卖鱼的小贩。每当快要忘掉他的时候，他就会出现在村子里。他在遥远的海滨城市捕捞黄花鱼和鲅鱼，放在三轮车上，赶到远离海洋的内陆深处去卖。他最后到达的就是金福生活的村庄。

鱼贩子到达金福她们村庄的时候，用盐腌过的鱼早已失去水分，发出刺鼻的臭味。鱼肉散落，化成了水，流到箱子下面。鱼头不知去了哪里，看不见了，很难找到形态完好的鱼。这个村庄十分偏僻，没有几户人家，鱼贩子常常不等到达金福所在的村庄，就中途返回了。很多老人只要闻到腥味就忘乎所以。尽管放了太多的盐，鲅鱼块已经与盐块无异，然而烤熟之后，他们还是一边咂着嘴巴，一边口是心非地说："哎呀，没什么吃头，味儿倒是挺冲。""不过就是那么点淡淡的味儿罢了，还能有什么好吃的？"他们嘴上这么说，还是不由自主地伸着脖子等待鱼贩子。

那天，鱼贩子把卖鱼换来的黄豆、小米、高粱等粮食和蕨菜、桔梗等蔬菜放在三轮车后面，打算离开村子。正在这时，不知从哪里传来了不同于鱼味的奇怪香气，随风飘来。不一会儿，一个身穿蓝裙子和白色小褂的小女孩手里拎着小包袱，迟迟疑疑地走了过来。借着三轮车的灯光看去，女孩的屁股很肥硕，即将摆脱少女的稚气。在鱼贩子眼里，她不仅仅是个小女孩。

"大叔要去哪儿?"

金福眯起眼睛，注视着鱼贩子。她的神情不像小女孩。与金福目光对视的鱼贩子转过视线，闷闷不乐地回答说：

"还能去哪儿。东西都卖光了，还得再去捞。"

"那是什么地方?"

"还能是哪里，当然是南部海边了。"

他意识到刚才令自己头晕目眩的独特香气正是来自面前的小女孩，不由得深感惊讶。

"离这儿远吗?"

"当然远了，要翻过好几座山才行。"

"那是很大的村庄吗?"

"当然很大，有几百个这样的村庄那么大。"

"那你能带我去吗? 没有从这里出去的车。"

"带你走不难，不过你得到妈妈允许了吗?"

"我没有妈妈。我和爸爸两个人生活，前不久爸爸也死了。"

"怎么死的?"

"喝酒后掉进水库淹死了。"

金福故意眼里含泪，鱼贩子心生怜悯，又问道：

"你跟我去海边做什么?"

"我想赚钱，还要找个男人。这里的男人都是老头子。"

金福神情唐突，抬头看着鱼贩子，回答道。

"也是，我看好像也是这样。"

那天夜里，鱼贩子让金福坐上三轮车，带她离开了村庄。天上挂着皎洁而圆润的满月。她对离开有生以来从未离开过的村庄感到恐惧。想到终于可以离开这个沉闷的村庄，她又忍不住兴奋起来。

这个时间，金福的父亲正蹲坐在封堂里打盹，等待出去买酒的金福回来。很久以前，金福的妈妈死于难产，他就成了每个夜晚都要独自与欲望作战的孤独雄兽。他对唯一的骨肉疼爱有加，然而当金福渐渐具备女人的体态之后，鳏夫的淫欲不由自主地转向了女儿。为了忘记欲望，他选择了喝酒。喝酒之后，不安的欲望更难控制。每当这时，他就跑到水库里，揪住自己的头发，诅咒肮脏的欲望和先行离开的金福妈妈。他害怕自己会在不知不觉间强奸女儿，于是趁着金福睡着的时候，大清早便起床赶到田里。等金福睡下之后，他才醉醺醺地回家。尽管没人察觉，然而他的灵魂却渐渐生病了。

有一天，金福的父亲比平时早些回到家里，看见金福正和邻居家的男孩坐在房间里谈笑风生。透过门缝往里看，只见金福脱掉小褂，露出桃子般的胸脯。当时他们做出的举动并不是因为他们懂得什么，只是出于山村孩子特有的好奇和无知，还有就是因为刚刚开始分泌的强烈荷尔蒙。他们生活的山村太寂寞，像他们这个年纪，如果什么也不做，每天都太难熬了。能言善辩、绰号叫做"药贩子"的男孩说尽了甜言蜜语，勾引年幼的金福，纯真的她不得不脱去小褂。男孩因为荷尔蒙的缘故，正在小心翼翼地探索女孩突然发生的身体变化。后来，两个人在路上偶然相遇，结下了复杂的因缘纽带，不过当时他们根本没想到自己即将迎来的命运。

金福的父亲在搁架上找到了磨好的镰刀，猛地推开横推门的时候，男孩正用好奇的眼睛注视着金福像桃子般耸起的胸脯，好不容易鼓起勇气，试图伸出瑟瑟发抖的手。两个孩子大惊失色，瞪大了眼睛。手拿镰刀的父亲眼里燃烧着嫉妒的火焰。金福吓得连忙用被子遮住自己的身体，躲到了角落。眼疾手快的男孩迅速推开后门，逃了出去。金福的父亲拿着镰刀，跑到后山继续追赶男孩。他想用镰刀砍掉男孩的脑袋，遗憾的是他喝了酒，很难追上敏捷的男孩。最后，他没能追上男孩，气喘吁吁地回到家里的时候，金福仍然盖着被子，浑身发抖。他掀起被子，从扫把上抽出一根柳条，毫不留情地抽打金福。每当鞭子落到金福柔弱的身体上的时候，金福都会发出凄厉的尖叫，同时身体上出现深深的鞭痕。他打得越来越狠，金福已经皮开肉绽了。他那是在毒打自己。"你想怎么样，臭丫头！去死吧，去死吧，你这个风流丫头！"

邻居听到金福的尖叫声，还以为出了什么事，赶忙跑到金福家里。金福的父亲把门反锁，打到扫把上面的柳条全部用光。最后的柳条也打断的时候，他趴在已经昏迷不醒的女儿身边，像牛似的号啕大哭。

从那以后，村子里就传出了怪异的谣言，说金福的父亲被鬼缠了身。谣言还说这个鬼就是早已死去的金福妈妈。她嫉妒父女之间深厚的感情，于是让金福的父亲恶狠狠地毒打女儿。人们都说，女人的嫉妒心太恐怖了。在嫉妒面前，什么女儿不女儿，根本没有用。他们反而同情这个可怜的鳏夫。

金福身上的伤好了，又长出了新肉。她的父亲害怕女儿会离开自己，同时又盼望金福快点离开，那就不用继续忍受肉欲的折磨了。那天做完农活回来，他看到整齐摆放在石阶上的金福的鞋，知道女儿还没有离开家，放心地舒了口气。他拿起女儿的鞋，那是尖头黑胶鞋。他抚摸着胶鞋，心中充满对女儿的爱和愧疚，忍不住流下了眼泪。这时，金福听见动静从里面走了出来。他静静地放下鞋子，尴尬地干咳几声，说这双鞋太旧了，看看有没有破洞。金福说要做晚饭。他说不想吃晚饭，给金福拿了钱，让她去买酒。

金福拿着酒壶出了门，找到事先藏在村口的衣服包，跟着鱼贩子离开了村庄。这时候，他睡着了。睡着睡着，他被混乱的梦惊醒，猛然睁开眼睛。月光照射在空荡荡的院子里，到处都是昆虫的鸣叫声。突然，他意识到金福永远地离开自己了。他感到肚子上被人戳了个大洞似的空虚，茫然地站了很久。他到村里喝得酩酊大醉，然后沿着堤坝回家，走着走着停下来，冲着水库撒尿。等候生者死亡的黑水里面浮着皎洁的月亮，掠过草叶的夜风温柔地推着他的后背。他踉踉跄跄地走向水库。水漫过他的胸膛，水底轻轻摇曳的水草迫不及待地缠住了他的脚踝。他冲着月亮空虚地笑，注视着充满遗憾的身体摆脱肮脏的肉欲，渐渐沉入水底。金福对鱼贩子说的谎话变成了预言。

第二天，他的尸体浮出水面的时候，人们说，这是被嫉妒迷失双眼的金福妈妈最终把他带走了。

码头

　　深受情欲折磨的鳏夫沉入黑暗水底的时候，金福像新媳妇似的，安安静静地坐在三轮车的旁边位置，转头看着蜿蜒的山路，望着连绵不绝的车灯。是什么使她离开家乡，前往城市？因为父亲的虐待吗？还是对新世界的好奇？还是在她离开后被村里人谈论不休的难以抑制的风流？还是要逃离因为妈妈的死亡而充满幼小心灵的对死亡的恐惧？没有人知道。也许推着她走向新世界的是风？风从遥远的海边吹来，翻山越岭到达她们的村庄。很久以前，她坐在水库堤坝上，一边摘菜，一边听着随风飘来的歌声。

　　　　是谁住在山那边的南村
　　　　每年都有春风从南吹来

　　那缕奇怪的风，从那时候起就让她产生了想要突然离开、前往某个地方的冲动。这缕风和动辄沉迷于庞大事物的习惯，终生伴随着金福。她坐在鱼贩子的三轮车上离开的那个夜里，南边也吹来了这样的风。风慢腾腾地越过山路，吹过鱼贩子的三轮车旁，奔向金福父亲独自面对月光站立的水库。

鱼贩子闭着眼睛，看似在打盹，却从来没有走错路。走了整整一夜，终于到了海边。凌晨时分，东方的天空已经露出鱼肚白。在洋溢着腥味的市场角落里，鱼贩子给金福买了一碗鱼骨熬成的汤泡饭。吃过饭，他给了金福点儿钱，又把自己住的旅馆位置告诉了她。

"要是找不到工作，没地方可去，再来找我。"

金福为自己到达的城市比想象中小而失望，不过毕竟比自己生活过的小村庄人多，风景也多。最先留住她脚步的地方当然是海鲜市场。她从来没离开过山村，原以为黄花鱼、干明太鱼、鲅鱼和鱿鱼就是全部海鲜。面对着各种平生见所未见的鱼类，她感到新奇，忘记了腿疼，辗转在弥漫着腥味的市场。值得看的东西不仅仅是鱼。还有嗓音沙哑招呼买鱼顾客的商人、搬运鱼箱子的搬运工等，这些充满市场的人们也是值得观赏的景观。金福不知不觉就被市场的活力包围，心跳加速，马不停蹄地转悠。午饭时间过了许久，她也没有察觉，依然穿梭在人群中，直到下午很晚才离开市场。

金福还看到了大海。世界突然结束，依稀的寂静展现在眼前。她的心猛地一颤，好像要哭。她有气无力地坐在旁边的石头上。沿海的岛屿在远处忽隐忽现，像是浮在水面。波涛不断地撞击她坐的石头，掀起泡沫。漫不经心地伸长脖子，往来于渔船之上的海鸥转眼就箭也似的飞向海面，抢走了鱼。

忐忑的心渐渐平静下来。金福突然瞪大眼睛，猛地站了起来。难以置信的景观出现在眼前。那是一条足有自己家房子三四倍大的鱼。鱼从大海中间赫然冒出，后背上用力喷出水花。周围的渔夫们看到这条大鱼，连声惊叹。面对着难以置信的庞然大物，金福被征服了，她张大嘴巴，浑身发抖。鱼用大尾巴使劲拍打海水，很快就消失在水中了。这个过程发生在眨眼之间。鱼消失以后，金福仍然合不拢嘴巴。她分不清刚才发生在眼前的事情是梦还是现实。失魂落魄的金福向在旁边看热闹的渔夫询问大鱼的名字，渔夫疑惑地看着金福，说道："你连鲸鱼都不知道，看来你不是住在这里的女孩子。刚才那是鲸鱼中最大的蓝鲸。"

金福坐在岩石上，等待那条大鱼再次出现，然而直到最后也没有见到大鱼。海面水平如镜，仿佛什么也没有发生过。她暗自思忖，如果哪天重回故乡，她要向村里人讲述自己亲眼看到的令人难以置信的大鱼，还有比村里的水库大几十倍的大海。从古至今，梦想成真都很困难。她这辈子始终没能迎来这样的日子。

金福在岩石上坐了很久，重新振作，走向停着渔船的码头。少女的好奇心还没有得到充分的满足。所有的船只都显得很敏捷，尽可能迅速地穿过辽阔的大海，战胜汹涌的波涛。生活着各种海洋生物的沙滩和海鲜市场是女人们的工作场所，而码头则是粗鲁男人们的生存地。从大货船上卸货的装卸工和刚刚捕鱼归来的渔夫拥挤在码头，那里充满活力。从遥远的亚热带地区运来的合抱原木在大海上形成花纹，宽宽地展现在码头后面。

她走到码头尽处，在一艘平底驳船前停下脚步。留着乱糟糟的胡须的船工脱掉上衣，正在那里工作。船好像马上就要出海捕鱼去了，钓竿整齐地放在上面，桶里装满了用作鱼饵的沙丁鱼。在船上拴网的男人看了看刚刚到达这座港口城市的女孩。少女在狭窄的三轮车上受了一夜煎熬，闪闪发光的眼睛里却充满生机，头发散发着浓浓的草香。

"小丫头，你从哪儿来的?"男人问金福。

"别人从哪儿来，你为什么要问?"

听到小丫头这几个字眼，金福有点儿不高兴，闷闷不乐地顶撞道。男人露出"嗬，看你这孩子"的表情，低头看了看少女。男人闻到金福身上散发出来的草香，下身早已挺起来了。多年生活在粗犷的大海上，的确很想念这种味道。

"你想坐船吗?"

男人问道。金福迟疑片刻，故作泰然地点了点头。他笑着伸出手。金福抓住男人的手，男人像拉小鸟似的轻松地把少女拉上了船。他褐色的粗胳膊上刻着海鸥的文身。

"你的皮肤很干净，不像是住在这里的女孩子。"

少女在船里走来走去，看个没完。男人看着少女，虽然看起来很年幼，不过胖乎乎的屁股已经很像样了。

"你抓过鲸鱼吗？"金福走到船头，低头看着下面，问道。

"当然抓过。"

"真的吗？"金福瞪大眼睛，问道。

"当然了。我跟你说谎干什么？"

男人得意扬扬地回答。他说的是谎话。他只是每天到附近海面捕捞鲷鱼和鲭鱼的普通渔夫。他之所以不去远海，就是因为害怕汹涌的波涛。他只满足于从祖父那里继承下来的破旧的平底驳船，自然不可能抓到鲸鱼。那天，至少在金福面前，他是个勇敢的男人。金福趴在船舷上，把手伸向吃水线以下，拍打着海水嬉戏。男人悄悄走到金福身后，猛地掀开她的裙子，抓住了她胖乎乎的屁股。

"看着怪老实的男人，这是干什么？"

金福理直气壮地责怪着男人，推开了他的手。渔夫的胳膊更用力地抱住了她。渔夫把金福放倒在地，解开她的小褂，露出了桃子似的乳房。他的脸埋在金福胸前。

"你干什么？快走开。"金福推着渔夫的大脑袋，不料渔夫更粗暴地蹭着少女的胸脯。

"小姑娘，我们就这样一会儿，嗯？"

渔夫气喘吁吁地在金福的裙子里面肆意翻动。

"稍微忍一忍，你也会喜欢的，先不要动。"

任凭金福怎么反抗，在这个没有其他人的船上，一个健壮的男人想对小女孩怎么样都是易如反掌。但是这个瘦小的身体里却藏着普通男人难以理解的冷静和胆量。她是为数不多的女中豪杰，即使被老虎叼走也会想办法逃跑。

"把你的脸拿开，你的胡子弄痒我了。"

听到金福的牢骚，渔夫稍稍挪开了身体。金福没有错过这个机会，用力踢向男人的胯裆。面对突如其来的袭击，男人滚倒在后面，连声哀号。金福趁机从船上跳下去，拿起放在船边的包袱，朝着沙滩跑去。不过，一个小女孩还能跑多快，没过多久，她又被随后追来的渔夫抓住，滚倒在沙滩上。他爬上金福的身体，恶狠狠地打她的耳光，冷嘲热讽地说："小丫头，这里不会有人来的。哪怕我把你的细脖子像撅高粱秆似的折下来，埋进沙子里，也没有人会知道。现在你明白了吧？这个阴险的丫头。"

金福闭上眼睛。渔夫这才慢吞吞地解开自己的腰带。他正要脱掉金福裙子的瞬间，突然感觉周围变暗，于是抬起头来。

一个身材魁梧的强壮男人如同橡树般站在旁边，低头看着他们。金福也轻轻睁开眼睛，抬头看了看男人。这个身高八尺的男人投下足以覆盖两人全身的长长的影子，大步流星地走来。古铜色的胳膊看起来比普通男人的大腿还要粗壮，漫不经心地敞开的长衫下面是足够小孩子玩耍的宽大腹围。每当喘气的时候，那里就重重地起伏。金福躺着看男人，可是男人的脸被船身遮住，看不见。男人大步走来，抓起压在金福身上的渔夫的衣领，将他提了起来。渔夫双腿蹬在地上疯狂挣扎。渔夫的身材也很健壮，然而面对这个八尺男子，立刻就变成了干草。他轻轻晃了晃抓住渔夫衣领的手，渔夫的身体飞了出去，发出像是踩到青蛙似的声音，一头扎进沙子里。渔夫就像一头面对美餐的野兽，也不肯轻易退缩。他使劲冲向八尺男子。这时，男人往旁边轻轻一闪，用力踢向渔夫的裆部。渔夫像个轻飘飘的球，飞出很远，又摔倒在沙滩。也许是被踢中了要害，他紧紧抓着裆部，尖叫着在地上打滚，然后就逃跑了。

壮汉并不追赶，看着他逃跑以后，转身看了看金福。躺在沙滩上的金福这才看清楚男人的脸。原来他是个不到二十岁的少年，金福再次感到吃惊。嘴角已经长出了黑糊糊的胡子，然而尚未定型的脸上仍然保留着稚气。庞大身躯带来的压力和刚才流露的惊人力量使金福蜷缩着身体，瑟瑟发抖。她赶紧整理好被卷到大腿根的裙子，站了起来。少年一直盯着金福的脸。金福觉得自己应该快点逃跑，然而两脚却像是埋进了沙子，根本无法动弹。少年盯着金福看了一会儿，然后从她身边经过，朝码头走去。这一刻，金福看到了他黝黑脸蛋上的眼睛。那是一双纯真而宁静的眼睛，跟他的块头很不谐调。

强壮少年消失了。金福总算回过神来，想到自己还没有问少年的名字，也没有说声谢谢。现在的情况容不得她考虑这些。金福原本生活在寂静的小山村，任凭季节变换也没什么事值得记住，今天却经历了太多太多的事情。她突然感觉双腿无力，跌坐在地。坐在摇摇晃晃的三轮车里忍受了整夜的煎熬，今天又走了一天的路，自然是疲惫不堪。金福夹着包袱，望着在阳光下闪闪发光的海面，不知不觉睡着了。

不知道睡了多久，金福在睡梦中感觉到风向发生了变化，猛地睁开了眼睛。恍惚之间，太阳已经落到海的那边去了。终于到了世间万物都成为自己的隐身之所的时刻。望着庄严的退潮风景，初离故乡的兴奋和看到海鲜市场时的新鲜感，以及第一次看到大海时的震惊全部消失了。她的心如宁静的大海般沉重。现在，她无家可归，也没有可以玩耍的朋友。肚子里发出咕噜噜的声音，饥饿袭来。金福这才想起来，除了早晨鱼贩子请她吃的汤泡饭，今天什么东西都没吃。委屈从心底油然而生，少女眼含泪花。她明白了，自己已经来到了另外的世界，今后的人生将与从前截然不同。透过盈满双眼的泪花，她看到红彤彤的夕阳。金福并没有哭太久。不管什么事，她都不会想得太复杂。离开家乡的时候是这样，不假思索坐上鱼贩子的三轮车的时候也是这样。后来，金福回想起这个时候，对双胞胎姐妹这样说道："那时候我只有十四岁，我还能怎么样？没有认识的人，身上的钱只够买一升马格利酒。"

那天快到午夜的时候，金福去了鱼贩子住的旅馆。从睡梦中醒来的鱼贩子好像不用说也明白，面带微笑地看着金福，说道："找到工作之前，如果你想住在这里，随你的便好了。"

那天夜里，鱼贩子在黑暗中小心翼翼地脱掉了金福的衣服。因为鱼贩子身上的浓烈腥味，金福感觉很痛苦，不过想到这是自己为鱼贩子的恩惠而付出的代价，也就闭上了眼睛。这是她刚刚到达的世界的法则。完事之后的鱼贩子在旁边熟睡了，金福还是无法入睡。眼前突然浮现出故乡村庄的风景，分不清是梦还是现实。她想起朋友们的面孔，也想起了和她在一个房间里脱掉上衣说说笑笑、外号叫做"药贩子"的少年，那天白天见到的八尺少年宁静得出奇的眼神也浮现在眼前。门外传来波涛拂过沙滩的声音，整夜萦绕在耳边。

从第二天开始，金福就开始跟随在鱼贩子身边。从铺着沥青马路和街灯闪烁的大地方，到比金福以前生活的村庄更偏僻的山村，没有鱼贩子到不了的地方。白天，金福和鱼贩子看上去像是乖女儿和慈祥的父亲，夜里则像感情甚笃的夫妻。每天跟着鱼贩子看世界，她的乳房也日趋丰满，渐渐地具备了女人的姿态。

"你为什么卖鱼？"有一天，金福趴在数钱的鱼贩子身边，撕着干鲽鱼，边吃边问。

"鱼贩子不卖鱼干什么？"鱼贩子敷衍着回答。

"鱼很容易腐烂。"

"那也没办法啊，只能多放些盐。难道你有什么好办法吗？"鱼贩子把那天赚来的钱叠得整整齐齐，塞进了钱包。

"不卖鲜鱼，卖干鱼不就行了吗？"这样就不容易变质，一次可以多进货，减少来回取货的时间。

"这你就不懂了。干货很贵，而且量也少。"

"我们买回鱼来，自己晾干不就行了吗？"

"光卖鱼就这么辛苦，哪有时间晒鱼？再说晒鱼也需要很长时间。我们没有地方，在哪儿晒鱼啊？"

鱼贩子蘸了口唾沫，卷着烟，回答说。

"晒鱼的事交给我就行了，你去卖。到处都可以晒鱼，这有什么好担心的？"

"哪块地都有主。"

"那我们可以租别人的地方用啊。"

金福对答如流。鱼贩子觉得这个少不更事的小女孩不可能说出什么有用的话，只是呵呵笑了笑，继续抽烟。

第二天早晨，鱼贩子睁开眼睛的时候，金福已经不见了。他在海鲜市场和码头徘徊了整整一天，寻找金福。傍晚他回到旅馆，金福已经神清气爽地等着他了。

"整整一天你去了哪儿？"

"我租了块地。"金福得意扬扬地回答。那天，金福在码头附近徘徊了一整天，终于以不到二十串黄花鱼的价钱租到了地。鱼贩子呵呵笑了笑，似乎觉得有点儿不可思议。第二天，金福就开始辗转于各个晒鱼场，学习晒鱼的方法，同时购买松木用来做晒鱼架。鱼贩子惊讶于金福的勇气，怀疑究竟能不能像她说的那样，自己晒干了鱼拿去卖。每当金福提出要求的时候，他都不能不给她钱。金福不像普通的小孩子，自有说服别人的力量。这也是她的特别的能力。

　　一个位于通风的海边角落的小型晒鱼场终于建成了。金福买来鳕鱼、明太鱼、秋刀鱼、沙丁鱼等用来做干鱼的材料。鱼贩子只好紧闭双眼，彻底投入了以前积攒的金钱。鱼贩子把鱼卸在晒鱼场，再骑着三轮出去卖鱼的时候，金福独自坐在海边收拾鲜鱼。内脏单独取出，腌成鱼酱，然后剥掉鱼鳞。她浑身粘满鱼鳞，闪闪发光，散发着腥味。收拾好的鱼都用线串起来，挂在晒鱼架上。这个过程需要两天时间。等到晨露散去，金福把鱼放在晒鱼场里。太阳落山，马上把鱼收回来。这个过程无数次地重复。金福总要观察天空，生怕下雨，还要忧心忡忡地防止鱼干沾上露水。她要赶走在附近徘徊的野猫和海鸥，防止它们偷吃。为了等待适度的风和阳光晾干鱼的水分，她就住在晒鱼场旁边临时搭建的窝棚里，不肯离开。鱼贩子结束几天的生意，从遥远的大陆归来，晒鱼场里的鱼已经晒干了，发出香喷喷的味道，变成了漂亮的褐色。

　　这样开始的干鱼生意带来的利益远远超出想象。沿街叫卖半辈子的鱼贩子开始梦想在海鲜市场拥有一家小店铺，结束自己的流浪生涯，每天高兴得合不上嘴巴。金福并不满足。她把剩下的钱全部投进去，买来更多的鱼，还扩建了晒鱼场。没过多久，金福生产的干鱼已经超出了鱼贩子能够贩卖的范围，于是多出的部分卖给海鲜市场里的其他干鱼铺。金福晾晒的干鱼质量上乘，能卖上好价钱。又过了些日子，鱼贩子不再出去卖鱼，而是加入晒鱼场里来。人手还是不够，金福又雇了几名工人。很快，晒鱼场里不仅晾晒鳕鱼和明太鱼了，鼠鱼、鲷鱼、黄花鱼和青鱼等各种鱼类，海带、紫菜、裙带菜等海藻类，鳀鱼、海参、鲍鱼、虾等等，各种海鲜产品应有尽有。金福掌握了制作干鱼的诀窍，不同种类的鱼使用不同的晾晒方法。有的需要烤或烫做成干鱼，有的需要盐渍或者抹上酱油晾干。晒鱼场的各种器械装备也增多了，还单独修建了保存干鱼的仓库和他们生活的房子。前来买干鱼的商人越来越多，晒鱼场也越来越大。最后演绎出了壮观的场面，男人们在一边不停地砍松木做晒鱼架，几十个女人在另一边收拾鱼。宽阔的海岸完全变成了晒鱼场。

这时候，金福已经掌握了加工业的要领。她买来原材料，经过简单处理之后，变成更有价值的商品。不仅如此，当她们晾晒的干鱼在市场上拥有绝对竞争力的时候，金福适当调整了出库时间，获得更多的收益。比如，节日之前把祭祀用的干明太鱼保存在仓库里，等到价格上涨之后再投入市场。其他经营晒鱼场的人们纷纷效仿金福的办法，却都不是金福的对手。因为金福从买鱼开始就用了不同的方法。她找到船主，拿鱼之前先给了他们钱，确保以低价得到优质的鱼。套用现代的概念，这属于远期交易。年少的金福竟然有这样的手段，知道这个秘密的人只有鱼贩子。因为有了金福，他在不久之后就得到了从未见过的巨款。

财富无常！没过多久鱼贩子就明白了，一切都只是泡影罢了。时间会改变一切。

装卸工

沉睡已久的感觉和激情被慢慢唤醒。金福的胸脯迅速膨胀，犹如愤怒的河豚，肥胖的臀部就像厚厚的案板，即使埋在破衣烂衫的女工中间也难以忽视她的存在。尤其是年轻的男人们，只要闻到混杂在浓烈鱼腥味之间也不会被淹没的独特而微妙的气息，谁都忍不住下身坚挺。最先察觉金福的变化的人正是鱼贩子。他预感到金福很快就会离开自己，心里总是很不安。金福年轻而鲜活的子宫渴望更强壮男人的因子。这是生殖的法则。

有一天，金福去码头买鱼。抹了头油、梳着背头的船主们远远地闻到气味，纷纷靠过来跟她搭讪。他们觉得像金福这样年轻又有魅力的女人不应该跟着鱼贩子那样无能的老男人。讨价还价的时候，金福常常露出妩媚的笑容，看上去就像很随便的女人。如果真的有人打她的主意，她却比冰还冷，迅速转身。这更让那些男人们心急如焚。不管老船主怎么样，金福并不在意，依然轻盈地摇晃着她的大屁股，出入于码头。

那天，金福正跟某船主讨价还价的时候，货船刚好靠岸，负责装卸的工人中间有个身材格外魁梧的男人进入了她的视野。他比普通男人足足高出两头，扛着滴水的沉重箱子，大步流星地走上码头，犹如卸下干草似的轻松放下箱子，然后又下到船里。粗壮的手臂裸露在半敞的长衫下面，已经被阳光晒得黝黑，挽起的裤腿下面露出长期劳动锻炼出来的小腿。每走一步，小腿肌肉就像鳝鱼似的有劲地蠕动。别的男人每次只能搬一个箱子，他却用黄牛般的肩膀每次扛三四个，丝毫不显得吃力。

他扛着箱子走过金福面前的时候，金福才发现他就是几年前自己差点儿遭遇不测时出手相救的那个少年。浓黑的眉毛，平整的额头，尽管乱糟糟的胡须遮住了脸，然而藏在后面的眼睛却像大海般宁静和纯真。这时，跟金福讨价还价的船主盯着强壮男人看了一会儿，在旁边说道："这小子，做事很利落。"

金福不动声色地问他是谁。船主告诉金福，他是码头的装卸工，名叫"巨正"。他之所以得到巨正这个名字，有两种说法。有人说他小时候饭量很大，他的父母说，"将来的吃饭问题真叫人担心"，于是就有了"巨正①"的名字。还有人说，他怪异威武的容貌让人联想到朝鲜时期的杨州盗贼林巨正，于是得名巨正。

①韩语中"担心"的发音和"巨正"相同。——译注

他的父亲是在遥远的北方大山里猎捕老虎的猎人，因为抓了太多的老虎而导致老虎灭绝，于是就和其他捕手一起到南方做事。父子二人沿着山路到达这个码头城市，不过是几年前的事情，也就是比金福早一两年。他的父亲身材也很高大，传说他曾经赤手空拳抓住老虎。从小被人称为"整骨"的巨正还不到二十岁，就已经比父亲力气更大了。

来到码头两年之后，搬运木桩的父亲脚下踩空，滑到船底，被螺旋桨绞死了。他没有回到故乡，而是独自留下来，继续做装卸工。有段时间他也上了船，但是在狭窄的船上做事太闷，于是又回到了装卸场。船主补充说，他拿到的工钱是其他装卸工的一倍半，干活足有普通壮丁的三四倍之多。金福失魂落魄地注视着男人干活的样子，期待男人往自己这边看上一眼。他却像黄牛似的默默盯着地面，继续搬运货物。

货物全部卸到码头之后，男人们拿到当天的工钱四散而去。金福也赶紧结了账，追随在巨正后面。巨正的肩膀上搭着毛巾，观光似的慢悠悠地走进混乱的海鲜市场胡同。市场里拥挤着商贩，巨正个子太高了，很容易看到。金福没想过要怎么办，只是情不自禁地远远跟着他。

不久，巨正走进了位于市场尽头的简易酒馆。金福隔着敞开的门缝观察他吃饭的样子。他的饭量大得惊人。只用了五口，他就吃光了满满一大碗米饭，紧接着又吃光了两斤水煮猪肉。喝光一斗马格利酒之后，他才站起身来。等巨正结了账出来，金福继续尾随其后。

经过混乱的市场，他到了一个外地船工和装卸工集体住宿的简陋房子。巨正进去之后，金福站在门口，犹豫着要不要打道回府。然而就像有人从背后推着似的，金福的脚步情不自禁地迈进了院子里。金福看了看各个房间，很快就发现了脱掉上衣、四仰八叉躺在廊台上睡着的巨正。金福轻轻跨坐在廊台角落，注视着睡梦中的巨正。哼，呼，他以固定的节奏打着呼噜，硕大的腹部随之上下起伏，散发出酸溜溜的马格利酒的气味。

金福也想不通自己怎么会跟到这里来，更让她想不通的是后面发生的事。她竟然把手放在巨正喘息时剧烈起伏的肚子上面。她用颤抖的手轻轻抚摸他的肚子，通过指尖感受巨大生命体的律动。她不由自主地闭上眼睛。指尖传来的律动感使她浑身发抖，下身变得滚烫。突然，喘息声变小了，巨正睁开了眼睛，注视着眼前难以置信的情景。一个素不相识的女人闭着眼睛，犹如画幅般坐在旁边。她把手放在自己的肚子上面，泰然自若！

巨正还没有睡醒，分不清是真是幻，晕头转向地看着金福，感觉好像在哪里见过这个面孔。这时候，金福也感觉到巨正在看自己，于是睁开眼睛，看着巨正。刹那间，两个人的目光相遇了。巨正这才看出她就是几年前在海边见到的那个散发着草香的少女。金福大惊，连忙从巨正的肚子上拿开了手，起身穿过庭院，逃出了大门。脚被门槛绊住，掉了一只鞋，她仍然头也不回，一口气跑回了晒鱼场。看到她苍白的脸，鱼贩子吃惊地问她发生了什么事。金福没有回答，只是喘着粗气，接连喝了三碗凉水。

那天夜里，白天见过的巨正的面孔在金福的脑海里挥之不去，怎么也睡不着。疲惫不堪的鱼贩子在旁边打起了呼噜。刚才他爬上金福的身体，像往常那样动了几下，然后轻轻下来，独自睡着了。她推开房门，走了出去。月光朦胧，波涛粉碎在海岸。她蹲在沙滩上，望着闪烁着白色光芒的大海，仿佛在海面上撒了层银粉。突然，大海中间钻出一条房屋般的大鱼。这正是刚刚到达码头那天看到的蓝鲸，身长达二十多丈，通过贴在背上的气孔用力喷水。犹如喷泉般向上喷射的水在月光里变成银色，夺目地散落开来。热乎乎的东西从她腹部中央油然而生。那是战胜死亡的巨大生命力带给她的最原始的感动。

金福脱下小褂和裙子，挂在空架子上，赤身裸体往水里走去。冰冷的波涛彻底包围了她整夜滚烫的身体。她游向发着蓝光的鲸鱼。鲸鱼优雅地摇摆着巨大的流线型身体，朝她甩了甩尾巴，不时地用力喷气。不知怎么回事，无论金福怎么游，还是无法接近鲸鱼。鲸鱼就在她面前摆尾巴，光滑的外皮在眼前闪烁，仿佛触手可及，然而鲸鱼却总是与她保持着特定的距离。不久，鲸鱼再次用力喷水，然后悠然自得地甩着尾巴，消失在深水之中了。虚脱的她没有出来，继续等待鲸鱼出现。直到筋疲力尽了，鲸鱼还是没有再度露出水面。她的力气耗尽了，终于离开水中的时候，大海那边吹起了风。正是以前推着她的后背使她离开故乡的那阵风。现在，这阵风又要把她带走了。不，也许是她唤来了风……

　　鱼贩子忐忑不安，感觉金福好像碰上了什么事，却又不能开口询问。她干活的时候经常呆呆地面朝大海站立，平时闪烁着聪慧光芒的眼睛失去了光彩。再也听不见她和干活的女人们谈笑风生了，再也听不到她兴致勃勃地独自哼唱小曲了。夜里醒来，经常看不见金福的身影。推门出去，金福独自呆坐在海边。看到金福这个样子，鱼贩子知道她需要的是什么，只是自己无能为力。能够满足金福饥渴的东西自己没有，他很清楚，所以感到悲伤。

　　晒鱼场一如既往地繁忙。送来鲜鱼和运送干鱼的卡车总是在门口排成长队。他们制作的干鱼通过商贩卖到远方的城市。金福对晒鱼场的事情失去了兴趣，鱼贩子只好代替她计算进进出出的鱼的价钱，总是忙得不可开交。他本来只知道计算一辆三轮车分量的货物，这些事对他来说有些吃力。他盼望金福能尽快抛却杂念，恢复昔日的生机。

　　几天后，身高超过八尺的强壮男人走进了晒鱼场的大门。那是傍晚时分，红彤彤的夕阳已经落到海的那边。人们惊讶于男人魁梧的身材，猛然停下手中的活儿，盯着他看。他在干活儿的女人中间找到了金福，大步朝她走去。干活的女人们纷纷让到两侧。他的手里拿着那天金福丢在他家的一只胶鞋和蓝色包袱。看到巨正来了，金福大吃一惊，手里的鱼串掉到了地上。巨正把胶鞋和包袱递给金福。金福神情恍惚，轮番打量着巨正和包袱。不一会儿，巨正开口说话了："这是让你换的衣服。从今以后，你跟我过。"

人们惊呆了，交头接耳地嘀嘀咕咕。巨正纹丝不动，伸出拿着包袱的手，看着金福。金福也像钉住了似的站在那里。短暂的沉默在他们之间流淌。这时，鱼贩子推开人群，走上前去：

"你是谁，凭什么要带走她？"

鱼贩子已经被巨正超出常人的身材震慑住了，声音有些发抖。巨正看也不看鱼贩子，好像在催促金福，没有放下拿着包袱的手。愤怒的鱼贩子鼓起勇气，伸手夺过包袱，扔在地上。

"她到死都会留在这里晒鱼，和我一起生活。你赶紧滚蛋！"

说完，他开始去推巨正。巨正当然是纹丝不动。他长满胡子的脸轻轻地动了几下，然后猛地抓住鱼贩子的衣领，将他提了起来。鱼贩子的双脚在空中胡乱摇摆。巨正准备把鱼贩子使劲扔在地上，这时，金福挡在了前面："不要！如果你伤了这个人，就永远见不到我了。"

金福坚决地冲着巨正喊道。巨正连忙住手，放下了鱼贩子。即便这样，鱼贩子还是连声尖叫，滚倒在沙滩。金福一句话解决了所有的问题。巨正把包袱扔在金福面前，走到不远处，等着金福。金福走到捂着腰大呼小叫的鱼贩子身边，向他告别："对不起，是你把我带到这里，可是现在我遇到了新的主人，我要走了。"

这是她的第一个男人，过了好几年肌肤相亲的生活。金福强忍住不舍的眼泪。"还有就是今年十月份千万不要晒鱼，一定要记住我的话，知道吗?"

　　鱼贩子没明白金福这句话是什么意思，失魂落魄地坐在沙堤上，点了点头。金福背对着红色的落日，跟随巨正离开了晒鱼场。这是金福跟随鱼贩子来到码头三年之后的事情。

劳拉

堤坝终于崩溃，水不可抵挡地涌了出来。金福终于领悟了只有泡在冰冷海水中才能平静下来的永不冷却的热度，以及推着自己离开故乡的永不停止的风的本质。贪婪的舌头舐舐着她的全身。舌头经过的每个地方都起了鸡皮疙瘩。汗毛都竖了起来。羞怯和稚气已经远去。她肆无忌惮地敞开自己的身体。她用双腿卷住巨正蠕动的下身，用力地拉过来，仿佛不肯留下丝毫的空隙。

"你好像钻进了我的身体。"

巨正感觉到了平生从未体会过的巨大快乐，浑身颤抖，嘴里情不自禁地发出呻吟。他的颤抖原封不动地传递给了金福。她也在咬紧牙关，忍受着震撼全身的战栗。一团热乎乎的东西从喉咙里冒了出来。恐惧和兴奋让她的五脏六腑似乎要弹出体外，她感觉到了想哭的冲动，于是双手抱住巨正结实的臀部。千百亿兆的细胞四散开去，撒播到半空，紧接着又被可怕的吸引力重新聚集起来，最后发生爆炸。身体深处发生了剧烈的收缩，仿佛要吸收一切。然后，他们迎来了平静。两个人沉浸在不冷不热的喜悦之中，彼此拥抱。

金福和巨正就像罗密欧和朱丽叶，就像卞钢铁和熊女，就像阿斯达和阿斯女，无可救药地相爱了。他们像不折不扣的连理枝，牢固地结合，又像螺丝和螺母那样天衣无缝。每天夜里，两人都在热辣辣的暴风中挣扎，直坠深渊。

搬到巨正的住处以后，金福到市场买回了被褥和碗盘等生活用品。生活很简朴，她的心里充满了幸福，总是哼着歌儿。从很久以前，跟随鱼贩子的三轮车离开故乡的时候就在寻找的东西，现在终于找到了。

几天后，金福向刚回家的巨正要钱买米。做干鱼生意时瞒着鱼贩子积攒的钱都用来买生活用品了。巨正面露尴尬，说自己身无分文。原来他以前赚的钱都用来吃饭了。尽管他拿到的工钱是别人的一倍半，然而他吃得太多，每次都是刚刚拿到工钱就跑到简易酒馆，分文不剩地全部交给饭店老板。不管多少钱，他全都用来买饭，买酒，买肉。当天赚的钱当天花掉，最后不但没攒下什么钱，而且也没有觉得这样有什么不对。金福拉着他的手，让他坐下来，条理分明地说道："好吧，以前你是一个人，没有关系。从现在开始，不能再这样了。你有了女人，不但要自己吃饱，还要负责女人的吃饭问题。你明白我的意思吗?"

"我也想负责你的吃饭问题,可是我每天赚的钱都不够我吃饭。"

巨正难为情地说道。金福为他的愚钝和无知哭笑不得。她也知道巨正天生就是好胃口,于是想了想,说道:"好,那我们这么办吧。听说你干的活是别人的三四倍,可是你得到的工钱只有别人的一倍半。明天你去找到主人,这么对他说,我干了比别人多出三四倍的活儿,那就要拿到三倍的工钱,要不然就不干了。明白我的意思吗?"

巨正疑惑地点了点头。

第二天早晨,巨正出去干活之前,金福递给他一团棉花。

"跟主人见面之前,你用这个塞上耳朵。说完提高三倍工钱的要求之后,不管主人怎么答复,你就只是站一会儿,然后直接回家。"

巨正似乎不明白金福的意思,摇了摇头,用棉花塞住耳朵,就出去了。不过一个时辰,他就回来了。他按照金福说的做了,然后就回来了。他依然是将信将疑的神情,金福泰然自若地说道:"稍微等等吧,很快就会有消息了。"

果然不出所料,还没过午饭时间,就有个男人来找巨正了。金福把洗好的布带递给巨正。

"跟主人见面的时候,你把这个叼在嘴里。不管主人说什么,你都不要说话,静静地听完,然后回家。"

这次也不例外,巨正很快就回来了。不一会儿,刚才那个男人又来找他。金福面带微笑,取下了叼在巨正嘴里的布带。

"好了，这回你去吧。如果拿到钱，就买些米回来。"

那天傍晚，巨正肩上扛着一斗米回到了家。跟主人见面的时候，主人竟然意外地同意支付三倍工钱。这是雇佣的法则。事情轻而易举地解决了，他感到很神奇，同时也对金福心生敬佩，她怎么会想到这些呢？他的淳朴让金福忍俊不禁，毕竟糊口问题得到了解决，她觉得已经很幸运了。

巨正不是很聪明的人。他像黄牛似的憨厚地干活，过一天算一天。肚子饿了，就去码头干活儿，拿到工钱之后，用赚来的钱填饱肚子，仅此而已。他拥有的财产只是比别人更庞大的身躯和超出常人的力量。不过，这种力量随处都可以发挥，遇到金福之前，他不存在生计方面的问题。父亲关于吃饭问题令人担心的忧虑只是杞人忧天，然而不用担心吃饭问题本身才是最让人担心的事。巨正把所有的事都想得很简单，即使对第二天就要发生的事情也从不担心。不幸的是，他出众的肉体能力把他变成了头脑简单的人。

金福早就知道，社会没有那么简单。她总是惴惴不安。她爱巨正的单纯，就像被庞大的鲸鱼吸引似的被巨正的肉体征服了。换句话说，不管男人怎样炫耀自己有男人味儿，如果他没有像巨正这样的粗壮胳膊和大肚子，她就不觉得是真正的男人。她最喜欢和他交融的瞬间。压住柔软乳房的震慑力十足的存在感，粗鲁的喘息声，蠕动的肌肉，令人浑身颤抖的喷射的瞬间……她真正爱的是让她感到不安的单纯的世界。她信任他的肉体，在他的庞大肉体里面，她产生了深刻的如释重负的感觉。她感到幸福。

金福离开以后，鱼贩子很长时间都感到神思恍惚，常常以酒度日。凡是强悍雄性都垂涎欲滴的年轻女人不可能永远属于自己，他也没有愚蠢到看不透真相的地步。但是，哪怕家里养的狗跑出去了，也要努力找回来，这是人之常情。何况是过了好几年肌肤相亲的日子，像掌上明珠似的疼爱有加，照顾得无微不至的金福，突然离开自己身边，他食不甘味，夜不成眠，也是理所当然的事。鱼贩子做什么都没有了心思。

不过，这个城市里除了金福还有很多女人。只要有钱，想得到什么样的女人都不难。于是，他就选择了这条路。尽管那些女人不像金福那样具有特别的魅力，然而对于他这样头发花白的男人来说，已经算是很奢侈了。这辈子与享乐无缘的他第一次体会到了甜蜜的感觉。他揉搓着在自己膝盖上撒娇的妓女的屁股，说道："世界上还存在这样的人生，我为什么非要埋头干活呢?"

当然，花钱是免不了的。这是花柳世界的法则。晒鱼场被他抛到了脑后，大白天就搂着女人喝酒，要么就是在赌场消磨时间。偶尔会有事先交了定钱的商贩找来，催他快点交货，他反而大声呵斥，那么点儿钱而已，还给你就是了。这又要花钱。

他辗转于酒色街的时候，晒鱼场里的鱼发出臭烘烘的气味，渐渐腐烂。苍蝇成群，蛆虫遍地。所剩无几的好鱼也成了野猫的美食。

有一天，鱼贩子正在酒色街的僻静房间里搂着妓女喝酒。这个女人想过早晚有一天住进他的家里，跟着他过日子。女人已经三十多岁了，细长的眼睛和雀斑令人心动。突然，正在喝酒的妓女大声叹了口气。鱼贩子问她为什么叹息。

女人迫不及待，泪雨滂沱地吐露心事。她说前不久因为某件事向某个人借了钱，由于种种原因，过了约定还款日期很久还是没能还上钱。后来不知怎么回事，她也被卖到了位于遥远岛屿上的酒馆。她用手帕擦着鼻涕眼泪，补充说，要是被卖到岛上，这辈子就算彻底完了。直到老死，也不可能逃离这个小岛。以前就想贫穷是罪过，都是金钱惹的祸，觉得这都是没办法的事，最让她感到痛苦和委屈的是自己爱上了鱼贩子。只要他能接受，她愿意跟着他过日子。于是，最近她谢绝了所有的客人，只接待他一人。现在，所有的希望都变成了肥皂泡。她说昨天夜里去了码头，想着把自己龌龊的生命投入大海，至少让肉体干干净净地保存下来。可是人说比缘分更坚韧的是生命，这条路也没有成功，现在只能无奈地与他生离死别了。她说她走以后，希望他能遇到好女人，生儿育女，长命百岁，祝他幸福。她说她只有一个心愿，希望他以后经过海边的时候，如果看到独自飞翔的海鸥，就当做那是曾经爱过他、后来在遥远的孤岛上寂寞地生活、凄凉地死去的可怜女人的灵魂，到时候别忘了叫一声自己的名字。如果这样的话，她就死而无憾了。女人语气夸张，滔滔不绝，最后趴在鱼贩子的膝盖上放声痛哭。鱼贩子本来就是个很有人情味的男人，再加上耳根子软，听女人哭诉的时候，就已经心酸不已，哽咽着忍住眼泪。他摇晃着妓女的肩膀，说道："别哭了，你说话呀，到底欠了多少钱，沦落到这个地步，嗯？"

这次他又花了很多钱。

三天后，鱼贩子得知妓女带着自己让她还债的钱和行李逃跑了。她说的全都是谎话。鱼贩子这才翻然醒悟。他被成家过日子的想法冲昏了头脑，仿佛被人重重地击中了后脑勺，眼前一片迷茫。他呆呆地盯着天花板，躺了大半天，终于拖着被酒色迷醉的身体回到了晒鱼场。遍布在辽阔海边的鱼已经被风、阳光、霉菌、蛆虫、苍蝇、蚂蚁、海鸥和野猫消灭，只剩下干巴巴的鱼骨惨不忍睹地挂在晒鱼架上，随风飘摇。他有气无力地坐在被盐腐蚀的三轮车旁边。

幸好还剩下点儿钱。他调整好心情，重新整理了晒鱼场。扶起被风吹倒的架子，招聘工人。剩下的钱全部用来买鱼。正好赶上捕捞丰收，价格也不错。晒鱼场里又恢复了从前的生机。望着晒鱼场里挂得满满的鱼，他下定决心，这次一定要好好攒钱，然后在市场里开个店铺。当时正是十月，刚刚入冬。

他抽着烟，突然想起几个月前金福说过的话。她离开晒鱼场的时候说，十月份千万不要晒鱼。十月，雨季和洪水都过去了，她为什么要这么说呢？当时他的脑袋扎在沙堆里，顾不上多问。即便这里面有什么问题，现在也无法把鱼退回去了。船已经出发了。他的心里掠过一抹不安，却又摇了摇头，努力把金福的话从脑海里删除。也许是这个不懂事的小丫头胡说八道。他躺在草席上吞云吐雾。蔚蓝的天空中飘着淡淡的云彩，像是鱼鳞。阳光灿烂，凉风习习，这是最适合晒鱼的天气。如果这次赚了钱，一定要找个心地善良的女人。

金福走出家门，往市场走去。好久没出门了，这次是为了买晚饭用的材料，顺便也逛逛市场。前不久还嫌晒鱼场太狭窄，现在每天待在家里，真的很闷。她夹着空盆子，慢慢地走着，悠闲地穿过大街小巷。

这时候，一个男人把目光投向金福。几天前，他在海鲜市场第一次发现了金福。因为长期被海风吹刮，整天在阳光下干活，金福的脸庞晒得黝黑，身上透出腥味。男人一眼就看出金福身上有着不同于普通女人的特别的东西。她的身上散发出说不明白的气味，令他想起以前养育过他的妓女们的乳香和粉香，想起他遇到风浪在海边漂流时流入口中的海水咸涩的味道，想起每次把刀插入对方身体都会闻到的血腥味和死亡的气味。最重要的是，这种气味令他联想到自己曾经疯狂爱过的奈绪子的肌肤。

他穿着雪白的西装，站在剧场门口。那是码头城市的第一家剧场。金福从剧场门前经过，晒成褐色的脸上充满生机。每当她迈出轻盈的步伐，丰满的臀部都会左右摇摆。金福走到男人面前的时候，男人拦住她说道："带你去看看剧场怎么样？"

金福抬起头，看着男人。男人白皙而狭长的脸上留着一条长长的刀疤。他掏出白色的银质打火机，咔嗒，很酷地点着了烟。可怕的是，他点烟的手上只剩了拇指和食指。"剧场是什么?"

金福眯起眼睛，盯着带刀疤的男人。男人蠕动着喉结说道："剧场就是放电影的地方。"

男人指了指前不久新开张的剧场。剧场招牌上的金发女人和戴牛仔帽的男人脸贴得很近，相互凝望。"电影是什么?"

金福像这个城市里的大多数人，还不知道电影是什么。

"电影里有人。"

"外面也有很多人，为什么要到剧场里面去看?"

金福故意气呼呼地问道。

"电影里的人和外面的人不一样，很特别，就像你。"

男人的最后一句话说得很用力。码头的人们只要听见他的名字就吓得浑身颤抖，看到他的眼睛就会屁滚尿流。当时，金福还不知道他是什么人物，并不害怕，反而被男人苍白的脸色吸引，情不自禁地向他靠近。两个人的脸凑得很近，就像剧场招牌上的两个演员。金福不由自主地伸手去摸男人脸上的刀疤。那是他与对手决斗三天三夜之后留下的伤疤，金福是第一个伸手去摸的人。

"这刀疤是真的吗?"

"不是真的，难道我会故意制造伤痕吗?"

"疼吗?"

"当然疼。"男人笑着，耸了耸肩膀。

"谁干的?"

"恨我恨得要命的家伙。"

"那个人怎么样了?"

"恨我恨得要命,最后死了。我在他身上拴了石头,扔进大海里了。就算他游得比鲸鱼还快,也不可能活着出来了。"

两个人的脸贴得很近,眼看要碰撞了。巨大的银幕上,人们说着根本听不懂的话。他们时而大声,时而小声说话,一边骑马穿越沙漠,一边开枪,马车后面的男女在接吻。这部电影从遥远的"美丽国家"美国传到这里。出现在眼前的惊人场面和回荡在四周的爆竹般的雄壮声音是那么生动,金福有点儿害怕,于是从画面上移开视线。男人用只剩两根手指的手紧紧抓住坐在旁边发抖的金福的手。金福看得太投入了,甚至不知道自己抓住的是男人的手指还是脚趾。

电影结束,灯亮了。那个惊人的世界突然从眼前消失得无影无踪。金福好像被欺骗了似的有种委屈的感觉。那种宛如在涌向高潮的途中突然坠落的空虚和遗憾的感觉,使她一时无法离开座位。那一刻,她迫切地渴望刚才出现在眼前的神奇世界继续下去,永远不要停止。如果有人能做到,她甚至愿意用自己的全部做交换。

跟随刀疤男人来到外面,金福感觉头晕目眩,胃里翻江倒海,最后把吃过的东西都吐了出来。她觉得肯定是刀疤男人对自己使用了奇怪的骗术。于是,她的心情也糟糕起来。男人面带微笑说:"这不是骗术,是电影。"他还说,世界上有几千几万种电影,以后如果找他，就能看到各种各样的电影。他冲金福眨了眨眼睛，说："想看电影的时候，随时来找我。我每天都在这里。"

突然，金福对他令人作呕的笑容感到不快。他脸上的刀疤使金福产生了不祥的预感。金福觉得自己应该快点回家，于是拿起放在门口的盆子，跑出了剧场。男人面带微笑，注视着金福的背影。

她离开剧场的时候，街上正刮着风。商店的招牌在摇晃，盛鱼用过的草芥和木箱四处滚动。她漫不经心地抬头看了看天空。南边的天空布满了浓浓的乌云。那颗能够感知不祥命运的心脏跳得更快了，她突然为自己跟随刀疤男人走进剧场而感到后悔。尽管进剧场之后只是看了场电影，然而她却产生了深深的负罪感，仿佛做了什么绝对不该做的事情。不过在这个时候，她还没想到那天的事件会改变自己的命运。她强压不安，匆忙赶回了家。

那天直到深夜，巨正也没有回来。以前从来没有过这样的事情。金福等得不耐烦，自己先吃完饭躺下了。她心乱如麻，根本无法入睡。风越来越大，粗暴地摇撼着门扇。金福拉过被子盖住头顶，努力入睡。

鱼贩子被咣当的声音惊醒了。那天傍晚，他烤了一条沙丁鱼，喝了烧酒，然后睡着了。妓女带着钱逃跑之后，他下决心不再喝酒。然而时隔多日回到家中，他又感觉无比空虚，难以入眠。睁开眼睛的时候，他怀疑自己看错了。整个房顶都飞了出去，露出天空，房间里的家具器材都被风吹得乱七八糟。门扇像树叶似的摇摇晃晃，好像马上就会掉下来。雨点儿开始落下来。他突然想起了晒鱼场，立刻冲了出去。房屋般的波涛巨人似的矗立在黑暗之中。那是台风。

晒鱼架被风吹倒了大半，鱼滚落在沙滩。他急匆匆地跑过去，捡起鱼来，装进箱子里。衣服被四周涌来的浪花打湿了，身体在狂风中摇曳。波涛愈加凶猛，涌到晒鱼架前。晒鱼架都倒下了，他好不容易堆起的鱼箱子也被风吹跑了。他拼命捡鱼，聚拢成堆。咔嚓一声，他回头看时，只见风吹散了房子的墙壁。周围吵闹不堪，震耳欲聋，仿佛有恶鬼在肆虐。他疯狂地追赶着鱼。那些鱼刚刚被他捡起来，又被风吹散了，就像空中飞舞的鸟。沙子被风吹起，针扎似的扑向他的脸。皮肤破了，鲜血流淌。没有希望了。突然间，他疯狂大笑，随手抓起鱼、松木、沙子，扔向暴风吹来的大海。

"哈哈哈！对，这些鱼有什么了不起。既然要吹跑，那就统统吹跑好了。统统！房子、我，还有这个世界，统统吹跑吧，统统都吹跑吧！"

巨大的海啸涌到疯狂咆哮的鱼贩子面前，吞噬了一切。

听到有人轻声呼唤自己，金福猛然睁开眼睛。往旁边一看，巨正还没有回来。周围黑漆漆的，风粗暴地摇动着窗户。这时，门外又隐约传来呼唤声。金福欣喜万分，猛地推开了门。门外站着六七个被雨水淋得湿漉漉的健壮男人。他们在门口放下了用草席和木材做成的担架。金福尖叫着跑了过去。担架上躺着巨正。巨正身上的衣服沾满了鲜血，和着雨水流淌下来。金福咆哮着抬起巨正的头，看到他脸色苍白，眼睛已经合上了。也不知道伤到了什么部位，毛巾包裹的头部不停地渗出鲜血。

刀疤

台风过后，老渔夫们说，平生第一次见这么大、这么可怕的台风。房子都被吹跑了，路也断了。拴在码头的船被海啸冲上来，挂在房顶上随风摇摆。原来的房顶破碎了，像木筏似的漂浮在海面。很多人溺水而死，或者失踪，死不见尸的人不计其数。

"劳拉"，这是第二天气象厅公布的这场杀人台风的名字。这个漂亮的名字来自某个西方女人。

金福怎么会预感到台风要来呢？难道她的体内藏着蚱蜢似的超感觉器官？还是她具有凡人不具备的特别的预知能力？世间流传的故事都不值得相信。故事总会根据转述者的立场和口才，以及听讲者的便利而有所增删或变形。现在就连没有丝毫出入的圣经也遭到了质疑，流传世间的故事就更难令人相信了。不过没有明显的反证，又不能盲目怀疑。再说，这个故事远比晴朗的天空突然露出太平洋般的大洞更容易信服，不是吗？何况说相信的人会安然无恙。

　　鱼贩子没有死。第二天，他像疯子似的坐在沙滩上，望着只剩残骸的晒鱼场。昨天夜里的事情宛如一场梦，耀眼的阳光撒在平静的海面。风停了，波浪小了，大海无比宁静。曾经无比壮观的晒鱼场消失得片甲不留。晒鱼场旁边的生活房也漂走了，晒鱼场消失的同时，鱼像沙粒似的散落在四面八方。滚落在沙滩的鱼腐烂了，臭味随风飘来。成群的海鸥飞来，争食漂浮在海面的鱼。鱼贩子呆呆地坐了大半天，到了午饭时间，他才骑着生锈的三轮车离开了晒鱼场。从那之后，再也没有人看到他的身影在这个码头城市出现过。

　　巨正也没有死。那天夜里，正在睡觉的医生突然被金福绑架似的拖来，看了看巨正的伤势，连连摇头说，恐怕撑不了几天，没有什么处方，也采取不了什么措施。金福哭着抱住医生的腿苦苦哀求，医生才不得不开了个方子，又说这方子没什么用。尽管这样，金福也没有放弃。她到处打听，找到了所有医术高明的医生，只要听说什么药有用，就全部买回来。她身无分文，这个过程更为凄惨。巨正卧床不起，徘徊在生死边缘。金福全力以赴拯救巨正，仿佛他的身上悬着自己的生命。

　　那天，巨正在搬运从亚热带地区运来的原木。那些粗大的原木足有五六丈那么长，三抱多粗，重量简直无法推测。这是苦役，动用了附近所有的装卸工。装卸工用绳子捆住巨大的原木，分成两队，把绳子搭上肩膀，同时往码头上抬。码头上充斥着装卸工粗重的喘息声和嗨哟嗨哟的号子声。很多人都来看热闹，码头被挤得水泄不通。说唱艺人在前面敲鼓，激励装卸工。裤子被齐腰的海水湿透，粗绳子磨坏了肩膀，装卸工们忍不住发出惨叫。他们听着领唱的声音，使出吃奶的力气，艰难地挪动着跌跌撞撞的双腿。

这一天，巨正将三倍工钱的价值展示得酣畅淋漓。他站在船头，腰上系着绳子，率领队伍前行。他使劲的时候队伍前进。他调整呼吸的时候，队伍就全部停下来。看热闹的人们为巨正的力大无比而惊叹。货主站在船舱里，心满意足地连连点头。

正在这时，伴随着"咣当"一声巨响，同时传来了看热闹的人们的惊叫声。堆在上面的巨大原木突然滚落。站在船头的巨正抬头去看，原木正从十几丈的地方向下滚落。只要他想躲避，根本没有问题，不过后面的装卸工就不会全部幸免了。至少会有六七个人脑袋被砸碎而死，要么是砸断腰而变成残废。上面的人们大声喊着让他避开，巨正也不知道怎么想的，双腿用力撑在那里。原木发出恐怖的声音落到巨正面前，人们想象着凄惨的情景，失声尖叫。女人们转过头，蒙住了脸。原木碰到他胸膛的瞬间，巨正瞪大眼睛，大喝一声。令人难以置信的事情发生了。咣当，伴随着沉闷的声音，原木停了下来。巨正后退了三四步，竟然毫发无损。那些在脑海里想象着残忍场面的人们对他的惊人力量连声欢呼和鼓掌。趁着巨正阻挡原木的刹那，装卸工们全部躲到了旁边，抚摸着受惊的心脏。巨正轻松举起原木，扔进了大海。原木滚入大海的时候，发出刺耳的声音。

这时，背后又传来看热闹的人群的高喊。巨正以为这是献给自己的欢呼，笑着转过头来。事实并非如此。支撑原木堆的柱子断了，堆积在上面的原木崩塌下来。数十根巨大的原木发出轰隆隆的响声同时滚落。装卸工们再次被吓得落荒而逃，或者跳入大海。那么，刚才发挥出惊人力量的巨正怎么样了呢？这次他还是像黄牛似的矗立在那里，只身挡住了原木。结果如何呢？这次的结果与上次不同。巨大的原木以越来越可怕的速度沿着斜坡滚下来，将巨正压在下面，发出刺耳的声音，朝着大海滚去。这是加速度的法则。

那天，巨正在短暂的瞬间里相继表现出了英雄气和蠢气。如果换成普通装卸工，肯定当场就被压扁致死了。而巨正没有死，他活下来了，证明了自己与众不同的能力。代价也很惨痛。他的锁骨和髋骨断了，髂骨粉碎，头盖骨也受到严重的创伤。因为他是巨正，所以能到这个程度。如果换成其他人，早就不在人世了。这些话对金福构不成任何安慰。巨正终于睁开眼睛的时候，已经了解全部情况的金福责问他为什么不躲开，而是在那儿硬撑。巨正断断续续，艰难地开口说道："我……以为……这回……我也能……抵挡。"

这是无知的法则。金福终于明白了盘踞在满腹喜悦中的恐惧的真面目。这是被肉体的影子遮挡的单纯的悲剧。他的肉体如同火花，燃烧过后就消失得无影无踪。她只能在旁边眼睁睁地看着自己热爱的肉体无力地瓦解。她并没有放弃。不，她不能放弃。她深深地爱着巨正。为了这份爱，她已经付出了自己的全部。金福不遗余力地挽救木桩般卧床不起的巨正。巨正出了很多汗，金福每隔几个小时就给他换上干净衣服，随时给他的伤口消毒，揉搓四肢，帮他恢复坏死的神经。她坐在门前，心急如焚。金福平生第一次向自己并不了解的神灵祈祷。

"不知道名字的您，完美的存在呀，我愿意用我的一切、我所有的秘密和喜悦、我所有的脚步、我所有的血肉向您祈祷，一定要救救这个人。我愿意为此付出任何代价。"

巨正卧床不起以后，金福面临的首要问题就是生存。本来就没有钱，又要请医生，还要买药治病，任凭怎样节约，也是捉襟见肘。金福不得不想别的办法。可是在这个城市里，女人能做的只有到码头干杂活。金福这样做了。她脱掉裙子，学着码头上干活的女人的样子，换上宽松的裤子。清洗鱼的内脏，缝补破碎的渔网，切沙丁鱼，穿上钓鱼线。前不久还跟船主们讨价还价做大生意的女中豪杰，一夜之间坠入了最底层。这是社会的法则。她从早到晚辗转于码头，骨头都要累断了。可是干杂活赚来的钱不但不够买药，甚至连吃上两顿饭都有困难。她也想过重新去做干鱼生意，不过很快就放弃了。没有本钱便无法开始，最重要的是，她不想给鱼贩子带去伤害。虽然已经离开了他，但是金福觉得这是自己固守义气的方式。当时她还不知道鱼贩子遭遇的悲剧。

也许是因为她虔诚的祈祷，巨正终于醒过来了。情况仍然很严重。连接腿部的神经断了，只能依赖拐杖行走。摔倒时被木片戳伤的肋骨和肌肉受损的脖子疼痛难忍，每天夜里都连声呻吟。破碎的骨头刺痛他的肌肤和神经。即使睡着了，也总是做噩梦，死人出现在梦中追赶他。他常常在深更半夜尖叫着醒来。金福没有堵住耳朵，而是解开衣服，让巨正咬住自己的乳头，趴在他的耳边窃窃私语："现在没有人伤害你了。不要担心，好好睡吧，我最爱的人。"

巨正在金福的怀里痛苦地翻来覆去，终于睡着了。他那钢铁般结实的肉体和精神渐渐变得虚弱。金福的努力看起来都是徒劳，一切已经无法挽回。

巨正的吃喝拉撒睡，所有的事情都要依赖金福。不知从什么时候开始，只要看到她不在身边，巨正就要发脾气。他总是哭，因为担心有人伤害自己而吓得发抖。不知为什么，他总觉得金福早晚会离开自己，惴惴不安。金福解释了无数次，她说她绝对不会离开，安慰巨正。他的怀疑愈加坚定，最后甚至怀疑金福跟别的男人鬼混，甚至对她动起手来。这是多疑症的法则。他使出不像病人的可怕力量破坏家具，还不解气，那就扯掉金福的衣服，抓住她的头发，将她拖到街头。他像牵狗似的拉着金福，冲着看热闹的人们疯狂地叫嚷："跟这个女人鬼混的家伙是谁？马上出来！都给我出来。你们这些兔崽子！"

人们纷纷咂舌，同情金福。他们都知道巨正的力量有多么可怕，当然没有人站出来阻拦。金福忘记了羞辱，哭哭啼啼地哀求，你醒醒吧，我只爱你。这也是徒劳。永不停止的忌妒心似乎已经牢牢地控制住了巨正。直到最后耗尽全部力气，他才会清醒。这时他又对自己的所作所为感到后悔："因为我爱你，因为我太爱你才这样，所以你要原谅我。"

他哭着向金福求情。巨正已经不是从前的巨正了。她渐渐感到疲惫，觉得自己快要窒息而死了。她脸上血色全无，失去了昔日的光彩。曾经令无数男人鬼迷心窍的味道也消失了，即使在路上看到她，也认不出来了。

有一天，金福像往常那样到市场上收拾鱼内脏的时候，看到市场里的人们蜂拥跑向码头。金福也好奇地跟着人们跑了过去，码头上围了很多看客，中间似乎有人在进行什么壮举。金福穿过人群向里张望，几乎不敢相信自己的眼睛。男人们在里面拿着刀，正在杀一条庞大的鱼。正是以前她在海里看到的蓝鲸。男人们用铡刀般的大刀毫不犹豫地刺向鲸鱼的肚子，鲜血和内脏如瀑布般汹涌而出。看热闹的人们纷纷躲闪，生怕鲜血和内脏溅到自己身上。紧接着，比米袋子还大的鲸鱼肚子里涌出了锚、帆和旧渔网，还有纠缠的钓鱼绳等渔具，以及从船上掉落的木片、各种海草和小鱼。每当涌出什么东西的时候，人们都大声欢呼。金福却感觉心痛，仿佛自己的肉被割掉了。望着看似永远不会死去的巨大生命体就这样无力地变成肉块，她感觉人实在太可怕了。内脏全部掏空，被解体的鲸鱼的处境仿佛就是自己和巨正的处境，悲伤从心底油然而生。她强忍住想哭的冲动，用手捂住嘴巴，逃离了人群。她坐在无人的海边，哭得眼睛红肿。

那天，金福走在回家的路上，繁重的劳动使她的身体疲惫不堪，心情也比往日更沉重。她从剧场门前经过。剧场里正在上映新引进的美国西部电影。她漫不经心地抬头看了看剧场的招牌。那天，她为什么再次走进那个不吉利的剧场里面呢？难道是因为白天目睹的鲸鱼之死突然引起了心境的变化？还是因为她想暂时忘记痛苦的生活？或者是想寻找新的人生之路？

她好像被磁石吸引似的，不由自主地朝剧场里面走去，找到了前不久带她看电影的刀疤男人。不一会儿，刀疤男人从里面走了出来。他仍然穿着雪白的西装，嘴里叼着烟卷。看到金福憔悴的样子，刀疤男人显得很吃惊。金福立刻后悔了，觉得自己不该来找刀疤。她羞得满脸通红，很想马上转身逃跑。她终究还是没有这样做，而是艰难地开口，声音细弱地说自己想看电影。刀疤男人面带微笑，拉着金福的手，带她走了进去。

那天，金福看了有生以来的第二部电影。这次她又是目不转睛地注视着惊人的画面。四周传来的雄壮声音使她深深地陶醉了。电影结束的时候，她再次产生了委屈的心情，仿佛自己受骗了。同时还有空虚和遗憾，使她无法离开。刀疤男人依然像上次那样坐在旁边，用他仅剩两只手指的手紧紧抓住金福的手。

看完电影出来的时候，金福的手上浸满了汗水。她没有像上次那样呕吐。刀疤男人仍然笑着说，什么时候想看电影，随时都可以来。金福又一次羞得涨红了脸，急匆匆地跑出了剧场。第二天、第三天，她还是没有停止奔向剧场的脚步。她就像吸毒的人，一天不看电影就无法忍受。她自己也无能为力。

那天带金福看电影的刀疤男人是历代罕见的骗子、臭名昭著的走私犯，也是整个城市都找不到对手的刽子手，同时又是出了名的破落户、码头上所有妓女的姘头、头脑灵活的捐客。码头城市里发生的每件龌龊事都能和他扯上关系。他擅长各种手段，懂得解决复杂问题的方法。他的生存方式就是钻法律的空子，不过每个人都有用得着他的时候。他可以向船主介绍在码头干活的可靠装卸工和乘船多年的踏实的船员，可以从其他城市带来在酒馆做事的漂亮女人。不仅如此，他还可以帮助走私犯物色适合走私的船只，动员码头上的流氓们修理某个人。这个城市里没有人不知道他。人们都害怕他。对于有些人来说，他又是个有能力、值得信赖的人。

可是，这个冷漠如蛇的男人却对从乡下来的小小金福产生了兴趣。这背后藏着在心爱的恋人面前砍掉自己六根手指的悲剧爱情故事。

刀疤曾经冒着生命危险，爱上了他灵魂的恋人奈绪子。第一次见到奈绪子的时候，他只有十六岁，当时他在亚库扎手下跑腿，正在学习如何把刀刺下去才能要了对方的命。地点是在日本的某个码头城市。少年离开家乡来到日本的第二年，有一天，他跟随前辈亚库扎去了妓院。在那里，他看到了身穿红色和服的妓女，忽然就被她夺去了魂魄。从那之后，灼烧心脏般的相思之痛就开始了。独自痛苦了很久，他终于在某个深夜只身去了妓院。

在少年心中燃起火焰的妓女名叫奈绪子，脸上总是擦得像白纸，很难猜透她的年龄。少年从在旁边唱歌的妓女身上闻到了某种不是气味的气味，就像后来在金福身上闻到的气味。从此之后，他心跳加速，浑身上下不由自主地变得滚烫。他当场用瑟瑟发抖的声音羞涩地向奈绪子表白，请求与她同床共枕。饱经沧桑的奈绪子根本不想加入少年危险的玩火游戏。她冷冰冰地对少年说：

"我需要的是真正的男人，你连正式的组织成员都不是，年龄也小，还不能谈情说爱。等你年龄稍大些，再来找我吧。"

这时，还在亚库扎组织跑腿的少年从怀里掏出一把匕首，当着吓得差点儿失声尖叫的妓女的面，毫不犹豫地砍掉了自己的小手指。"几年之后我一定会再来找你。那时我会成为你想要的真正的男人。这是盟誓的标志。"少年用布包起手指，递给妓女，然后离开了妓院。

几年后，少年俨然成了男子汉。目光更加深邃，身上长出肌肉，块头也大了。有一天，他按照从前辈那里学来的方法，刺杀了敌对组织的成员。尽管他不是本地人，然而亚库扎还是接收他为正式成员。举行入伙仪式的时候，他发誓要极尽忠诚，捍卫名誉，绝对不会背叛，同时砍去了一只手指。左手的小手指已经献给了妓女，这次他只能砍掉右手的小手指。

那天夜里，男人又去找妓女。这时距离第一次见到奈绪子已经好几年了。奈绪子的脸仍然擦得雪白。男人对奈绪子说："我已经成为你想要的真正的男人。今天我成了正式的组织成员。"

奈绪子已经记不起多年以前向自己表白心迹的少年的面孔了。直到男人把砍掉的手指给她看，她好像才想起来，微笑着说道："原来你就是当年那个小伙子。这个城市里像你这样的男人太多太多了，而且我也不相信什么爱情。爱情容易变质，很难守住。"

"那你相信什么?"见奈绪子根本认不出来自己，男人失望至极地问道。

"男人首先要有保护女人的力量。否则，不管多么高大，不管多么擅长舞刀弄剑，都不能算是真正的男人。"

男人从怀里拿出匕首，又砍掉了自己的一根手指，然后说道："我一定会成为有力量的男人，再回来找你。请你等我回来。这就是盟誓的标志。"

后来，男人的眼神与从前截然不同。每当与其他组织发生冲突的时候，他总是站在最前面挥舞刀枪，比任何人都更勇猛善战。每次他挥刀的时候，都会想起奈绪子，想起她身上散发出来的不是气味的气味，下定决心要得到她。他从不吝啬自己的性命，很多次经历生死危机。很快他就成了令所有人恐惧的亚库扎。转眼之间，他成了组织内部的第二把手。

他又去找那个妓女。上次承诺要成为真正的男人之后，又过了几年。他请求与奈绪子同床共枕。她这才想起他就是那个为自己砍掉两根手指的男人。"你现在好像已经成了真正的男人。"

"是的，现在我有力量保护你了。"

奈绪子笑着回答说："和你睡一夜根本不是问题。可是，如果不能永远，这又有什么意义。"

"这是什么意思?"男人急得喉咙沙哑。

"不管狮群里有多少头狮子，最终占有母狮的雄狮只有一头。占有全部母狮的唯一的雄狮，这才是我想要的。你明白我的意思吗?"

"你是想让我成为头目吗?"

奈绪子没有回答，只是露出微笑。这是永远不懂得满足的女人。这次，为爱痴狂的男人再次拿出匕首，砍掉了一根手指，说道："几年之内我一定会成为头目，到时候再来找你。这是盟誓的标志。"

男人这次还是用布把手指包起来递给妓女，然后离开了妓院。要成为头目，却并不容易。除非头目隐退，或者死亡，否则不管他立下多大的功劳都没有希望。岁月流逝，他心急如焚。最后，他不得不做出重大决定。他悄悄地准备了刻有敌对组织标志的刀，深夜潜入头目睡觉的地方，刺中了他的胸部。背叛收留自己、培养自己的恩人是很痛苦的事情，然而为了得到奈绪子的芳心，他不得不这样。为了向恩人谢罪，他当场砍掉了一根手指。

从那之后，两个组织之间展开了激烈的战争。这场战争持续了一年多，双方都死伤了很多人，最后由中央组织出面仲裁。战争彻底结束后，他终于如愿以偿地做了头目。他又去找奈绪子。这回奈绪子没有忘记，而是热情地迎接了他，面带媚笑地说道："你现在已经是头目了。没有忘记我这个卑贱的女人，还来找我，我受宠若惊，不知如何是好。"

　　看到奈绪子的态度发生变化，男人知道自己得到了想要的东西。因为感动和喜悦，他浑身瑟瑟发抖。夜深了，她说出去洗个澡。男人脱掉衣服，钻进被窝，等待着自己付出五根手指的代价得到的恋人。没过多久，洗完澡的奈绪子走进了房间。她在黑暗中脱去红色的和服，露出了身体。脸上的白色脂粉也洗得干干净净。男人抓住奈绪子的手，把她拉进被窝。她像是害羞的样子，身体颤抖。男人喜悦至极，快要哭出来了。他用力抱紧妓女的身体。这是他执著多年的成果，味道甜美得有些恍惚。那天夜里，他好几次到达快乐的顶峰，然后抱着奈绪子的身体睡着了。

　　第二天早晨，他睁开眼睛。前天夜里极度快乐的余韵仍然留在他的肌肤上面，仿佛在轻轻蠕动。奈绪子睡在他的怀抱里。他转头去看心爱的恋人的脸蛋。瞬间，他目瞪口呆，猛然仰倒在后面。躺在他身边的妓女竟然是个满脸皱纹的老妇。起先他以为是奈绪子耍了什么花招，竟然把别的妓女送进了他的房间。不一会儿，他就看出来了，躺在身边的老女人的确是藏在白色脂粉和红色和服里面的奈绪子。他的心沉了下去。第一次见到奈绪子的时候，奈绪子就已经年纪不小了。为了得到她，他又耗费了多年的岁月，奈绪子衰老也是不可避免。想到躺在身边的皱巴巴的老妇竟然就是自己如此深爱、不惜付出生命代价强烈渴望的妓女，他感到茫然自失。昨天夜里依稀保留的快乐转眼间变成了恶心、虚脱和遭人背叛的感觉，疯狂的愤怒使他浑身剧烈颤抖。很快，他也明白了。就在他拼命追逐微不足道的幻象的日子里，衰老的不仅是奈绪子，他的青春也已不在。他诅咒残忍的命运，咬牙切齿地下决心要报复戏弄自己的神灵。他选择的复仇方法就是到死也不再爱哪个女人。为了这个誓言，他又砍掉了一根手指。

他用被子遮住睡梦中的老妓女的身体，离开了妓院。后来，他再也没有找过奈绪子。那之后不久，组织内部传出了他杀害头目的流言，最后中央组织也暗中介入了调查。他下决心离开这个只给自己留下伤痛和悔恨的城市。对于这个城市，他已经没有任何留恋。一天凌晨，他偷偷地乘上了开往故乡的货船。这时候，他的十根手指仅剩下四根。回到码头城市后，他偶尔会找妓女发泄欲望，然而再也没有对谁动过心。这就是他先后失去六根手指的原因。

历代罕见的骗子、臭名昭著的走私犯，也是整个城市都找不到对手的刽子手，同时又是出了名的破落户、码头上所有妓女的姘头、头脑灵活的掮客，刀疤每次看电影的时候都紧紧抓住坐在旁边的金福的手。金福以为刀疤的手早晚会伸进自己的小褂里面，或者掀开她的裙子，可是不知道为什么，除了拉手，他没有做出其他的举动。只是在金福打听什么事的时候，他才小声解释几句。仅此而已。在这个城市里，身为最高实力人物的他想要对无力的女人做点什么，简直易如反掌，然而每次面对金福，他总是那么慎重和小心翼翼。他专门为金福准备了电影。剧场的生意越来越繁荣，总是座无虚席。从来没有人坐过她的位置，尽管她的座位上面没有任何标志。这是街头的法则。

正如刀疤所说的那样，世界上有几千几万种电影。金福最喜欢的是有牛仔出场的西部电影。看似不可能存在于这个世界的广袤沙漠和粗暴地飞驰在沙漠上的驿站马车，从拳头大小的枪里喷射出去的坚决的结局，粗犷如烈马的男人，犹如揉捏软面包般得心应手地对付他们的金发女人……

金福尤其喜欢经常扮演保镖的男人，高大的身材加上结实如石的肩膀和粗厚的大手，特别是骑马时的背影，真的很有魅力。

约翰·韦恩。这是刀疤告诉她的保镖的名字。

出入剧场的日子里，金福渐渐理解了藏在电影里的秘密。展现在眼前的画面并不都是现实，而且电影里也有些好玩的故事，就像小时候听大人讲的古老的故事。读了画面角落的字幕，更容易理解故事的内容。还有件事她无法接受，那就是演戏。听刀疤说，电影里的人物并不都是发自内心。比如他们哭的时候并不是因为真的伤心，他们接吻也不是因为相爱，而是"故意假装是这样"罢了。刀疤说，"故意假装是这样"就是"演戏"。起初金福不明白那些人为什么要演戏。明明不恨对方，怎么可能恼羞成怒，大打出手。明明不相爱，怎么会流泪。这让她大为震惊。没过多久，她理解了"真心"和"演戏"之间的差异，不过他们仍然很有魅力。电影依然是带她逃离痛苦、进入激情世界的向导。

有点儿跑题了。不过，刀疤身上的白西装背后还有个令人难以相信的故事。曾几何时，刀疤也像别的流氓那样穿着黑西装，然而穿过一次白西装之后，他立刻被白色陶醉了。他懵懂地相信，白西装能够洗刷沾在自己身上的肮脏血迹，能够净化自己罪恶的从前。从那之后，刀疤就坚持穿白西装了。问题在于以前就经常穿白西装的那些人，他们总觉得自己不能和刀疤穿同样颜色的衣服。你问他们为什么这么想，他们会说，没什么特别的原因。尽管没有人指示说不许穿白西装，他们却主动把白色西装深藏起来，换上了其他颜色的西装。刀疤穿上白西装后不久，白西装就从街上彻底消失了。

怀念白色的人们选择了灰色或米色的西装。穿灰色西装的人们还稍好些，身穿米色西装的人们走上街头的时候，不知道为什么，总会感觉后颈湿漉漉的，满头大汗。不久，米色西装也从街头消失了。最后在这个码头城市里穿白西装的人就只剩下刀疤自己了。不管他走到哪里，都很引人注目。

约翰·韦恩

　　巨正的身体渐渐虚弱。尽管金福竭尽全力地救他，然而他的脸还是明显变得憔悴，身体更加消瘦，原本结实的肌肉松弛了，从早到晚躺着不动，皮肤也化脓了。他不怎么吃饭，常常躺着发呆，失神地凝视着天花板。有时他像突然想起了什么，猛地站起来，发发脾气。他的力气也不如以前了。他就像腐烂的土豆袋子，渐渐坠落。望着他崩溃的肉体，金福感到心痛，同时也隐隐地产生了逃离这种痛苦的欲望。这是她自己也奈何不了的事。

　　有一天，金福很晚才回家，看到门口放着个米袋子。她惊讶地推开门，发现巨正在贪婪地吃着煮熟的猪后腿。也许是因为尝到了久违的肉味，巨正面带喜色地迎接了金福。金福问他是怎么回事，他说是白天有个男人用背架送来的，还问金福是不是她让人送的。他又拿出一个药袋子说，这也是男人送来的。那里面装满了价格昂贵的药物。

那天夜里，金福去了刀疤家。刀疤感到意外，惊讶地看着金福。金福把药袋子扔到他面前，说道："我不是妓女。"

"我没说你是妓女。"刀疤脸上露出温柔的微笑，回答道。

"那你想要什么?"

"我希望你以后每天都能来剧场。除此之外，我别无所求。"

"我不知道你打的是什么主意，不过我不想这样。我不能接受。"

"我只是想帮你。"刀疤注视着金福的眼睛说。两个人互相盯住对方的眼睛，像是在展开心理战。最后还是金福垂下了视线，她开始脱衣服。刀疤惊讶地瞪大了眼睛。金福脱光衣服之后，对刀疤说："有人给我钱，我就要付出代价。我不知道你想要的是什么，但是我要以我的方式付出代价。"这是金福的法则。

从第二天开始，金福没有再出去干活儿。她从早晨就去剧场看电影。巨正的药快要用完的时候，她就去刀疤的家，自动脱衣服。事情结束，她从刀疤手里拿到钱，然后回家。和刀疤办事的时候，她对自己的无能深恶痛绝，同时也感到羞辱，甚至想咬舌自尽。不过这种感觉越来越弱。只要能给巨正买药，她什么都可以做。这个决心成了她对自己的安慰。

有一天，金福办完事，准备起身穿衣服，刀疤制止了她，让她稍等。然后，他从衣柜里取出珍藏已久的衣服，正是他曾经用生命爱过的妓女奈绪子穿过的红色和服。金福惊讶地看着衣服，他给金福穿上和服，然后丢了魂儿似的盯着身穿红色和服的金福："希望你以后每次和我见面的时候都穿这件衣服，怎么样，能为我这样做吧，奈绪子?"

不知从什么时候开始，刀疤把金福叫成了奈绪子。穿着和服，被人称作另外的名字，金福感到羞耻，然而与自己的收获相比，这样的羞耻还可以忍受。每次金福回家的时候，刀疤都给她足够买药和食物的钱。随着时间的流逝，金福渐渐习惯了奈绪子这个名字，还有和服。后来，她丝毫没有不舒服的感觉了，仿佛她本来就叫奈绪子。

历代罕见的骗子、臭名昭著的走私犯，也是整个城市都找不到对手的刽子手，同时又是出了名的破落户、码头上所有妓女的姘头、头脑灵活的掮客，刀疤虽然是个沉默的男人，却向金福吐露了自己的全部。他被年老的妓女带到人世，甚至不知道亲生父亲是谁；母亲生完他就死了，妓女把他养大；亲生父亲后来出现在他的面前，跟随走私的他偷渡日本，却在船上遇到了台风。风很大，船翻了。不会游泳的父亲在狂暴的风浪之中苦苦挣扎，最后沉入水底。幸好他会游泳，独自漂到岸边。亚库扎在岸边发现了昏迷不醒的他，他们把他带走了。因为与亚库扎的相处，他学会了如何用刀，第一次杀了人。关于他如何遇见生命中第一个深爱的女人，又是如何分手，如何回到故乡，如何在这个码头城市获得霸权，这些也都告诉了金福。他讲的故事都与杀人、绑架、阴谋和背叛有关，恐怖而残忍，然而对金福来说，这些事都很新鲜，就像电影里的故事。渐渐地，她沉浸到了刀疤的世界。

有一天，刀疤带着金福去了剧场旁边的茶馆，让服务员给倒茶。那是像葛藤似的黑茶，金福尝了尝，觉得味道太苦，马上就吐了出来。"呸呸呸，怎么这么苦？"

"这是咖啡。要是太苦，你可以加点儿白糖，像我这样。"

刀疤笑着说道。加点儿白糖再喝，味道还不错。不仅是味道不错，喝了几口之后，金福就被咖啡的味道彻底征服了。那种苦涩的味道在舌尖弥漫，留下清净的余韵后便消失了。那是仿佛隐藏着优雅神秘的微酸的芬芳。这让她想起了很久以前坐在故乡山坡上的时候，从南方吹来的风的气息。

从那之后，她经常去茶馆喝咖啡。咖啡究竟用什么原料做成，怎么会发出如此神秘的味道？她很好奇。这个疑问很快就有了答案。咖啡的果实表面看着像大麦，尺寸却有豌豆般大小。刀疤说，那是树上结的果实，来自绕地球半圈才能到达的远方的国家。果实放在锅里炒，放在壶里煮，水很快就变成了古铜色，香气弥漫整个茶馆。各种各样的人追随这种温和的香气来到茶馆。前来看电影的羞涩恋人和没能找到住所的晕头转向的流浪者，以及疲惫不堪的体力劳动者、刚刚结束海浪之战从远方归来的船员，还有来找刀疤的陌生男人们……

刀疤总是在茶馆角落里与人见面。他的手下站在门口，前来寻找刀疤的人必须得到他们的许可。通常是对方说话，刀疤静静地听。他偶尔点头，或者不满似的微微皱眉，仅此而已。随着他的表情变化，对方有的面露喜色，有的面如死灰离开茶馆。他们走出茶馆门外的时候，刀疤做手势叫来手下，轻声叮嘱几句。就是这几句话，决定了劝告和威胁、绑架和拷问、恐怖事件和杀人事件的发生。

不管在城市的哪个角落，只要涉及金钱，就少不了刀疤的份儿。比如，某个小偷盗取了糊涂土老帽的行李包，那么必然有刀疤的好处。妓女拿到了孤独鳏夫的嫖款？那么也有部分属于刀疤。酒贩子卖了酒，饭店老板卖出了饭菜，甚至连卖水商贩卖出了水，也都要留出刀疤的份儿。某个地方发生冲突，某人得到赔偿，也要向刀疤交纳好处费。这些钱叫做税金。

为什么要向刀疤交税？没有什么特别的原因。从来就是如此。从来没有人提出异议。只是在几年前，有个从外地来开酒吧的男人首次提出了疑问。"到底……为什么？"

当天夜里就有了答案。酒吧老板被扔进了大海，腰上拴着巨大的石头。这是刀疤的法则。几年后，最早在码头城市传教的传道士对这个问题做出了明确的回答："上帝的给上帝，刀疤的给刀疤。"

很久很久以前，邻近城市的流氓对刀疤的领地垂涎欲滴，试图要他的命。他们雇佣杀手，杀手在光天化日下跟随独自行走的刀疤，刺中了他的左肋。刀疤躺在医院里，与死亡斗争了很长时间。最后，他像不死鸟似的站了起来，立刻展开复仇。那伙流氓大部分都是腰间系了石头被扔进了大海。从那以后，刀疤养成了每走三步就回头张望的习惯。这种不舒服的习惯持续几年之后，他在暴风雨之夜被渔叉穿透腹部而死。

有一次，金福很晚才回家。那天是新引进的西部片上映的日子。电影里有她喜欢的约翰·韦恩，还有头戴羽毛装饰的印第安人。约翰·韦恩仍然沉默寡言，有条不紊地逐个消灭印第安人。印第安人中了约翰·韦恩的枪，像狍子似的倒下了。这是西部片的法则。金福深深地陶醉在电影中，连续看了三遍，才从座位上站起来。时间太晚了，她隐隐约约地有点儿担心巨正。

果然不出所料，巨正火冒三丈，看到金福，立刻揪住她的头发往墙上撞。他对金福破口大骂，问她这么晚了跟哪个浑蛋鬼混，让她如实招来。他说金福身上有别的男人的味道，随手拿起什么就往地上扔。金福忍无可忍，猛地站起来，用力推开了巨正。巨正已经耗尽了气力，无力地倒在地上，像个小孩子似的啜泣起来，又用埋怨的目光望着金福。"我都知道了。"

金福的心猛地一沉。"知道什么了？"

"外面的传言，我也听到了。"

金福长长地吁了口气，低头看着巨正。这段时间她往返于巨正和刀疤之间，疏于照顾巨正。巨正穿的衣服都脏了。他的身体愈加消瘦，看起来像个巨大的皮袋子。金福心生恻隐，消失已久的罪恶感重新复活了。她走到巨正身边，抱住他的肩膀，安慰巨正："不管从哪里听到什么流言，你都不要相信。那都是好事之人编造的谎言。"

"不，你变了。你肯定有别的男人了。"巨正摇了摇头，没有停止哭泣。

"我能有什么男人？你说吧，除了你，我还喜欢谁？"

巨正抽泣着回答："约翰·韦恩。你喜欢约翰·韦恩胜过了我，不是吗？"

怪物

　　每个人都有不经意间被糊涂的迷惘或过分的执著困扰的时候，比如爱情。关于这点，即使像刀疤这种冷漠的男人也只能是个愚蠢的人。很久以前，他下定决心再也不爱任何女人，甚至不惜斩断手指作为盟誓的标志。现在，他也不由自主地被奈绪子——金福夺去了自己的心。起先，他感觉金福身上散发着与很久以前那个妓女同样的气味，只是半好奇半开玩笑地接近她，然而身穿红色和服的金福却在不经意间点燃了他冷漠的心，如同当年的妓女点燃了十六岁少年的心。为了信守诺言，他竭尽全力地克制自己不去爱上金福，然而他无法拒绝已经占领自己内心的奈绪子——金福。

　　历代罕见的骗子、臭名昭著的走私犯，也是整个城市都找不到对手的刽子手，同时又是出了名的破落户、码头上所有妓女的姘头、头脑灵活的掮客，只要他愿意，可以尽情地找女人，然而对于他来说，只有巨正的女人，也就是金福才有意义。她随时可以痛痛快快地为他脱去和服，但是他想要的并不是她的身体，而是她的窃窃私语。他想要的是她的撒娇、她的笑容、她的拥抱、她的眼泪、她的呼吸和她的爱情。这才是他真正想要的一切。他想要得到的终极是奈绪子——金福的一切，永远占有她的一切。这是爱情的法则。

有一天，他不动声色地试探金福的心意。他说他不明白像金福这样年轻而且有魅力的女人为什么要跟着巨正这样愚蠢而且身体也不健康的男人过日子。金福长长地叹了口气，说："他已经成了我的主人。现在如果没有我，他就活不下去。除非他先把我赶走，否则我不会离开他。"

刀疤对金福这种草率而盲目的爱情感到不可思议，然而她的心却坚如磐石。刀疤对如何得到自己想要的东西了如指掌，唯独对金福的心无能为力。每当他看着金福脱去和服回家时的背影，他的心情都会变得沉重。他送给金福很多珍奇礼物，都是金福这辈子从未见过的宝贝。比如，从遥远的大海彼岸带来的昂贵手表和来自邻国日本的漂亮护身刀，阿拉伯的水晶茶壶和中国的金簪。这是求爱的法则。每次看着那些东西，金福都不屑一顾。直到他劝说多次，这才无可奈何地收了起来。

季节变换的时候，他想看看金福的心意有没有发生变化，于是再次小心翼翼地加以试探。金福像往常那样脱掉和服，穿好自己的衣服，准备回家。

"他在利用你。只要你愿意，我可以让他彻底离开你。"

"这是什么意思?"金福猛地转过头，瞪着刀疤。她的眼睛里燃起了幽蓝的火花。她走到刀疤面前，盯着他的眼睛说道："我不知道你在想什么，但是这种事你做梦都别想。如果他出了什么事，我就认定是你干的。如果他受到伤害，我就在你面前咬舌自尽。"金福冷若冰霜地夺门而去。

那一刻，刀疤觉得只要自己能得到金福这样的爱情，那就死而无憾了。与其这样独自忍受相思之痛，还不如像巨正那样骨折，终身做个废人。只要能得到金福温暖的照顾，这样似乎更好。再也不会爱上哪个女人的誓言早就粉碎，他发现自己正为了赢得奈绪子——金福的心而痛苦心碎。

不久之后，刀疤向金福提了个建议。他愿意为金福和巨正两个人腾出房间，请她和巨正搬到自己家里住。金福当然果断拒绝了这个提议。她不愿意让和自己保持不正当关系的男人与巨正生活在同一个屋檐下，而且她也怀疑刀疤有什么阴谋。刀疤却说，我可以拥有更多和你相处的时间，当然很好;巨正也可以在更宽敞、更整洁的房间里休养身体，这也不失为好办法。刀疤甚至承诺请医生到家里来照顾巨正。金福无力反驳，终于搬到了刀疤家，三个人一起生活。

刚开始金福觉得住在刀疤家里很不方便。过了些日子，她渐渐习惯了奇妙的三人同居生活。家里有专门的厨娘，她的手不用沾水。很多人照顾巨正，巨正也不再固执地纠缠金福了。金福让他享受到了自己命中根本不可能享有的锦衣玉食，他当然没有理由不满。她的脸上又恢复了生机。

巨正并不知道为什么要搬家，茫然地相信金福使用什么手段赚了大钱。不管什么原因，既然每天都能吃到丰盛的食物，他也就没有什么不满了。他和刀疤偶尔碰面，却不知道刀疤和金福是什么关系，也没有兴趣。曾经将他折磨得痛苦不堪的对于约翰·韦恩和金福关系的怀疑早已经从他脑海里消失了。也许是每天从早到晚躺在家里的生活使他感到郁闷和无聊的缘故，他越来越贪吃了。从前那个码头上力大无比、眼神宁静的男子汉，现在沦落为只知道吃喝的愚蠢饭桶。也许是因为贪吃的缘故，他不再吹毛求疵，身体渐渐恢复，瘦弱的身体又长出了肉，这令金福欣喜不已。他们的同居让所有人都感觉舒适和满足。

但是，刀疤的感觉却不是这样。他仍然在相思之痛中度过每一天。他已经多次带着刀躲进巨正的房间。他也知道，要是巨正出了什么事，金福就会在自己面前咬舌自尽。于是他没能下手，最后转身离开。只是他经常拿着刀，对准睡梦中的巨正的某个部位，琢磨着怎样才能在瞬间结束巨正的性命。通过这个举动，刀疤知道巨正是多么无能的人，只要下定决心，随时都可以送他上西天，并且从中克制自己的杀意。刀刃在眼前晃动，巨正也不知道，总是像猪似的闷头沉睡，嘴角和下颌粘满食物的残渣。金福似乎看出了刀疤的痛苦。有一天，她躺在刀疤的怀抱里说："现在我已经如你所愿搬到了这里，而你看上去还是不开心，这是怎么回事？"

刀疤推说自己只是太累了。金福坐起来，盯着他的脸说道："你看看吧，你已经得到了想要的一切。你是这个家的主人，所有的事情都取决于你的心。难道你还不知道吗？"

听了金福这番话，刀疤感觉所有的疑问都有了答案。他就当巨正是金福身上的瘤子，决定不再放在心上了。这样一来，心里就舒坦多了。他甚至后悔，以前为什么要被这种愚蠢的嫉妒折磨。就这样，刀疤的家里又恢复了平静。

一年过去了。除了巨正的体重，一切都没有改变。这时候的巨正，体重已经接近五百公斤，腰围像他以前搬过的原木那样粗壮，分不清哪是脖子，哪是腰。这是肥胖的法则。如果身边没有人服侍，他不但自己站不起来，而且连厕所都不能去，最后只好买了个大尿缸，放在房间里。他每天吃的东西多得惊人。为了淘米给他做饭，厨娘的指纹都磨平了。米店的工人背着米袋子送来，踩平了门槛，累弯了腰。巨正每天待在房间里，除了吃东西没有别的事情可做。吃东西、消化和排泄似乎也显得吃力，身体肥胖起来的同时，他的智商却变得越来越低，像个小孩子。

巨正堕落为饭桶，却给金福带来了意外的平静。她仍然每天泡在剧场里，每天到茶馆喝一次咖啡。夜里很晚才回家，先到巨正的房间看一眼，确定没事，马上就去刀疤的房间。

这是后话了。当时，村里的孩子之间流传着怪异的绯闻，说刀疤家里养着不知是什么种类的庞大怪物。那头怪物本来生活在深海，台风把它吹到陆地，被刀疤发现，带回了家里。怪物身体庞大，吃得很多，喂饱都很困难，然而刀疤宁愿承受沉重的负担，还是养着怪物。这是因为怪物长得与人酷似，不但能听懂人说话，还能说上几句，刀疤觉得怪物很有灵性，不忍心杀死它。

还有人说，刀疤抓走深夜在街头玩耍的孩子，拿回家给怪物当食物。转眼之间，那头怪物就能把孩子吃得干干净净，连骨头渣都不留。这个怪异传闻的结局是这样，每当肚子饿的时候，怪物就敲打着地面，哭着说道："我饿，再给我个孩子。"

暴风雨

　　该来的总是会来，哪怕半点儿先兆也没有。这是命运的法则。渔夫们依然驾船驶向大海，女人们扛着网筐到沙滩上挖贝壳。金福也和往常一样，摇晃着屁股尽情地辗转于剧场、茶馆和市场之间，直到很晚才回家。回家的路上，天空布满乌云，金福只是想，看样子要下雨了。回家以后，她还是像往常那样先看了看巨正的房间。他的身体已经胖得分不清哪是手、哪是脚了，体重超过一吨。真是巨大而单纯的饭桶。智商变得更低，只会说几句话，有时候连金福都认不出来。

　　那天金福推门进去的时候，巨正正在吃晚饭。他看了一眼金福，目光中没有欲望，也没有憎恶，只有单纯的空虚。他越来越像尚未长出四肢的鱼了。庞大的躯体占据了宽敞房间的大半。这个巨大的肉团竟然让金福感觉到奇异的美。他的眼神清澈而透明，令人感到深深的罪责。不知道从什么时候开始，作恶多端的刀疤再也不进他的房间，金福也尽可能避开他的目光。

走出巨正的房间，经过廊台的时候，风很大，合叶发出吱吱嘎嘎的声音。金福情不自禁地蜷起身体。她穿着和服走进刀疤的房间，刀疤像往常似的面带微笑迎接她。脸上的刀疤弯成了圆形。金福坐下身来，他从口袋里掏出一条项链，戴在她的脖子上。项链以奢华的金子做装饰，大约是一千年前某位女王用过的宝物，当时就已是无价之宝。刀疤为了看到金福快乐的样子，心甘情愿把项链戴上她的脖子。金福似乎从项链中感觉到了不祥的气息，那天她的心情不是很好。"脖子上戴着这个，显得我很寒酸。"

她在镜子里看着自己戴项链的样子，忧郁地说。刀疤极力反驳："胡说，奈绪子，你的前生肯定是女王。你看看，戴在你身上多合适。"

刀疤用本来就不出色的口才极力安抚奈绪子——金福的心情。她这才振作起来，笑着搂住了刀疤的脖子。最近金福还有个显著的变化，那就是她对刀疤的态度。不同于从前的是，金福经常对刀疤撒娇，说些轻松的话题逗他笑，积极配合刀疤，令刀疤忘乎所以。这种变化最让刀疤欣喜，从爱上以前那个妓女开始积累起来的相思之痛和遗憾顿时冰消雪融了，他感动得甚至偷偷流泪。奈绪子——金福就是这样的女人。她能让刀疤这般冰冷心肠的男人哭泣。

那天夜里，两个人脱光衣服，享受久违的云雨之情。他们深深陶醉，夜深了也不知道。风更猛烈了，他们不知道。几滴雨珠夹杂在风中落下来，他们也不知道。改变命运的时刻随时都有可能到来，他们也不知道。

金福感觉到可怕的气息，睁开了眼睛。巨正矗立在黑暗之中。不知道怎么回事，他浑身上下湿漉漉的，袖子还在滴水。金福很惊讶，想要坐起来，然而身体却像被捆住了似的，动弹不了。她想问巨正发生了什么事，可是发不出声音。巨正用怨恨的目光望着金福，脸色怪异，看起来没有人样。金福心生恐惧。突然，巨正对金福说道："你喜欢约翰·韦恩胜过了我，不是吗？"

声音很沉重，仿佛是从深水泵里传来。金福顿感怜惜，喉咙哽咽了。她挥着手，想要靠近，然而巨正就像脚底带着轮子，慢慢地后退，消失在黑暗中了。

金福忽然惊醒，猛地坐了起来。外面肆虐着鬼哭狼嚎的风声，雨水打进窗户，窗户纸湿了。刚才从眼前消失的巨正的面孔太真切了，金福感觉毛骨悚然。她往旁边看去，刀疤不见了。不祥的预感沉重地掠过她的脑海。她站起来，慌忙穿上和服，快步跑到巨正的房间。房门敞开，巨正不在里面。这一刻，她的耳边似乎传来很久以前刀疤说过的话：

"只要你愿意，我可以让他彻底离开你。"

还有一句话也在耳边回荡："我在他身上拴了石头，扔进大海里了。就算他游得比鲸鱼还快，也不可能活着出来了。"这是潜意识的法则。

她赤着脚，慌里慌张地穿过庭院，推开大门跑了出去。外面风雨交加，就像巨正受伤回来那天。雨下得很大。和服很快就湿透了，衣襟敞开，露出了胸脯，她毫不介意。她跑得上气不接下气，胸膛都要爆炸了。她一口气跑到码头，巨大的波涛疯狂地扑向防洪堤，掀起层层泡沫。

刀疤背对着她，站在尽头。他默默地站在波涛前，注视着大海。突然间，金福有种头晕目眩的感觉，猛地停下了脚步。她的脑海里浮现出刀疤在巨正腰上拴了石头、扔进大海的场面。憎恶的火焰穿透了她的心脏。正在这时，她看到一把大渔叉，也许是被狂风从船上吹落下去的。竹竿尽头的铁钎在黑暗中闪闪发光。她拾起了渔叉。

刀疤转过身，看到身穿红色和服的奈绪子手拿渔叉站在黑暗之中。她的脸因愤怒而瑟瑟发抖。刀疤露出吃惊的表情，正要对她说什么，渔叉已经穿透了他的身体。刀疤低头看着插在自己腹部的渔叉，鲜血从衣服里面渗了出来。刀疤感到不可思议，他看着金福，嘴里流着血，嘴唇已经硬了，连开口说话都显得吃力。他艰难地说道："到底……为什么？"

这是多年以前在码头城市开酒馆的商贩对前来收税金的刀疤说过的话。刀疤立刻点了点头，似乎明白了所有的情况。他膝盖一弯，跪倒在地。最后，他艰难地抬起头来，说道："巨正……不是我……杀的。他自己……结束了……生命……"

历代罕见的骗子、臭名昭著的走私犯，也是整个城市都找不到对手的刽子手，同时又是出了名的破落户、码头上所有妓女的姘头、头脑灵活的掮客，刀疤死了。

出航

世界上真的存在客观真相吗？通过人们口口相传的故事究竟能有多大可信度？刀疤临死之前对金福说的话是真的吗？即使在心爱的人面前迎来死亡，人类的狡猾也还是会发挥它的能力吗？这个问题也还是一样，我们找不到任何答案。故事总会根据转述者的立场和口才以及听讲者的便利而有所增删或变形。各位读者，只要相信你们要相信的东西就行了，仅此而已。

那天夜里，巨正从睡梦中醒来，有种毛骨悚然的感觉。外面风声肆虐，粗粝的雨点连连敲打着窗户。奇怪的是，那天他的脑子里格外清朗。犹如从长久的睡眠中醒来，他感觉神清气爽。他站起来，想到窗边看看外面的雨有多大。然而身体好像被捆住了似的，一动也动不了。巨正下意识地看了看自己的下身，顿时惊呆了。他的身体已经膨胀得分不清哪里是腿、哪里是胳膊。看着自己的身体，他受到了剧烈的打击，无法理解这么多肉怎么会粘上自己的身体。

望着变成怪物的自己，他呆呆地坐了很久，然后努力活动身体。尽管现在浑身都已经被巨大的肥肉块包围，然而他毕竟曾是码头上闻名遐迩的头号大力士。留在体内的肌肉缓缓蠕动，终于抬起了包围全身的巨大肉块。他推开门，慢慢地走进了庭院。这是个陌生的地方，我怎么会来到这里？他惊诧不已。他穿过庭院，打开每个房间的门，像是要找到秘密的钥匙。肚皮垂落到地面。

当他推开一扇门，熟悉的气息从黑暗中迎面扑来。这时闪电划过，房间被照得通亮。这个瞬间，他看到金福赤身裸体抱着陌生的男人，睡得很沉。强烈的痛苦使他差点儿失声尖叫，但是他静静地关上门，回到了自己的房间。又一道闪电划过，赤裸裸地映出了自己身上的巨大肉块。过往的岁月隐隐浮现在脑海。初遇金福的海边、晒鱼场的鱼、晚霞中的海岸，以及与金福共度的幸福时光和砸在身上的巨大原木，抓着金福的头发疯疯癫癫的情景……

低头看着极度膨胀的身体，想起自己深爱的女人正在隔壁房间和别的男人同床共枕，他感到难以言说的痛苦。巨正潸然泪下，肩膀颤抖，哭了很久。他坐在地上默默哭泣，脑海里慢慢地形成了一个念头。他想起金福竭尽全力照顾自己的柔弱身影，然后慢慢起身离开了房间，静静地推开了金福睡觉的房门。他想最后看一眼沉睡的恋人。一道闪电划过，他看到了她的脸。这段时间她渐渐胖起来了，看上去很幸福。

巨正拖着庞大的身躯，艰难地走向码头。路上风雨交加，走起路来更加困难。肚皮拖在地上，擦出了伤痕，他仍然全力以赴地拖着沉重的身体，朝着码头走去。就像拖着大大的包袱，他拉着长长地堆在身后的沉重肉块，艰难前行。他的嘴里情不自禁地流出了歌声。这是很久以前做装卸工时唱过的劳动歌谣。这是习惯的法则。

嘿哟，翻过去，唉唉，翻过去

翻过山谷

背啊扛啊翻过去

嘿哟，翻过去，唉唉，翻过去

嘿哟，唉唉，唉唉，唉唉

巨正自己轮番唱着前面和后面的歌词，慢慢地走向码头。他干了一辈子装卸工，想不到在人世间搬运的最后一件货物就是比任何货物都沉重的自己的身体。当他拖着肥胖的肉体终于到达码头尽处的时候，他已经筋疲力尽。波涛涌来，向着他的身体喷洒泡沫。他原地伫立，凝望着汹涌的波涛。天地四方的鬼魂们厉声咆哮，张牙舞爪，落水而死的鬼魂向他招手，要他快点来。巨大的波涛涌向防洪堤的瞬间，他纵身跳了进去。不知哪里隐约飘来金福的体味。不一会儿，那种气味消失了，沉重的肉块伴着"啪嗒"的声音落入大海，掀起了巨大的波浪。这是作用力和反作用力的法则。

刀疤也在万分惊恐中睁开眼睛。外面仍然肆虐着风声，门口耸立着庞大的怪物。他的手不知不觉地紧紧握住了放在床头的刀。不一会儿，他就看出来了，那个怪物是巨正。闪电划过的瞬间，他看到了巨正眼里的水汽。随后，巨正关上门出去了，刀疤静静地起床，跟随在巨正后面。巨正拖着沉重的肉块，艰难前行。街上暴雨如注，衣服都湿透了。刀疤保持着不远不近的距离，尾随在后。

巨正到达了码头的尽头，刀疤这才明白巨正想干什么。他正犹豫着该不该阻止巨正自杀，然而还没等做出决定，巨正庞大的身体就跳进了黑色的大海。转眼间，波涛覆盖了巨正的身体。刀疤茫然自失地站在那里，注视着巨正的身体被波涛淹没，直到消失不见。突然，他习惯性地回过头来，看到了手拿渔叉等候自己的奈绪子。

暴风雨那么猛烈，刀疤清晰地感觉到渔叉穿透身体的瞬间。金属碰触腹部的陌生而冰冷的感觉，肚皮被扯碎的强烈的混沌和尖锐的痛苦，渔叉贯穿内脏的直线移动的异物感，铁钎最后掠过脊椎穿透而出的恐惧和终于结束的安心感，随之涌来的剧烈空虚……就像很久以前左肋被刺的时候，他真切地记得每个瞬间。让他难以相信的是，刺杀自己的人竟是为之付出六根手指的灵魂恋人——奈绪子。

刀疤死后，金福被难以言说的混乱和痛苦包围。那天的悲剧唤起了很久以前妈妈生她死去后常常伴随在她身边的对死亡的恐惧。她哽咽不止，撕碎了自己的小褂。猛烈的风将她吹倒在地。刀疤腹部被渔叉穿透，死在她的面前。她爬到刀疤身边，试图抽出渔叉，然而三股叉状的刀刃反而把伤口划得更大了。这是渔叉的法则。肠子从被扯碎的肌肤间露出。金福想把肠子塞回肚子，然而越是这样，伤口被扯得越大，内脏哗啦啦流了一地。那一刻，她昏厥过去了。

金福睁开眼睛的时候，东方已经露出鱼肚白。风小了，雨停了，波涛的气焰也有所消减。冷不防往刀疤倒下的位置看去，她发现刀疤的尸体已经不见了，不知什么时候被波浪冲走了。现在，什么都没有了。她没有信心独自背负亲手酿下的悲剧活下去。她缓缓站起身来，走到防洪堤上面，毫不犹豫地跳进了大海。

一名渔夫出来看看自己的船有没有被昨天夜里的暴风雨毁坏，碰巧发现了金福。渔夫抓住金福的头发，将她拉了出来。渔夫静静地看着坐在地上哭泣的金福，点了点头，说道："等一等，我还以为是谁呢，原来是当年那个小丫头。现在长大了。"

金福这才注意到自己的和服不知什么时候掉落了，哭泣的金福双手捂住乳房，看着那个男人，好像在哪里见过这张面孔。突然，金福看到刻在男人身上的海鸥文身，终于想起他是谁。他正是金福到达码头那天试图强奸她的渔夫。渔夫上下打量着浑身湿透、暴露出完整曲线的半裸身体。

"既然这样毫无价值地抛弃，还不如让我看看呢。"

金福蜷缩着身体，瞪着渔夫。他哈哈大笑，说道："不用担心，当时被那个怪物小子踢过之后，好像是睾丸破了，即使想干那事也干不成了。"

说完，他从船上卸下被暴风雨揉成团的渔具，自言自语道："好死不如赖活，真不明白你为什么要了断自己的性命。不用这么着急，到时候自然会有人来通知你。"

听渔夫的语气，好像早已看破了红尘，很难找到从前的贪婪和粗鲁了。现在的他，也只是个无力的中年人。他的变化也让金福感到悲伤。渔夫整理渔具的时候，金福纹丝不动地注视着他。海边清晨的风景是那样平静，昨天夜里仿佛只是做了个梦。她躺下来，不知不觉就睡着了。不一会儿，有人把她晃醒，睁眼一看，原来是刚才那个渔夫。"你好像也没什么地方可去，先去我们家吧。喝碗热汤填饱肚子，说不定就想出办法来了。"

金福呆呆地看了看他。渔夫脱下自己的褂子，扔给了金福。

"这么大的姑娘了，总不能袒胸露乳吧。虽说衣服上有鳏夫的臭味，你也别嫌弃，先披上吧。"

那天早晨，金福跟随渔夫去了他的家。她没有勇气回到自己空荡荡的家里。只要不回家，别的什么都无所谓了。渔夫将不知什么材料做成的漂着白色油沫的汤泡大麦饭递给金福。对于昨天夜里刚刚经历过残忍事件的人来说，这样的粗茶淡饭成了美味。金福狼吞虎咽地吃光了饭，倒在角落里睡着了。从那之后的几天里，除了中间醒来上厕所，除了白天出去捕鱼的渔夫晚上回来做好饭拿给她吃，她从到早晚就在这个阴暗而且臭烘烘的房间里睡觉。什么也不想，连梦也不做。

几天后，金福终于振作起来。她来到封堂，蹲在那里。这时，渔夫家院子里的樱花正开得烂漫。金福整天茫然地看着樱花。

那天渔夫捕鱼结束后回到家里的时候，金福不见了。他早晨留给金福的餐盘上面放着一条项链。碗原封未动，金福好像也没吃，苍蝇黑压压地聚在上面。金福跟随渔夫来到这里已经五天了。后来，渔夫把金福留下的项链卖给了在渔村流浪的珠宝商贩。举世无双的宝物换来的只是一箱鳕鱼的价钱。尽管这样，渔夫还是乐得合不拢嘴，连说这丫头临走还留下了足够的饭钱。

流浪

　　女孩子的感官与众不同，这使她把第一次与事物接触的瞬间牢牢地刻在脑海里，终生不忘。湿漉漉黏糊糊的感觉、血腥味、黑暗和腐烂的味道、咸涩、黝黑而粗壮的几根柱子，以及模样相仿的两个小小的白色圆形，圆形中间发出来的洪亮嗓音……

　　"哎哟，天啊！这么大的孩子怎么会从这么小的洞里钻出来？"

　　时间飞逝，转眼就到了大块头的女孩子从女乞丐的身体里出生的瞬间。地点就是由双胞胎姐妹经营的酒馆的马厩。两姐妹面露惊异，瞪圆眼睛，轮番打量着乞丐女人被茂盛的阴毛覆盖着的血淋淋的阴门，以及刚刚从里面出来的小女孩。胎儿的身上沾满鲜血和羊水，还冒着热气。女孩子已经睁开眼睛，却没有哭，只是露出不解的表情，盯着双胞胎姐妹的脸。

　　女孩出生后看到的两个小小的白色圆形不用说，当然是酒馆主人，也就是双胞胎姐妹的脸庞。那么，黑黝黝的几根长柱子是什么呢？是大象。那天早晨，双胞胎姐妹中的妹妹进去给大象喂煮黄豆的时候，闻到了某种腥味。那是暮冬的早晨，嚣张了整个冬天的冬将军正在做着离开的准备。妹妹听到阴暗的马厩角落里发出沙沙的声音，接着她看到血迹斑斑的野兽在轻轻蠕动，立刻惊叫着跑向在厨房里烧火的姐姐。姐姐胆子稍大些，走在前面。姐妹俩又去了马厩，掀起草席。

她们看到了乞丐女人在松软的敷草上面生孩子的场面。女人生完孩子后似乎已经昏迷，血淋淋的双腿敞开着，脐带还没有剪断的小女孩全身沾满鲜血和羊水，瞪大眼睛望着她们。小女孩更感兴趣的不是一模一样的双胞胎姐妹，而是她们身后的几根黑黝黝的粗柱子，也就是大象。刚才妹妹吓得扔掉了淘米盆，大象正在捡食落在地上的黄豆。小女孩朝大象爬去，只是因为还连着脐带，无法继续向前爬行，只好不停地蹬腿。令人难以置信的是，留在产妇子宫里的胎盘忽然掉了出来。孩子朝前爬去，伸出了手，似乎想要捡起大象正在吃的黄豆。姐姐大惊，赶紧跑过去抱孩子。孩子太重了，很久以前被大象踩伤、腰部不适的姐姐立刻尖叫起来，把孩子交给了妹妹。她们把女乞丐和孩子带回家里，帮她们清洗身体，换上了干净的衣服。

过了大约一个时辰，产妇终于清醒过来。她看也没看睡在旁边的孩子，狼吞虎咽地吃光了双胞胎姐妹做给她的海带汤。双胞胎姐妹看着女人吃饭的样子，感觉她虽然冻得伤痕累累，脸蛋还是很漂亮，而且透出不像乞丐的自信。虽然她刚刚生过孩子，但是做了一辈子路柳墙花的双胞胎姐妹根据多年练就的感觉看出来了，女乞丐优雅美丽的身体里仍然保留着足以令男人神魂颠倒的姿色。等产妇把饭吃完，双胞胎姐妹小心翼翼地问她为什么把孩子生在马厩里。女人默不作声。两天过去了，女人终于开口说出了自己的名字——金福，这是个随处可见的名字。

金福生下春姬，是在她从码头城市里消失之后的第四年冬天。这四年里，没有人知道金福去了哪里。人们只是猜测，她可能会像随风飞舞的落叶，居无定所，四处流浪。仿佛身体的某个部分脱落似的茫然自失和身体与灵魂分离般的空虚，不停地驱赶着她。她吃着粗糙的食物，无家可归，没有地方清洗身体，也没有衣服换。

每天夜里，刀疤都会出现在她的梦里。他像往常那样穿着白色西装，就像刚刚从水里走出来，浑身湿透。脸色苍白，袖子和裤腿滴着水，他站着的地方凝结了很多水珠。夺走他性命的渔叉不见了，也没有看到鲜血，然而被渔叉穿透的腹部的伤痕却清晰可见。他把流出体外的肠子使劲塞回肚子，越是这样，伤口挣得越大。刀疤攥着自己的肠子，焦急地望着金福，似乎是想请她帮忙。金福想去帮忙，然而每次她都动弹不了。他轻轻地消失在黑暗中了，金福陷入无法形容的悲伤，浑身湿漉漉地从睡梦中醒来。转眼间，她衰老了许多。聪慧的眼睛失去了光泽，皮肤变得粗糙，曾经令无数男人心动的香气也消失了，没有人愿意看她了。

漫漫岁月在忘我的状态中流走。秋天她在屠宰场里做榨油的活儿，冬天在妓院里烧火谋生，夏天在果园里摘桃子。某个春天，她和经营布店的有钱老头同居了。雨季结束之前，她偷出几匹布，逃到了另外的城市。她天不怕地不怕，随便把身体送给男人。不知道从什么时候开始，她发现所有和自己同居的男人都会变得很不幸，所以从来不在任何男人身边逗留太久。

只要时间向前流淌，她就无所畏惧。她害怕的是从前，是刀疤被渔叉穿透腹部，消失在水中的瞬间，是暴风雨肆虐的夜晚。她真正害怕的是自己袒胸露乳、疯狂地在海边奔走的瞬间。时光倒流，那些瞬间变成了永恒的反复。她害怕睡觉。只要睡着，她就会做梦。只要做梦，刀疤就会出现。

"你为什么总是来折磨我？你想让我怎么样？"

有一天，她这样对刀疤说道。他仍然脸色苍白，湿漉漉的衣服往下滴水。他一声不吭，只是用忧郁的双眼望着金福。

"现在都结束了，你也回去吧。这里不是你待的地方。"

刀疤用怨恨的目光看了看金福，耷拉着脑袋转过身，消失在黑暗之中。看到他凄凉的背影，金福的心里也不是滋味。第二天，第三天，刀疤还是会出现。偶尔巨正也会出现在梦中。蓬头散发的巨正也是全身湿透，他在梦里仍然嫉妒约翰·韦恩。

仿佛有骑马的搜捕队在追赶，她渐渐以更快的速度转移，在一个场所停留的时间不超过三天。她的衣服越来越狼狈，面相越来越凶恶。最后，她沦落为乞丐，走街串巷地讨饭。这时候她离开码头城市还不到两年。沦为乞丐的她已经不再是昔日的金福。虽然有名字，却已经没有了人样。常常被性情急躁的女人揪住头发，把下身交给粗鲁男人也是家常便饭，被别的乞丐毒打后倒在污水坑里也是常有的事情。这是社会的法则。

金福流浪第二年的夏天，国家发生了大型战争。国家分成南北两派尽情交战，这场战争持续了三年。当时，生和死没有什么明显的不同，死亡无处不在，也没有人把死亡当回事。南边的人和北边的人都被疯狂的憎恶包围，互相屠杀对方的几百甚至几千人。他们把对方的人赶到某个地方，或者用竹枪刺死，或者活埋，或者关在建筑物里放火焚烧。这些死去的人们中有很多女人和孩子。他们隐藏自己的想法，随便抓住哪个人，问对方的想法是什么。答案是两者之一，活下来的几率只有五成。这是理念的法则。

金福朝北边移动的时候，人们却反向去南方避难。堆放在路上的尸体腐烂了，人们就在旁边吃东西。人们遭遇死亡，原因仅仅是因为他们活着。跟他们相比，刀疤和巨正的死亡算是理由充分的死亡了。他们仍然出现在梦中，折磨金福。

后来的三年，金福辗转于战场，居然奇迹般活了下来。当时发生的战争故事暂告一段落，以后换个地方再谈。读者朋友，请你务必理解！因为这是超出本书范围的内容，需要更多的篇幅和更长的时间，还有承受痛苦的勇气和泪水。

战争快要结束的春天，她和几名乞丐住在桥底下的窝棚里面。有几个是因为战争而变成孤儿的小孩子。经历了战争，金福仍然坚韧地活了下来。多次的生死关头和不可思议的幸运、九死一生的危机和难以置信的奇迹，还有几个问题。几次回答问题都是面对戴臂章的人的枪口进行的。每次她都是想什么说什么，随便作答，然而她的答案总是倾向于活着的那方。这就像在猜单双游戏中每次都取胜一样艰难，但是每次死亡都避开了她。

一天傍晚，她和乞丐们把讨来的饭菜随便放在大碗里，搅拌着吃。突然，她剧烈地呕吐起来。她有了身孕。乞丐们都说她太倒霉。几天后，她不得不独自离开了。这是乞丐的法则。

金福曾经强烈地想要个孩子。鱼贩子和巨正，还有刀疤，她和这三个人同房，却从来没有怀过孕，于是她深信自己是不会生孩子的石女。这次怀孕对她来说无异于晴天霹雳。如今的处境这么悲惨，却意外地怀上了孩子，这样的命运真让人哭笑不得。倒在窝棚里和别的乞丐们混着睡觉的时候，尽管处境尴尬，然而还是有男人掀开了她的裙子。这些乞丐中的某个人应该就是孩子的爸爸。

从这之后，金福用尽了从市场上听来的各种方法，虐待自己的身体，试图甩掉这个孩子。尽管这样，她的肚子还是越来越大，终于到了分娩的时候。冬将军开始做起了离开的准备，一天夜里，她感觉到了临产的迹象。她胡乱爬到某个地方，那就是双胞胎姐妹的酒馆的马厩。幸运的是，从她感觉到胎气那天开始，刀疤和巨正就没有再出现在她的梦里。后来双胞胎姐妹听了这件事之后说，也许是胎儿的气势压住了巨正和刀疤的气势。金福莞尔一笑。

双胞胎

在马厩里生下孩子后三天，金福觉得每天待在房间里白吃白喝有些歉疚，于是就去厨房洗碗，开始帮忙干起了活儿。双胞胎姐妹正好也缺人手，家里多了个人，自然很开心。最重要的是，她们现在这个年龄已经生不了孩子，正是寂寞的时候，家里多了个孩子，没有理由不满。她们觉得这是自己的造化，于是尽心尽力地照顾母女俩，给金福生下的女孩子取了个很普通的名字，春姬。出生在冬天，却怀着春天将至的期待。春姬的胃口很好，只吃金福的乳汁远远不够，双胞胎姐妹只好给她煮粥，或者为她另请乳娘。春姬吃得多，长得也格外快。

有一天，金福正抱着春姬喂奶，忽然感到很惊讶，孩子掉落在地。她已经从吃奶的春姬脸上看到了死去已久的巨正的面孔。浓黑的眉毛和宽宽的额头，线条分明的脸蛋和不像女人的结实骨架，俨然就是巨正的翻版。金福茫然地以为春姬肯定是生活在窝棚里的某个乞丐的后代，实在无法理解眼前的现实。她仔细观察哭泣的春姬的脸蛋，越是仔细观察，越是发现她像极了巨正。这让她感到毛骨悚然。巨正被原木压倒之后，金福就再也没有和他同房。即便巨正趁自己熟睡的时候做了什么，他也已经死了四年。听说过处女怀孕，却没听说过女人怀上死人的后代。这件事她没有告诉任何人，独自埋藏在心底。从那天以后，她再也没有给春姬喂过奶。

不到六个月，春姬就会走路了。不满周岁，春姬的体重就超过了三十公斤。普通孩子都有生命体在漫长历史中通过多次人为选择并以遗传形式发展而成的生存战略，然而遗憾的是春姬完全不具备——那就是刺激母性，诱导母亲关爱自己的特征。换句话说，就是纯真无邪的大眼睛和透明的皮肤，小巧玲珑的鼻子和总是让妈妈想要揉搓的柔软的圆脸蛋。这也是迪斯尼漫画主人公的特征，战胜漂亮的武器——可爱。浓黑的眉毛和不像女孩子的结实骨架算是继承了巨正的强烈男性特质，这些就不说了，她那不像小孩子的忧郁眼神总是让走上前来想要抱她的大人们望而却步，黑黝黝的皮肤和低矮的鼻梁更让前来抚摸她的大人们迟疑不决。她的外貌让人产生不幸的预感，然而双胞胎姐妹并不介意。她们只是笑着表达自己的遗憾，说如果春姬是男孩子，肯定能成为将军。

春姬还有个令人遗憾的地方。她不会说话。不管两姐妹怎样逗弄，春姬都只是呆呆地看着她们，说什么也不肯开口。她们怀疑春姬可能是个聋子，于是做了好几次试验，冲着她的耳朵拍手。结果恰恰相反，春姬非但不是聋子，而且听觉相当敏锐，甚至听得见针掉在被子上的声音，这让大人们吃惊不已。春姬对任何事物都认真观察，小心翼翼地抚摸，感觉气味，表现出孩子不该有的慎重，所有人都觉得这是个与众不同的孩子。关于春姬不会说话这件事，双胞胎姐妹安慰金福说："哑巴总比聋子强，女孩子话多也没什么好处，就会惹是生非。"

比金福稍大几岁的双胞胎姐妹视她为亲妹妹，对她关爱有加。在酒馆工作的日子里，金福渐渐恢复了内心的平静。这对姐妹没有如花的美貌，美丽的青春早已逝去，然而她们长相酷肖，就像一个核桃切成两半。人们觉得神奇，光顾酒馆的客人也很多。她们姐妹是双胞胎的事实刺激了男人们怪异的想象力，他们常常在酒桌上开玩笑，"看脸蛋是分不清，如果看下面，肯定能分出谁是姐姐，谁是妹妹，哎呀，你去把她们的裙子掀开"。她们可能从来没有在一个房间里招待过客人。

酒馆旁边就是金福生下春姬的地方，也就是马厩。里面养着一头衰老的大象，每天都要吃掉三斗黄豆。双胞胎姐妹每天都喂给这个巨大的哺乳动物食物，给它清洗身体，精心照料。小时候，她们曾和大象在杂技团里演出。她们养大象的理由是这样的。

双胞胎姐妹的母亲在连续生了七个女儿之后，接下来生的仍然不是男孩，而且不是一个，竟然生了两个女孩。双胞胎姐妹的父亲早就穷得揭不开锅了，当场昏厥。当时双胞胎很罕见，而且两个孩子长得一模一样，根本分不出谁是谁，人们都感觉神奇。气急败坏的父亲连名字都没给她们取。人们从不单独称呼她们其中的一个，而是同时叫她们两个：双胞胎。

双胞胎姐妹六岁那年的春天，两个人被到邻村演出的杂技团看中，父亲便以一袋米的价钱卖给了杂技团。起先，双胞胎姐妹被浓妆艳抹的戏子和各种乐器发出的乐声惊得不知所措，渐渐地，她们熟悉了杂技团的氛围。双胞胎姐妹同台表演，立刻赢得了疯狂的人气。从此，她们也获得了杂技团成员们的宠爱。

尤其受观众喜爱的就是她们和那头叫做"花点儿"的大象同台表演。身高超过三尺、体重超过两吨的大象用鼻子顶起双胞胎姐妹，或者驮着她们在舞台上转圈。大象走上被火烧得滚烫的铁板有力地跳舞的场面固然不可错过，然而高潮却是用非常危险的动作令观众们屏住呼吸，在恐惧中瑟瑟发抖，最后爆发出疯狂的欢呼声。这就是大象走过双胞胎姐妹并排躺着的舞台的场面。伶俐的大象按照平时的训练，伴随着波尔卡舞曲慢慢地、惊险万分地发挥演技，抬起大小如桌面的脚掌，在双胞胎姐妹小巧的脑袋上方稍作停留，一步一步走过。每当这时，观众们都会紧张得屏住呼吸。花点儿从来没有失误。两姐妹也很疼爱花点儿，没有演出的时候，经常骑在大象背上玩，早晨晚上给它洗澡，精心照顾，从不懈怠。

有一天，意外发生了。有个坐在观众席前排的调皮男孩，使劲吹起了打野鸡时能发出野鸡叫声的哨子。这时大象的前脚正好迈过双胞胎姐妹的屁股。大象被从未听过的野鸡叫声吓坏了，忽然就落下了脚。柔弱少女的骨盆被踩碎了，大声尖叫。大象受到脚底软塌塌的感觉和尖叫声的惊吓，突然跑下了舞台。观众席立刻乱作一团，人们四处逃窜。大象扯碎帷幕，冲出演出场地。外面是市场，大象肆意撞倒摊位和人群。

最后市场里混乱不堪，好几个人受伤。附近的人们集体动员起来，终于捉住了大象。两姐妹再也不能演出了。妹妹没事，姐姐骨盆骨折，非但不能活动身体，而且连女人也做不成了。没有了姐姐，妹妹自己在杂技团也没什么意义。从那之后，两姐妹就留在杂技团里做些杂活。明星一夜之间沦为侍女。这是演出业的法则。

双胞胎姐妹的年龄渐渐增长，做了做大型木材生意的男人的姜室。木材商看上了妹妹，妹妹不肯和姐姐分开。她对不知如何是好的木材商说："姐姐是赠品。"

几年过去了，她们偶然遇到了从村口经过的杂技团。大象花点儿也在中间。花点儿老了，生病了，长着黄癣的部位不停地流出脓水。泪水凝结的部位沾满了牛蝇。花点儿慢吞吞地挪动着脚步，杂技团的男团员在后面用鞭子抽打花点儿受伤的部位。看到花点儿的惨状，双胞胎姐妹忍不住流下了眼泪。她们走向花点儿，花点儿也认出了两姐妹，悲伤地眨着沾满牛蝇的大眼睛。

双胞胎姐妹径直跑到木材商面前，恳求他买下大象。木材商面露难色，不明白为什么要买大象。双胞胎姐妹威胁木材商说，如果不买大象，她们立刻收拾包袱离开家门。不买绫罗绸缎和金银财宝，却要买什么大象，这让木材商哭笑不得。不过他似乎也不是冷漠无情的男人，不忍拒绝苦苦哀求的两姐妹，最后出大价钱买回花点儿，还在木材厂旁边搭起了窝棚。

　　从那之后，双胞胎姐妹精心照顾花点儿，为它清洗肮脏的身体，喂它有营养的食物，治疗它的伤口。花点儿渐渐地恢复了昔日的活力。得知两姐妹养大象的消息之后，木材商的正房妻子吃惊不已，说大象吃那么多东西，都把家里吃穷了，于是命令两姐妹立刻卖掉大象。两姐妹果断地予以反驳，说即便自己不吃饭，也不能让花点儿挨饿。最后妻妾之间发生了重大冲突，木材商夹在中间痛苦不堪。第二年，木材商得了怪病，离开了人世。正房妻子迫不及待地把花点儿和双胞胎姐妹赶出了家门。

　　后来两姐妹带着花点儿辗转各地。不管走到哪里，喂饱花点儿都是最大的问题。她们两个人随便做些什么都能糊口，然而花点儿每天至少要吃两斗黄豆才行。她们赚来的钱全都填进了大象的肚子。周围的人们奉劝她们，不要再自讨苦吃了，要么把大象卖给杂技团，要么扔在旷野，赶快处理掉算了。姐妹俩始终不肯放弃花点儿。为了得到喂给花点儿吃的食物残渣，她们主要在饭店和酒馆干活。最后，她们甚至不惜卖身。这当然也是为了养活花点儿。幸好前来找双胞胎姐妹的客人很多，几年前，她们用自己积攒的钱在附近开了家酒馆。这就是双胞胎姐妹和花点儿之间的特别缘分。金福大概不知道这期间的事情，每当她去喂花点儿的时候，花点儿只是呆呆地站着，眨巴着大眼睛。

有一天，春姬独自走过马厩门前。这时，不知从哪里传来一个声音："小姑娘，你好。"

春姬以为有人叫她，四处张望。附近没有人影，只有大象花点儿呆呆地站在马厩里面。

"是你在叫我吗？"春姬惊讶地问花点儿。

"是的，是我，是我叫你。"

"原来是这样。你为什么总是待在这里面？"

"因为这是我的家。不过，杂技团有演出的时候，我也会到处旅行。"

"杂技？"

"是的，你可能从来没看过，杂技真的很精彩。人们在很高的绳子上荡秋千，表演魔术。砰的一声，飞出一只鸽子。人们从很远的地方赶来，看我们的演出。"

"那现在为什么不去了呢？"

"嗯，这，这是因为……某种缘故。"花点儿含糊其辞，然后故意用明朗的声音说道："对了，这个世界上没有我没去过的地方，我也见识过很多事情。你知道吗？你出生的时候，我也在旁边看见了。"

"是的，我知道。我出生在这里。你是在哪儿出生的呢?"

"我出生在非洲。"

"非洲是哪里?"

"非常遥远的地方。那里有无边无际的辽阔沙漠，还有狮子和鬣狗等可怕的野兽。"

"原来是这样啊。这东西味道怎么样?"

春姬看着满槽的煮黄豆，问道。

"还凑合吧。比起非洲的洋槐叶，这根本算不上食物。洋槐叶真的很好吃。"

"我觉得这个也挺好吃的……"

春姬似乎很想吃，眼巴巴地看着金黄的煮豆。

"你想吃吗?"

"不，不是想吃，只是想知道什么味道……"

"好吧，小姑娘，你尝一尝。不过，只有你可以这样哦，你的妈妈和别人都不可以。虽然味道不怎么样，可这是双胞胎好不容易为我准备的食物。"

有一天，金福发现春姬不在家里，到处寻找，却发现春姬在马厩里玩，立刻大惊失色地跑了过去。她担心春姬会被大象踩到。等她跑过去的时候，春姬正和花点儿愉快地吃着槽子里的黄豆。金福慌忙把春姬从马厩里拉了出来。从那之后，只要有时间，春姬就去马厩找花点儿玩。金福也看出春姬和花点儿玩没有什么危险，渐渐地也就不太在意了。

金福和两姐妹亲热地互相扶持，把酒馆经营得有声有色。金福也和她们有了感情。如果可能的话，她也愿意尽可能在这里停留更长时间。一年后的某一天，她在路上偶然遇到了故乡人，就是很久以前和她在同一个房间里脱衣服玩耍、外号叫"药贩子"的少年。神奇的是，他真像小时候的外号那样成了药贩子，辗转于集市。金福欣喜万分，猛地抱住了他。

金福拉着药贩子的手回到酒馆，向双胞胎姐妹诉说了原委。姐妹俩开心不已，好像那是自己的事情，并为金福的老乡准备了丰盛的酒食。两人对十几年后依然没有忘记对方，更能认出对方感到新奇，愉快地交谈了很多。主要是金福提问，药贩子回答。他一直辗转于集市，遇见一个女人就结了婚。婚后不久，女人看上了糯米饼贩子，两个人私奔了。现在，他一个人生活。他小时候口才就好，现在更是滔滔不绝。什么事说起来都头头是道，每句话都令人叹息或流泪，要么捧腹大笑。说到故乡的人和事，简直如行云流水。听得三个女人都像丢了魂儿似的，连汤烧干了、饭糊了都没有觉察。这是吹牛皮的法则。

最后，金福终于小心翼翼地问起了父亲的情况。药贩子迟疑良久，终于告诉她，她的父亲早在很久以前就去了西天。更令人不可思议的是，父亲死亡的时间就是金福离开故乡那天的夜里。死亡场所也不是别的地方，正是水库。父亲死后十几年，金福才知道很久以前自己离开故乡的时候对鱼贩子说过的谎话变成了现实。药贩子离开后，金福深深陷入了杀死父亲的罪孽感中，独自坐在房间里放声痛哭。

这回出现在梦中的不是刀疤，而是父亲了。父亲也是浑身湿透，脚上缠满了水草。金福知道自己应该离开了。正在这时候，隔些日子就来村庄的盐贩子带来消息说，遥远的坪岱有人需要经营汤泡饭餐馆的人手。不管是什么地方，只要有地方可去就行了，金福痛快地答应下来。双胞胎姐妹极力反对，说她独自带着个吃奶的孩子怎么能行。然而看着金福夜不成眠、日渐消瘦的样子，也就无法继续挽留了。她们为总是飘摇不定的金福的命运而叹息，给了她足够的钱，让她有急事的时候用。

"不要担心，小姑娘，我们以后还会再见。"

得知自己要走，春姬为和花点儿的分别感到悲伤，花点儿这样说道。

"真的会吗？"春姬似乎不想分开，抱住了花点儿的粗腿。花点儿用长鼻子抚摸春姬，像是在安慰她。

当然了，想见的人迟早还会再见。

第二天，金福拉着年幼的春姬的手，流泪告别双胞胎姐妹，终于走向燃烧自己全部的激情、犹如烟雾般消失得无影无踪的阳间最后一站——坪岱。

第二部　坪岱

飞蓬草

从前有一位头戴瓦楞帽流浪的不幸诗人，经过坪岱的时候留下一首诗。

名虽为坪，却无平地

名虽为岱，却无居室

……啊，狗崽子！别再叫了！

经过邻村的他——说是邻村，距离也就只有三十多里——听到坪岱这个名字，也许会想起辽阔的原野。除了辽阔的原野，还有到处挂满沉甸甸的稻穗的乡村风景。应该还会想起鲸鱼般的瓦房。他会期待刚到村庄，立刻就能填饱饥饿的肚子，坐在大户人家的舍廊房里，和主人喝酒。他会想起一杯酒，一首诗，同时还有主人感慨的神情和钦佩的目光，也许还会被强烈邀请做主人儿子的教书先生。冬天在这里度过，这也不难实现。如果不合心意，索性就住在坪岱，做个教书先生，找个合适的寡妇，度过晚年生活也未尝不可。流浪者的心愿就是如此简单。

当他翻越山谷弯腰俯视村庄的时候，梦想彻底破灭了。急匆匆跑过三十里，看到的却是零落星散的三四间房子，看着都觉得冷清，怎么也找不到像样的田地。原本就不怎么健康的腿上忽然没了力气，恨不得立刻坐到地上。还能怎么样呢？人是铁饭是钢，他只好拖着疲惫的身体，寻找冒烟的人家，贪婪地在门前叫喊，有人吗？最后他连个煮土豆都没得到，逃也似的离开了村庄。他恼羞成怒，却没有发泄怒气的地方，只好拿村庄的名字做文章。他正想像往常那样用痛快淋漓的诗消解愤恨，绞尽脑汁却想不出结句，这时后面正巧传来了狗叫声。很多伟大的文学作品就是诞生于这种不可思议的场所，诞生于意外的状况和琐碎的理由。

村里修建铁路之前，坪岱人的糊口方式只能是竖直的，而不是水平的。整个村庄的田地不到一亩，值得依赖的只有从四面八方黑压压挡住他们的大山。他们只能沿着山谷和山脊，呈竖直方向辛勤地采摘蘑菇，或者挖蕨菜、莴苣等野菜和当归、茯苓等草药，要么就是在山谷里放置夹套，捕捉野兔和狍子等动物。他们的糊口策略无法摆脱狩猎和采摘等原始的谋生形态。因此，小眼睛就比大眼睛更有利，尖脚就比平脚更有利。人们的眼睛渐渐变小，平整的脚慢慢地尖如偶蹄目动物。为了咀嚼坚韧的毛皮，牙齿变得更大了。为了忍受比其他地方更早到来的严寒，人们的鼻子变得更长，脸更扁。这是进化的法则。

自从村里修了铁路，坪岱人的竖直生活发生了巨大的变化。铁路是水平的世界，也是向左右延伸的直线世界。几名戴着铁帽子（安全帽，坪岱人误认为是铁帽子）的军人（测量技术师，坪岱人误认为是军人）拿着机关枪（测量工具，坪岱人误认为是机关枪）往返于几座山之间，从早到晚赶着野兔。坪岱人就是这样想的。最后，一只兔子也没捕到，他们就回去了。没过多久，村庄后山上突然出现了坦克（起重机，坪岱人误认为是坦克），无情地在山上碾过。

因为这里彻底与世隔绝，所以顺利避开了不久之前的可怕战争，甚至根本不知道曾经发生过战争。看到这些人的鲁莽之举，他们火冒三丈。如果放任不管，自己赖以生存的大山将被夷为平地，绝对不能坐以待毙。他们聚集在村中年长者的家里，通宵开会，大家交换了很多意见。第二天早晨不得不做出决定，尽管他们也不想这样。他们认为军人们是因为没有捕捉到兔子而气愤，所以带来坦克，想把大山夷为平地，让山里的野兽断子绝孙。于是他们就想趁早给他们送去村里人捕捉的兔子，以示安慰。他们每天清早上山查看夹套，收起藏在粮仓里的捕获物，总共收到了两头野猪和两只狍子，四头河麂和七头獾子，还有三十多只野兔。村里人用背架背着捕获物，放在坦克推大山的现场附近，然后匆匆回到了村庄。后来的几天，从事铁路工程的人们莫名其妙地享用了与身份不相称的豪华晚餐。

铁路工程就这样开始了，外地来找工作的流浪汉三三两两地聚集到坪岱。首先是以搬运工为首的铁路工人和以现场所长为首的建筑公司职员，很快以这些人为顾客的酒馆和饭店也开了起来。随后又来了很多卖身的女人们。以流浪者为对象的沿街小贩和背包小贩、杂货郎也相继出现。一年后火车经过村前，为受伤工人治疗的医生、治疗灵魂的牧师、传教士、神甫、僧人乘坐火车纷纷拥来。村子里同时建起了礼拜堂和教堂，以及寺院。修建礼拜堂、教堂和寺院的工人大举进军，接着又出现了以他们为对象的卖身女。就这样，很多人为了找工作、看热闹、找机会、找生意、找信徒、找伴侣而从遥远的城市或邻近村庄聚集到这里。后来坪岱乡土史学家把当时突然发生的人口膨胀称为"坪岱的第一次大爆炸"。

母女二人到坪岱来的时候，正是沉睡了几千年的山村刚刚伸懒腰觉醒的时期。这时她们与双胞胎姐妹已经分别七天了。离开双胞胎姐妹酒馆的第三天，她们终于在附近的小城市里乘上了火车，然后在火车上度过了四天时间。金福靠在窗边，望着眼前掠过的山与河。火车像是在地下钻来钻去的蚯蚓，慢吞吞地穿过山谷，向前驶去。有时也在山坡上停留大半天。

在火车上，金福吃了双胞胎姐妹做的饭团。刚满两周岁的春姬对食物不感兴趣，乖乖地贴在窗边，打量着车窗外的风景。平生第一次看见广阔天空和每时每刻都在变化的云彩，阳光下闪闪发光的树叶的花纹，土黄色垄沟的不规则纹路，绽放在铁路两旁的各种无名小草的光泽，她目不转睛地盯着窗外，生怕错过任何风景。她有着别人无法效仿的独特才华，那就是通过自己的感官感知无比平凡和毫无意义的东西，感知不断变化和消失的世间万物和现象。这种感觉非常敏锐，就连金福递给她的饭团，她感觉到的也不仅仅是潮湿和黏稠的质感，以及镶嵌在上面的芝麻粒的香味，她甚至能感觉到双胞胎姐妹做饭团的手的气息，能分辨出哪个出自姐姐之手，哪个出自妹妹之手。

不知从什么时候开始，无名的白色野花沿着铁路开得日渐繁茂。乘火车前往陌生地方的人们通常并不关心铁路两旁开着什么花儿，只有几个过目不忘的人对这是什么花儿感兴趣。这些植物藏在从大海彼岸的遥远国度运来的铁路枕木中间，当它们附着的枕木绕过地球的三分之一找到落脚点的时候，它们随着风，沿着铁路，遵从自然的法则在山间绽放。

飞蓬草。

这就是春姬拉着金福的手初次到达坪岱的时候，茂盛地绽放在火车站旁边，敏捷得令人悲伤、朴素得让人备感凄凉的花的名字。从那之后，不管她走到哪里，这种花都跟随着她。后来她停留的砖厂院子的角落里，度过生命中最残酷时光的监狱围墙地下，重返工厂时经过的铁路两边，都有飞蓬草在绽放。

像金福这样前来寻找新希望的流浪者和未能找到自己想要的东西因而准备离开坪岱的人们，相互交错在火车站。因为有了铁路，山间顿时活跃起来，粗壮的松木毫无秩序地堆在火车站前。运输木材的卡车、搬运工和背架工勤劳地出入于站前广场。眼疾手快的商贩已经在烈日炎炎的站前占领了自己的位置。没有人注意到金福。如果知道她就是在不久的将来把坪岱搅得天翻地覆的罪魁祸首，他们肯定会排队争睹她的芳容。但在当时，她不过是个好不容易摆脱了无法忍受的痛苦的柔弱女人罢了。坐了长时间的火车，疲惫不堪的脸上仍然保留着沉重而黑暗的阴影，五六月的炎热使她的小褂充满汗渍。

　　话说那天，坐在站前树荫里下棋的老人看到金福的狼狈打扮，咂着舌头说道，"呵呵，这可真是怪事"，然后转过身，把"士"旁边的"炮"换成了"马"，说"坪岱将会因为这个女人而变得更乱"。不过，这个故事是杜撰的也说不定。车站前面根本没有足够借着树荫下棋的树，而且把炮换成马这样的细节描写反而加重了虚构的嫌疑。总之，不管是从前还是现在，人们的属性都未曾改变，都喜欢针对已经发生的结果增添几个故事。

咖啡

汤泡饭餐馆的老妇，您不会已经忘记她是谁了吧？她把刀刺向麻子男人的后背，埋在铁路旁边之后到现在，这中间经过了漫长的岁月。这时的世界已经属于军人了。南方的将军和北方的将军不断派出刺客，试图除掉对方，结果没有人成功。大型战争刚刚结束，彼此间的憎恶达到了极点。他们分别制定不同的法律，在各自的土地上收取税金。杀人和强奸成为犯罪行为，偷盗、纵火、打架和擅自掠夺他人财物的行为也遭到禁止。人们无事可做了。生活变得单纯，社会不再像从前那样自然。

所谓现代文明的巨浪经过城市，涌入坪岱。腿短脚尖的坪岱人和外地来的各类人群相互混合，很难分辨。他们固有的道德观也渐渐消失了。坪岱人再也不去挖野菜，也不放夹套了。他们像彻底从大地上销声匿迹的穴居人，面临着即将消失的命运。

金福夹在人群中，在角落里安安静静地经营着汤泡饭餐馆。

转眼间她也年近三十了。青春已经从她的人生中消失，距离最热烈的年华也越来越远。这是令人忧郁的事，同时也是摆脱鲁莽的激情和悲伤、等待伤口愈合的休息期。关于刀疤和巨正的回忆渐渐远去，现在她连他们的长相都记不清了。她感觉到了久违的平静。她看起来已经埋没在世间，正在静静地消失，然而藏在她小小躯体里的狂热的激情却尚未显露出来。

春姬的体重转眼已经超过金福。她还是不会说话，然而对食物和现象的理解更加深刻，通过感官获得的欣喜储存于她的体内。春姬觉得接受这些东西已经很累了，对人生在世需要的欣喜和人与人之间的理解就显得相当迟钝。尤为不足的是对语言的理解。对于春姬来说，人们说的话太复杂，太难理解。理解意思已经很困难，通过自己的嘴巴模仿出来就更不可能了。幸运的是，她没有运用语言的能力，天生就是哑巴，因此周围人们纷纷扰扰的话语并没有对她造成太多的混乱。不用说，这意味着被世界孤立和与世隔绝。不过她能听懂人们说话。这并不是因为她懂得那些话的含义，而是因为她可以敏锐地感知说话人的表情和动作，语调和声音的高低。今后她的人生注定不会平凡，而是充满辛酸，征兆已经体现在各个方面。

没有客人的安静时刻，金福一个人煮咖啡喝。当时咖啡还很罕见，金福每次去大城市办事的时候，都不忘买些回来。微酸的咖啡香使她想起码头城市喧闹的茶馆和剧场的风景。喝着咖啡，金福想念着故乡的人们和在码头遇到的人们，还有双胞胎姐妹。

荒唐的是，金福做梦也没想到自己爱喝的咖啡会使她不得不放弃汤泡饭餐馆。人们闻到从门缝弥漫到街上的咖啡香，三三两两地抽着鼻子来到汤泡饭餐馆。他们很想知道这种平生第一次闻到的香味究竟是什么，好奇心使他们忍无可忍，最后不得不请求金福让他们看一看。金福出色的商业直觉不可能错过这个好机会。她立刻见机行事，在卖汤泡饭的同时，也卖给客人咖啡。转眼之间，伴着高雅的咖啡香，金福柔弱而魅惑、悲伤而性感的靓丽姿态就把附近男人们的脚步吸引到餐馆来了。为了喝咖啡而聚集到这里的客人越来越多，门庭若市，只是煮咖啡就力不从心了。当时还没有茶馆和茶室之类的说法，对于不再卖汤泡饭的汤泡饭餐馆，人们就简单地称其为春姬家。春姬家指代金福经营的茶馆的同时，也指代金福本人。后来春姬家挂出了"坪岱茶馆"的招牌，这是坪岱第一家茶馆。

茶馆门庭若市，却没有人注意到春姬。春姬喜欢黑暗而偏僻的地方，常常从早到晚蹲在老鼠洞前，观察老鼠钻来钻去，或者连续几天不厌其烦地注视茶馆门前的凤仙花生长。人们没有心思关注这个比普通女孩子块头更大的陌生女孩子，女孩子的妈妈也是如此。

金福并不是深思熟虑的女人。她忠实于自己的感情，无条件相信自己的直觉，甚至显得有些愚蠢。她被鲸鱼的形象吸引，贪恋咖啡，无可奈何地迷上电影，为爱奋不顾身。适可而止这个词不适合她。爱情如火焰般熊熊燃烧才能称其为爱情，憎恨比冰块更冰冷才能称其为憎恨。她用无所畏惧地放在巨正腹部的那只手，毫不犹豫地将渔叉刺入刀疤的腹部。那么作为妈妈，她对孩子的爱呢？马马虎虎吧。不，应该说还不到马马虎虎的程度。对于这个闯入自己人生的生命体的存在，她产生了陌生的异物感，感觉非常不舒服。尤其得知春姬是巨正的后代以后，她对孩子就更疏远了。她曾经奋不顾身地爱过巨正，然而这个男人只不过是无知和混沌、贪婪和愚蠢、悲剧和不幸的代名词罢了。

面对突如其来的人群和充斥四周的话语，春姬几乎不知所措。每天观察完茶馆内外的事物之后，她就静静地离开茶馆，走到市场里闲逛。市场里到处都是勾起她好奇心的陌生物品。在主人发现她、赶走她之前，春姬聚精会神地摸索那些东西，闻它们的气味。最强烈地吸引她目光的地方就是铁匠铺。那里有冰冷而坚硬的铁和熔化坚硬铁块的强烈的火焰，以及沸腾的溶液和滚滚的热气。充满捶打声的铁匠铺轻松俘获了春姬的感官。坚固的铁经过火烧和淬火、捶打，变成闪闪发光的各种生活用品和农具的过程，对于春姬来说无疑是很令人震惊的场面。

有一天，春姬在铁匠铺里看着铁匠们捶打的场面，趁着工人们吃午饭离开的空隙，偷偷地把工人锻铁时用作垫石的巨大铁砧拿回了家。不知她是出于什么心理偷回了铁砧，也不知道她怎么能把那么沉重的铁砧拖回家，即便有人知道铁砧被春姬偷走，也没有人相信这个小女孩能够独自拿走那么沉重的铁块。每当无聊的时候，她就拿出铁砧来玩。对于女孩子来说，铁砧算得上是太特别、太沉重的玩具。她之所以为铁砧着迷，就是因为她觉得刀和锤子之类的神奇物件都从铁砧里面出来。不过很快，春姬就知道铁砧不能制造出神奇的东西，而且毫无用处，只是个沉重无比的铁块罢了。于是，她把铁砧扔到了后院。就这样，春姬在靠近世界之前，已经被孤立在只属于她自己的世界里了。

茶馆日渐兴隆。人们开始在茶馆里约会，在茶馆里相亲，在茶馆里被人放鸽子。坪岱茶馆成了他们艰难生活的休息处，也是隐秘交易的接头地，同时又是无所事事的小混混们的阵地。茶馆给受到世界排斥的坪岱人提供了很多新鲜的体验，如同毒品般强烈，很长时间都对他们的情绪产生着重大的影响。

比如他们从来没有体会过的优雅情趣和浪漫感情、"放鸽子"这样的新说法、金小姐或朴小姐，比如柳夫人和明珠姐妹演唱《一杯咖啡》在全国掀起的热潮、口香糖、足球赛、美式，比如家里蹲等新潮词汇，比如双和茶、约会、香烟消费的增加、堆火柴或折断火柴的坏习惯、问答游戏的流行、麻雀系列、角落之吻、砖块革命、用来抄写克里姆森国王的《Epitaph》和心爱歌曲的小便条、DJ新职业的登场，比如"今天也不鸡道怎么回细"之类的腻歪发音、外卖和门票，比如"请给我里弗尔（refill）"等英语的错误用法……

金福果然是个需要有让她为之全力付出激情的对象才能绽放的女人。她的脸上渐渐恢复了生机，曾经令码头男人们坐立不安的香气又散发出来了，尽管不像从前那样强烈。男人们不可能无动于衷。他们从早到晚泡在茶馆里，不停地麻烦金福。他们想要的当然是金福的大屁股。她仍然受困于自己的男人都将变得不幸的想法，冷冰冰地拒绝了所有男人的亲近。为了转移男人们的视线，她雇来年轻的女人给客人上咖啡。人们把她们叫做服务员。很多男人拥来看服务员。为了给服务员留下美好的印象，他们不点咖啡，而是要双和茶或者人参茶这些价格昂贵的茶，销售额自然上涨。

出入茶馆的男人中间有个叫文的外来工人。他在战争中与家人分散，成了今朝有酒今朝醉的体力工人，然而他的身上却透出让人不敢慢待的慎重。他不像大多数男人那样纠缠送咖啡的服务员，也不偷看金福的屁股。他独自坐在角落，一边喝咖啡，一边用沉静的目光注视着远处的山峰。此时此刻，不知道他是否在思念留在故乡的妻子和儿女。总之，他那与众不同的气质吸引了金福的目光。她一边煮咖啡，一边情不自禁地偷眼去看角落里的文。文的鬓角已白，外貌也算不上英俊。吸引金福目光的绝对不仅仅是他斯文的气质。战争爆发之前曾经去往中国、在砖厂里做过事的文，后来成了金福最忠实的参谋、最可靠的合作伙伴，也是她最亲近的男人，一辈子守在她身边，直到他死。他本人却因为金福难以控制的风骚和盲目的激情而痛苦不堪。

雷电

　　那年六月，正是梅雨季节。那雨比往年更多，洪水暴发，路断了，家具和家畜漂浮在浩浩河水之上。金福家破旧的房子也四处漏雨。茶馆里没有了客人，出现了从未有过的萧条。那天夜里，金福早早入睡。天棚也漏雨了，只好在地上放个盆子接水。春姬在隔壁房间里睡着了。金福躺在被窝里，想着自己应该再攒些钱，盖座新房子。

　　那天夜里，几个陌生男人来找金福。当时已是深更半夜，她正昏头大睡。瓢泼大雨依然下个不停，整个世界都湿漉漉的。冒着大雨偷偷来到金福家的是住在邻村的几个无赖。他们听说从码头城市来的寡妇卖香味奇异的茶，赚了大钱。那天夜里来找金福的男人正是很久以前去抢汤泡饭餐馆老妇的盗贼的儿子。他们从自己的父亲那里学会了一切，甚至比他们的父亲更残忍，更周密。他们选择下雨的夜里，也是出于周密的计划。

男人们用刀对准金福的脖子，威胁她交出所有的金钱。已经目睹了太多的死亡，深知这个世界上没有什么比生命更宝贵的金福交出了全部的钱。然而盗贼的计划却是从金福这里抢到钱之后再把她杀死，当然在此之前还要进行轮奸。这是他们从自己父亲那里继承下来的法则。

他们毫不犹豫地扯掉了金福的裙子。虽然最好的年华已经逝去，但是她的肌肤仍然散发出夺目的光彩，令男人们兴奋不已的气味也一如从前。面对超出预想的猎物，野兽们的眼睛里闪烁着贪婪的凶光。其他男人到门外等候，年纪最大的男人首先扑向金福。金福似乎已经绝望了，没有反抗。

在隔壁房间睡觉的春姬听到不同寻常的声音，从睡梦中醒来，拉开了横推门。她看到一个赤身裸体、气喘吁吁的陌生男人趴在赤裸裸的妈妈身上。春姬从来没见过这样的奇怪场面。她吓坏了。很快，她又感觉自己的妈妈有危险，妈妈上面喘着粗气的男人就是敌人。她本能地冲向男人。尽管春姬人高马大，毕竟还是个五岁的小女孩，也没有什么好办法。她贴上男人的后背，抓住男人的头发。男人粗鲁地把她推开了。她滚倒在后面，撞碎了后门，跌倒在门外。金福呼唤着春姬的名字，大声咆哮。她的尖叫声被激烈的雨声淹没，没能传出多远。金福奋力挣扎，试图推开男人的胸脯。男人纹丝不动。他粗暴地折磨着金福，反正这个女人也快死了。他感觉到了从未有过的巨大喜悦，大口大口地喘着粗气，仿佛要窒息。这时小女孩再次闯进房间，在男人的头上高高扬起铁砧。"啪"的一声，男人顿觉眼前漆黑。

听到里面传来尖叫声，男人们吃惊地推门而入。展现在他们眼前的场面简直令人无法相信。脑袋粉碎、赤身裸体死去的同伙和滚在地上沾满鲜血的铁砧，还有站在男人身边的小女孩……

男人们都感觉到了恐惧。这个猜不出年龄的陌生女孩的出现，更重要的是粉碎同伙脑袋的铁砧令他们心烦意乱。他们做梦也想不到是春姬杀死了他们的同伙，每个人的脑海里都浮现出鬼魂之类的超自然存在。他们感到毛骨悚然，消失已久的恐惧感和犯罪感在他们脑海里复活了。正在这时，一道闪电划过，雷声响彻天地。他们纷纷迟疑后退，有人被门槛绊住了脚，摔倒在地。他的尖叫声成为信号，所有的人都拼命逃跑。尽管这样，他们还是没有忘记从金福那里抢来的钱和同伙的尸体，也只有经过专业训练的组织才能做到这个水平。

男人们离开之后，金福想到所有的钱都被抢走，而且被人强奸，心里感到无比委屈。又一次目睹死亡，从前的残忍记忆也被唤醒了，金福心乱如麻。她抱起不知道自己做了什么茫然站在旁边的小女儿，放声大哭。春姬无法理解金福复杂的心情。只是她在出生之后就从未享受过母亲的怀抱，因此感觉到了久违的平静和幸福。像每次感到幸福的时候一样，她想起了自己出生的马厩里潮湿的气息、敷草发酵的气味和大象花点儿，还有总是笑脸面对自己的双胞胎姐妹的面孔。听着雨声，她又睡着了。

我们记住那个夜晚并不仅仅是因为金福遭人强奸和被人抢去了钱。那天夜里奇迹般的瞬间，将她本已多舛的命运再度推入汹涌的旋涡。如果没有从几天前就下个不停的大雨，这样的事不可能发生。这是什么意思呢？心急的读者啊，听我慢慢说来。

金福也终于回过神来，躺在春姬身边。雨点从天花板掉落的声音和窗外的瓢泼大雨让她们身心俱湿，仿佛躺在水里。刚才发生的事情让她心乱不已，怎么也无法入睡。这些日子以来积攒的钱都被夺走了，今后的生活令人担忧。盖新房子的计划也变成了泡影，她的心里空虚至极。所有的欲望突然消失了，她甚至想放弃茶馆，重新回到双胞胎姐妹经营的简易酒馆。

躺在被窝里，金福望着被水浸湿颜色更加浓艳的阴暗天棚。她暗自担心，这样下去天棚会不会塌陷。果然不出所料，天棚正被逐渐撕裂。她大吃一惊，刚想起身，天棚突然朝左右两侧长长地裂开，上面的雨珠全部倾泻下来。金福被从天而降的雨水淋湿了，尖叫着倒在地上。睡熟的春姬脸上也落了冰冷的雨水，吃惊地从睡梦中醒来。金福倒在地上，静静地抬头往上看，发现毫不留情地倾泻的雨水中间夹杂着白色的物体，是纸片。被雨淋湿的纸片不停地落下来，覆盖了金福和春姬，还有被子。不一会儿，纸片的降落运动终于停止了，趴在地上的金福清醒过来，摸索着开了灯，从堆在房间中央的纸片中拿起一张，小心翼翼地打开来看。金福不敢相信自己的眼睛。她又拿起另一张纸，对着灯光照了照。她瞪大眼睛，慌慌张张地随手又抓起几张纸片，借着灯光仔细端详。看过之后，她无力地坐下了。那天，从天棚上掉落的纸片全部都是钱。

南野里

虽然有被钱砸中的说法，不过真正被钱砸中的人，当时的金福可能算是第一个，也是最后一个。那天金福被钱砸中以后，忽然不知如何是好，只是在金钱堆里呆呆地坐了很久。然后她开始对金钱的数目产生了兴趣，换成谁都会这样。那天夜里，金福在灯下数钱，直到天亮。毫不夸张地说，这些钱足够她买三十栋不错的瓦房，而且绰绰有余。

第二天早晨，金福没开茶馆的门。清早上班的服务员也被她打发回去了。通宵没合眼的金福头痛欲裂，躺在被窝里，却怎么也睡不着。她在半梦半醒之间度过了白天。到了傍晚，金福拿出用被子盖起来的钱，又数了一遍。她一张一张地数，发现里面不仅有钱，还有土地文书。这么多的钱和土地文书怎么可能出现在自家天棚，金福百思不得其解。

金福发现的钱都是汤泡饭餐馆老妇一辈子像虫子似的在地里爬来爬去积攒的钱。一个丑陋的女人攒下这么多钱，几乎算得上奇迹了。有时候，执著能带来远远超出我们想象的惊人成就。老妇的情况就是这样。她在保管金钱方面也表现出了与众不同的能力。往天棚里藏钱不算什么特别的事情，老妇的女儿和邻村的粗鲁男人们把家里翻了个底朝天，不可能没翻过天棚。为什么没有发现呢？

老妇接手汤泡饭餐馆以后，第一件事就是彻底揭下天棚，重新裱糊。这个过程中，老妇偷偷地在椽子和板子之间多加了一层天棚，也就等于建了双重天棚。老妇的周密还不仅仅表现在这里。她花费了很长时间，又在秘密天棚上精密地画了椽子的花纹，看上去和真的一模一样。即使有人翻找天棚，也看不出上面还有一层。老妇的女儿和邻村的男人们没有发现金钱，原因就在这里。

如果不是那场有气象观测以来创下最大降水量记录的大雨，如果不是穿透破旧房顶渗透进来的雨水淋湿了纸币，如果不是木头做成的坚固而秘密的天棚承受不住被雨淋湿的纸币重量，这些钱可能要在更久以后才能被发现。那么这之后的故事就很没劲了。命运的珠子在金福面前停了下来，她又成了故事的主人公。

唯一遗憾和具有讽刺性的事实是，积攒了这么多钱的老妇却分文没花就死了。被邻村的男人们毒打一夜，她也没有说出钱藏在什么地方。那么，她究竟想用这些钱做什么呢？因为她不幸死亡，这个问题就成了永远解不开的谜。只是当人们问她攒那么多钱干什么的时候，她总是回答，为了报复这个世界。如果这话出自她的真心，那么从钱的巨大金额可以看出，她对孤独和世界的怨恨有多深。难道老妇的复仇还没有结束？也许她的诅咒刚刚开始？饱经沧桑的金福遇到这样的幸运，难道仅仅是偶然吗？会不会藏着其他用意？故事在继续，暂且把所有不祥的问题抛在后面。

金福决定不再去想这些钱怎么会在自己家的天棚里面，也不去想是谁藏了这些钱。不管她怎么绞尽脑汁冥思苦想，不知道的事情也还是不知道。没有必要为徒劳的事情浪费时间。她是这样的女人。不管这些钱的主人是谁，现在所有的幸运都归于自己，这才是最重要的事。金福留下部分金钱和土地文书，别的都放在缸里，然后在后院挖了个坑，埋在里面。

第二天，茶馆重新开门。正好雨季也结束了，连续几个晴天。对咖啡香和服务员的脂粉香日思夜想的男人们又聚集而来。茶馆恢复了生机，一切都回到从前的样子。

金福像平时那样做生意，同时又秘密地做起了两件事。首先是派人去找双胞胎姐妹，另外就是调查土地文书上的土地在哪儿，值多少钱。根据她调查的结果，大部分都是村子附近的零碎土地，数目不多。只有一处例外，虽然距离村庄很远，但是达到了几千坪。金福充满了期待。那块地位于铁路对面很远的山脚，名叫南野里，意思是位于南部的原野里面。

几天后，金福清晨出发，亲自去看那块地。她付了一天的工钱雇了向导。这个人就是前不久她在茶馆里看中的男人——文。文虽然不是坪岱人，但是他跟随各地工程队去过很多地方，对坪岱附近的地理很熟悉。

他们走出杂乱的村庄，进入了铁路。文闷声不响，只是默默地走路。走路较慢、不习惯走碎石路的金福落在后面的时候，他就不动声色地停下来等候。她终于赶上来的时候，文就转身，大步向前走。这样走了很久，金福在后面发牢骚说，慢点儿走，我走不动了。然后她就扑通坐在铁路边。文尴尬地停了下来，低头看着金福。金福出生在山沟里，几乎赤脚走遍了三千里江山，当然不可能这么快就累倒。她之所以发牢骚，肯定另有原因。

"怎么会有这么无情的男人？女人腿疼得无法走路，你怎么也得想个办法呀……"金福气呼呼地撅起了嘴巴，责怪文。

"要是有背架，我可以背着你走，可是连背架也没有，你让我怎么办？"文似乎有些尴尬，支支吾吾地说道。

金福立刻反驳："哼，背个女人还需要什么背架吗？又不是年轻人，还这么粗心，啧啧啧……"

文不满地回答："有人看着呢。我怎么能在光天化日之下背女人？"

"这里哪有什么人，你的借口怎么这么多？算了，我就算把腿走断了，也要自己走到最后……"

金福故意装出生气的样子，想要站起来。突然，她又大叫着坐了回去。她好像是扭伤了脚腕。文不得不走过去，背对着她。

金福迫不及待地爬上他的后背。金福软绵绵的乳房紧贴在他的背上，再加上恍恍惚惚的肌肤气息，文感觉头晕目眩。萦绕在耳边的炽热呼吸使他后颈滚烫，不过他还是默默地沿着铁路向前走。

六月初，雨季刚过，真正的炎热开始了。两个人甜飕飕的口气混合在夏日热乎乎的空气里，激烈而危险，黏稠而散漫，忐忑而匆忙。足足走了半日，他们终于到达能看得见南野里的地方。这里距离村庄很远，很偏僻，附近没有人家。

位于山脚大山谷尽头的南野里是广阔而平坦的原野。没有树木的荒原，称之为开阔地也未尝不可。金福决定趁热打铁，自己走到南野里。从铁路到南野里没有路，两个人只好从高过人头的茂盛草丛中穿过。小腿被草叶划破，流出鲜血，脚也陷入了泥坑。金福很想踏上自己的土地，文也不得不背着金福穿过草丛。

最后，他们到达了荒原。那里有很多飞蓬草开放，形成了白色的花田。附近长着繁茂的狼尾草和鸡窝草等各种各样的杂草，只有那里，好像是谁故意播种似的，飞蓬草形成群落，令人产生奇异而神圣的感觉。虽然距离村庄有点儿远，毕竟是平生从未有过土地的女人第一次拥有了属于自己的土地。那会是怎样的感觉呢？金福大致估量了这几千坪土地，露出了心满意足的微笑。然后，她抬头看着文，说道："很好，不算小了。不过，这儿种什么好呢？"

正在用手摸索泥土的文含糊地回答："是啊。这里有峡谷，距离河水很近，就是水太凉了，周围还有山，光线不太好，不能种水稻。至于土豆和红薯之类，恐怕没有人到这么远的地方来种……"

"这么说，这么大块地只能闲置了？"金福失望地问道。

"怎么说呢，也许我不该说，这块地好像没什么用处。"文冷静地说完，似乎觉得有点儿歉疚，连忙自言自语地做了补充，好像在安慰金福。"不过泥土倒是能派上用场，可以烧瓦，实在不行，也可以烧成砖……"

瞬间，金福的脑海里掠过一个念头。她还没弄清楚这个念头究竟是什么。她眯起眼睛，努力想起这个转瞬而逝的念头。不一会儿，她故意露出明快的表情，说道："不管怎么样，有这么一大块地总归是好事。就算盖房子，也能盖几百栋。以后不用为没有土地担心了。我已经亲眼看见了，好了，我们回去吧。"

那天下午，两个人又穿过草丛，沿着铁路往坪岱走去。天很热，两个人的衣服都被汗水湿透了。金福大概觉得回去也让文背着自己就太无耻了。尽管文坚持要背，她还是拒绝了，迈着沉重的脚步跟在后面。

走了一会儿，他们在半路上发现了从铁路下面流过的小河。应该是从南野里发源的水流。旁边有几棵柳树，感觉很清爽。看到水，金福似乎很开心，大步朝河边跑去，脱掉小褂，往胳膊和肩膀上泼水。随后跟来的文难为情地转过头，金福笑着说道："这里又没有人，还有什么顾忌？快过来洗洗脚，水很凉。"

文在距离金福很远的地方洗了脸。金福说道："别像新媳妇那么腼腆，脱掉上衣痛痛快快地洗吧。都快热死了，还管什么面子？"

文好像豁出去了似的脱掉上衣，往身上泼水。金福走过去，变本加厉地说："别这样了，我给你洗，你用手撑在这里，赶快趴下。"

文推辞了好几次。金福连连责怪，催促他快点趴下。无奈之下，他只好用手撑地趴下了。金福用白色胶鞋接水，泼向他的后背。凉水喷到后背的瞬间，文的口中不由自主地发出了呻吟。金福笑嘻嘻地伸出美丽的手，越过他的后背和肩膀，揉搓他的胸膛和腹部。文的呼吸变得急促。再加上周围闷热的空气，他感觉有点儿头晕，神情恍惚。文转头看了看为自己洗澡的金福。紧贴在湿衣服里面的白皙乳房中间，桑葚般的乳头娇羞地忽隐忽现。每当她挪动胳膊的时候，腋窝里面茂盛的腋毛就莽撞地暴露出来。丰满的臀部在湿漉漉的裙子里面露出隐秘的曲线，闪烁在文的眼前。文的忍耐终于到达了极限。他猛地抱住金福的腰，趴在河水里。金福也倒在水上，大声尖叫："哎呀呀，你这个男人怕是疯了吧。看上去挺斯文，没想到还很阴险。"

金福嘴上这么说，一只手早已爬向文潮湿而炽热的胯下。

那天，两个人在河边柳树下进行的情事成了很多观众共同参与的史无前例的重大事件。他们的交欢场所就在铁路旁，不可避免这样的结果。乘坐火车经过的乘客们看到光天化日之下赤身裸体的男女在河边柳树下相互纠缠的惊人场面，无不瞠目结舌。年纪大的咂着舌头感慨时代变迁，年轻人不由自主地下身发热，小伙子们贴着车窗吹口哨，姑娘们尖叫着用手蒙住眼睛。带着孩子的父母赶快捂住孩子的眼睛。

有人打开车窗，冲着他们吹口哨。金福毫不在意，反而把文的腰抱得更紧，甚至朝火车挥起了手。当时，冲着过路的火车挥手是时髦。火车渐渐远去了，发出长长的汽笛声。瞬间，金福到达了高潮。她的脑子里苍白如纸，那个在南野里转瞬而逝的念头如同火花般清晰浮现在她的脑海。

不一会儿，金福对穿衣服的文说："刚才，你提到砖了吧？"

文看了看金福，不明白她怎么突然说这些。金福面带微笑，说道："好，我交给你一份工作。从明天起，你负责在南野里建砖厂。需要人手就去雇，需要设备就去买，需要钱就告诉我。"

听到金福斩钉截铁的宣言，文目瞪口呆。他看了看金福，问道："我倒是可以制砖，不过你打算把砖卖到哪儿？那么偏僻的地方，怎样运出去，你想过吗？砖可是很沉重的……"

金福笑着指了指远去的火车。"你没看见吗？火车可以拉人，也可以运砖。这条铁路通往所有需要砖的地方。你还不明白我的意思吗？"

说完，金福猛地转过身去，抛下了目瞪口呆地看着她的文，甩起大屁股，迈着轻快的步子朝铁路走去。

大象

金福为什么偏偏在那么多男人中选择了年纪较大、外貌也不出众的流浪工人呢？肯定不只是因为他性格稳重、人品好。难道金福从文身上看到了他对自己不离不弃、至死保护的忠诚吗？难道仅仅是孤独多年的寡妇突如其来的冲动？也许她当时需要的并不是保护自己的男人，而是在身边脚踏实地做事、协助自己的男人。不管怎么样，因为这场意外的幸运，她终于摆脱了遇到自己的男人都会变得不幸的想法。不管是当事人金福，还是因寂寞的客地生活而感到疲惫的文，这都是莫大的幸运。

没过多久，派出去寻找双胞胎姐妹的男人就空手而归。他说，姐妹俩也很想和金福一起生活，只是没有信心离开生活多年的地方、适应陌生的环境。她们要带着大象花点儿，不可能走那么远的路，也不能坐车。在花点儿死亡之前，她们不能离开那里了。

金福又给双胞胎姐妹写了封长信，详细记录了这段时间发生的事情和自己遇到的天大幸运，还有这些天来想到的各种生意设想和她对两姐妹的迫切需要。同时，她又通过各种渠道打听运送大象花点儿的办法。除了铁路，没有别的办法了。当她向铁路管理部门询问的时候，那里的官员们面露难色，说从来没有用火车运送过动物。金福又给该部门写信，语气很强硬。她说大象不同于普通动物，有灵性，西方某国还视大象为神物，如果仅仅以大象是动物为由拒绝运送，不但会成为全世界的笑柄，还有可能与奉大象为神物的国家引发外交纠纷。如果真的发生这种丑恶事件，应该由铁路管理部门负全部责任。

不知道是不是这封信发挥了作用，反正他们发来了回信，表示只要把大象花点儿带到最近的火车站，他们可以负责送到坪岱。费用全由大象主人支付，如果运送途中发生意外事故，也要由大象主人负全部责任，不能向铁路部门追究任何责任。他们要求大象的主人在这样的协议上签字。这是政府的法则。金福爽快地发去了自己签名的协议。她把自己与铁路部门协商的全部过程和结果详细地写在信中，又寄给了双胞胎姐妹。两姐妹终于被金福打动，关闭酒馆，带着花点儿向坪岱进发。为了让她们来坪岱，金福差不多花掉了一栋房子的钱。尽管如此，她的心里却充满了即将和她们生活的喜悦，立刻购买了足够她们居住的房子。同时，金福推倒原来的破旧茶馆，开始修建两层的新建筑。

火车进入坪岱以后，人们看到了很多从未见过的风景，最惊人、最神奇的恐怕要数大象了。双胞胎姐妹到达坪岱那天，人们期待着即将看到地球上最大的动物，兴奋至极，天不亮就聚集到火车站。距离坪岱很远的偏僻山沟里的人们不知怎么听到了这个消息，早早地带着盒饭上路了。麦芽糖小贩和棉花糖小贩、冰淇淋小贩和气球小贩等眼疾手快的商贩们，从早晨开始在广场周围占据了自己的位置。还没到中午，站前广场已是人山人海。这是坪岱火车站建成以来最拥挤的日子。总而言之，不管是从前还是今天，人们都喜欢免费看热闹。

看热闹的人群等得望眼欲穿的时候，远处传来汽笛声，白色烟雾进入视野，人们吵吵嚷嚷地站了起来。火车停下了。不一会儿，身穿同样的漂亮蓝韩服的双胞胎姐妹首先出现在火车站。人群中爆发出阵阵惊叹。人们交头接耳，虽说是双胞胎，怎么会一模一样呢。这时，人称春姬家的金福出现在人群之中。双胞胎姐妹和金福互相拥抱，因为时隔数年的重逢喜极而泣。

终于，人们翘首以待的大象出现了。看热闹的人们齐声欢呼，纷纷鼓掌。花点儿的背上包着红布，上面用黄色金箔写着大大的几个字"坪岱茶馆"，下面用小字写着如下内容：

咖啡和人参茶，各种茶类应有尽有，最新唱片大量引进。可送外卖。美女昼夜服侍，无小费，谢绝赊欠。

这是滑稽的乡村喜剧，来自金福聪明的经商手段。她想利用群众聚集的机会为茶馆做宣传。虽然人们评价说这是多少有些欠缺格调的广告，然而这天的宣传却是相当成功。不但坪岱人，就连距离坪岱很远的偏僻山村里的人们也都知道了"坪岱茶馆"的名字。从那之后，花点儿又多了个任务，那就是每天背着滑稽的条幅，早晨晚上在村庄里绕两圈。

后面的看客为了看得更清楚而向前挤。有的看客爬上了树，却因为初次见到这么怪异的动物而惊讶地掉了下来。花点儿老了，却依然保持着两吨以上的重量。房屋般的块头和超过壮丁身体的粗腿、山芋叶般宽阔的耳朵和锅盖般的脚掌、长长地伸向两边的优雅而吓人的象牙，还有人们最感兴趣的长而柔软的鼻子，纷纷展现在人们面前。它把鼻子伸进事先放在面前的水桶，吸水之后，像喷泉似的喷向被炎热折磨得痛苦不堪的观众，果然没让聚集在广场里的看客们失望。

也许是因为很久没有站在观众面前而格外兴奋的缘故，花点儿还向观众暴露了原本无需暴露的尴尬秘密。不知为什么，那天花点儿把生殖能力早已枯竭的巨大生殖器垂在地上，忧伤地眨着两只眼睛，望着群众。人群中自然爆发出赞叹和狂笑。如果到此为止也不算过分，还能算是为了满足群众的好奇心而做的圆满收场。

谁知正在这时，有个手里总是拿着棍子的调皮孩子，挥起手中的棍子，朝着花点儿的巨大生殖器用力打去。刹那间，花点儿的脑海里清晰地浮现出多年以前的情景，正是它跟随杂技团演出的时候有个孩子模仿野鸡叫的记忆。花点儿高高抬起双腿，大声咆哮，随后便冲向簇拥的人群。人群中爆发出尖叫和呐喊，双胞胎姐妹连忙呼唤花点儿，然而花点儿已经冲过人群，奔向市场了。那天被花点儿摧毁的店铺有几十家，受伤者足有上百人。金福花了整栋房子的钱赔偿损失，最后等于把免费宣传的收益都挥霍了。

三轮车

坪岱因为大象花点儿而纷乱不堪的那天，春姬在哪儿呢？为了迎接双胞胎姐妹，金福忙得不可开交，顾不上春姬。她去火车站的时候，春姬独自去了市场，观察自己喜欢的东西。这时，远处传来人们的呼喊声。春姬回头去看，看见了难以置信的场面。花点儿正在飞快地奔向春姬。人们大喊着让她躲避，然而春姬却向花点儿张开双臂，让它快点过来。疯狂奔跑的花点儿看见春姬，立刻就像踩了急刹车似的停在春姬面前。

"大象，你好。"

"很高兴见到你，小姑娘。"

花点儿气喘吁吁地回答。

"你是怎么来的?"

"以前我不是说过吗？想见的人迟早会再见面。"

"可是你的身体怎么抖得这么厉害？你生气了吗?"

"不，不是生气，只是人类太可怕了。"

春姬抱住大象的粗腿，像是在安慰它。

"不用担心，这里没有人伤害你。"

春姬抱住花点儿的腿，想起自己出生后最初闻到的气味。花点儿也用长鼻子揉搓春姬的身体，欣喜地用力吐气。周围的人们都感觉无比神奇。花点儿和春姬沉浸在重逢的喜悦之中。直到后来花点儿不幸死亡，花点儿和春姬总是不肯分离，仿佛融为一体。

金福花那么多钱，将双胞胎姐妹和花点儿带到坪岱，既是要报答双胞胎姐妹照顾自己的恩情，同时也是想缓解独身女人在他乡生活的寂寞。然而金福毕竟是天生的企业家，她想的不仅仅是这些。通过围在花点儿身上的滑稽条幅就能看出，她想把茶馆的命运交给双胞胎姐妹，自己去做规模更大的生意。

新茶馆建好了，挂起华丽的招牌，重新营业。急切等待茶馆开门的男人们走进来，打扮得美艳动人、身穿雪白韩服的金福立刻笑脸相迎，身穿漂亮蓝色韩服的双胞胎姐妹和年轻服务员们随后出现，颔首迎接客人。服务员们穿着露出大腿的迷你短裙，男人们不知道该把视线投向何处，争先恐后地干咳，茶馆里热闹起来了。这时，有人发现了挂在茶馆中间的大相框，点了点头说，"这句话说得真好"。那里写着这样的话：顾客为王，主人敬上。

从第二天开始成为王的村夫们，被从未见过的松软沙发和高档电唱机里流出的甜美音乐、令人心驰神往的隐隐灯光、露出白皙大腿在眼前晃来晃去的年轻服务员们冲昏了头脑，忘记了咖啡价钱已经上涨两倍。被他们称为大夫人、小夫人的双胞胎姐妹虽然是初次经营茶馆，但是她们从年轻时代就辗转于大大小小的酒馆，可谓身经百战，应付起单纯的村夫们自然是易如反掌。

与此同时，文马不停蹄地在僻静的原野上修建砖厂。为了夯筑地基，他和工人们铲除杂草，整天挥舞镐头和铁锹。事情没有想象的那么简单，铲除了杂木和杂草之后，地上到处都是大大小小的石头，仅仅是清除这些石头，就需要很多人手。附近的流浪工人全部赶来，金福也把茶馆交给双胞胎姐妹，跟着文投入工厂的建设中了。她先是用木头做成牌匾，在上面写了"坪岱壁瓦"几个字。尽管辽阔的原野上还没有建起建筑物，然而这个牌匾就意味着那是工厂的大门。她和女人们一起做饭、送饭，辗转于施工现场，为工人们鼓劲。

打好地基之后，还需要修建把砖瓦运到铁路旁的通道。这项工程要比打地基大得多，需要投入更多的人力和财力。这时候，工人之间传出了坪岱开通铁路以来劳役规模最大的说法。工厂尚未开建，相当于几栋瓦房的钱就已经消失得无影无踪了。酷暑难耐，工程进行得无比缓慢。

修建通道的时候，去过中国砖厂的文负责修建砖窑。所谓砖厂，也只需有烧砖的砖窑和放砖的宽敞空间，并不需要其他的特殊设备。修建砖窑需要很复杂、很苛刻的条件。砖窑要大，一次能烧出大量的砖。设计要严谨，每个角落都能得到热量。烧砖过程中需要较长时间维持千度以上的高温，因此务必完美无瑕。他一边物色有过砖厂工作经验的人手，一边亲自到大型砖厂学习，研究修建砖窑的方法。

仔细想来，这真是很盲目的事情。金福根本没有想过工程的规模，贸然行事。文也没有任何技术经验，直接负责砖厂的修建。他也同样没什么计划。不过，他又是个具有优秀匠人气质和强烈责任感的人。每当需要钱的时候，他就去找金福。他把钱的用处和工程的进展情况毫厘不差地向金福汇报。若是换成普通男人，对于已经有过肌肤之亲的女人要么不放在眼里、试图欺瞒，要么就是暗中算计。文没有这样。他反而对金福相信并雇佣一无是处的自己而感激不尽，因此严格保持着与金福之间的雇佣和被雇佣的关系。这种态度到死也没有改变。

这时候，人们看到村口来了辆生锈的三轮车。只有三个轮子的车子又破又旧，外面生了深红色的铁锈，原来的油漆已经不见了踪影，到处锈蚀，露出很多破洞。狼狈的车身上面可以清晰地看到发动机，机油滴落在每个经过的地方。不知道应该称之为汽车，还是别的什么。如此狼狈不堪还能行驶，人们感到新奇。红锈覆盖的三轮车发出了令人心寒的引擎声，像个有气无力、关节受损的老人，慢吞吞地行进，发出很不规则的咣当声，驶向金福的茶馆。那场面非常怪异，如果车也有幽灵的话，应该就是这个样子。

那天，金福正巧在茶馆里帮双胞胎姐妹做事。茶馆门开了，进来一个胡子拉碴、头发花白的老人。"欢迎光临"，双胞胎姐妹和服务员们招呼客人。老人身上散发出的浓烈腥味使她们情不自禁地揪起鼻子，眉头紧蹙。然而对于金福来说，这却是她朝思暮想的气味，让她想起了很久以前的往事。金福不经意地转头看了看老人，忍不住大为吃惊，手中的茶杯掉落在地。

各位读者，你们不会彻底忘了吧？这位老人不是别人，正是那个不幸的鱼贩子。金福一眼就认出了自己的第一个男人——很久以前的鱼贩子。她大步跑上前，抱着老人放声痛哭。鱼贩子也抱着金福，肩膀颤抖着低声啜泣。双胞胎姐妹和服务员，以及茶馆的客人们都目瞪口呆地看着他们。两个人百感交集。思念和悔恨、喜悦和委屈同时涌上心头，泪水流个不停。金福摸着鱼贩子衰老的脸颊，埋怨岁月无常。鱼贩子和金福生活的时候就已经不年轻了。这次来坪岱也没有刮胡子，脸上布满皱纹，瘦骨嶙峋，颧骨凸出，穿着破破烂烂的衣服，看上去就像狼狈的乞丐。

金福把鱼贩子带回了家，给他端来热乎乎的饭菜和清澈的酒。鱼贩子向金福诉说了这期间发生的事情。因为台风失去一切后，他拉着三轮车离开了码头城市。两天前经过坪岱附近，听到有个寡妇在坪岱卖咖啡，赚了很多钱，正在建造砖厂的消息。通过人们的描述，他觉得这个女人的容貌和以前认识的女人相似，又听说这个女人曾经在码头城市生活过很长时间，他就毫不犹豫地来到了坪岱。然而在这里，他无法长篇大论说完全部，只能用"百转千回"概括自己坎坷的从前。奇怪的是，自从离开码头以后，他不但不再卖鱼，而且尽可能地和鱼保持距离，甚至不去碰饭桌上的秋刀鱼。不过，他身上那股浓烈的鱼腥味仍然驱之不尽。

鱼贩子在茶馆里无意间看见了春姬，当场就看出她是多年以前把自己抛在沙子里的巨正的后代，于是不动声色地询问春姬姓什么。金福矢口否认道："她没有姓，就叫春姬。"

然后，金福也把自己的经历全部说给了鱼贩子，巨正遭遇的不幸、与刀疤的相遇、暴风雨之夜的悲惨事件、战争期间的流浪和意外分娩、遇上双胞胎姐妹以及移居坪岱等。很久没有翻出从前的往事，她也情不自禁地回想自己当时的感情，涕泪横流地说着说着，转眼就到了深夜。直到天色快亮的时候，金福才给鱼贩子铺了被褥，回到自己的房间。

金福对无依无靠独自老去的鱼贩子心生怜悯，劝他留下来。这是为了回报多年以前他收留无家可归的自己的恩情。对于举目无亲的孤独鱼贩子来说，这无疑是很好的建议。他感动于金福的热心肠，眼含热泪。只是不知道为什么，双胞胎姐妹却大发雷霆，让金福赶走鱼贩子。论起人情味，双胞胎姐妹绝不逊色于金福，她们作出这样的反应大大出乎金福的意料。她们嘴上说是因为鱼贩子身上的强烈鱼腥味，不过她们之所以要赶走鱼贩子，肯定另有原因。这是因为她们对几年之后发生在市场里的不幸事件产生了隐隐的预感。

金福固执地劝说她们，虽然腥味很重，但是总不能因此就赶走鱼贩子。她们也不能继续反对了。文没有发表意见。尽管知道很久以前鱼贩子曾经和金福有过肌肤之亲，但他似乎觉得自己没有权力对收留他的问题说三道四。他忙于建工厂，不怎么回家，对于家里收留什么人也不在意。

产生不祥预感的不仅仅是双胞胎姐妹。第一次见到鱼贩子的花点儿突然高高抬起双腿，高声咆哮，做出了带有威胁意义的举动。鱼贩子连哭带喊，急忙后退。花点儿向来老实安静，从未有过这样的反应。双胞胎姐妹对鱼贩子更加反感了。最后，金福母女、鱼贩子、文、双胞胎姐妹和花点儿都住在了一起，金福的家突然变成了大家庭。于是，金福的过去渐渐转移到了坪岱。

和鱼贩子住了不久，金福对双胞胎姐妹说自己要出趟门，然后就和鱼贩子坐着幽灵般的三轮车离开了家门。好几天过去了，金福还没回来。文和双胞胎姐妹都很担心，金福不可能和身上有腥味的老人发生什么，肯定是出事了。终于，金福回来了。不过，这回她坐的不是以前的幽灵三轮车。虽说是三轮车，不过不再是怪物般的破车，而且还加了个轮子，变成了四轮车。也不知道经过了怎样的修理，车身涂上了黄漆，闪闪发光，破洞都没有了，也不再漏油，引擎声不再像从前那样令人心烦，而是洪亮有劲，就像年轻豹子的呼啸。村里人惊讶地跑出来观望。孩子们第一次见到黄色的三轮车，感到新奇，三五成群地跟在后面。跑到茶馆门前的双胞胎姐妹和服务员也好奇地问，怎么不声不响地造出了新车。金福只是默默地微笑。

人们往车后看去，发现上面清晰地写着几个字：坪岱运输。车的上端，相当于额头的部位写着数字，No.1。意思就是说，这是坪岱运输的第一辆车，也就是一号车。后来三轮车增加到十辆，出现了 No.10。不过，在当时，人们根本无法理解金福的用意。

鱼贩子出现以后，金福又想到了新的生意。这个构思起源于遥远的过去，那辆把她从小山沟带到码头城市的破三轮车。坪岱有了火车，交通状况好转，然而住在小山村里的人们仍然需要走几十里的山路。即便是情况稍好的坪岱，距离火车站也很遥远，每天两班火车远远不能满足爆炸式增长的交通需求。如果要去买东西，还是只能靠步行，颇为不便。

金福着眼于这个现实，想出了连接坪岱附近小山村的交通手段。修理旧三轮车又花掉了一栋瓦房的价钱。当时车的价钱很贵，而原来的三轮车几乎没有哪个零件还能继续使用，发动机换了新的，车体也不得不换成全新。金福支付全部费用的同时向鱼贩子提议，分给他半数收益。刚开始鱼贩子极力推辞，说自己有吃有喝有地方睡觉就足够了。金福却坚持说那样太不公平，鱼贩子这才勉强接受了她的提议。她判断运输业是个有利可图的行业。没过多久，她的判断就得到了证明。生活在憋闷山村里的人们对新出现的交通工具赞不绝口，并不心疼微不足道的车费。他们坐在鱼贩子驾驶的黄色三轮车的车厢里，聚集到坪岱，坪岱更加充满生机。她的茶馆生意也更加兴隆。

坪岱的第二次大爆炸终于开始了。

沼泽

　　大象花点儿生活在自己的生物钟里。它的心脏每分钟只跳动二十五次，慢吞吞地活动。春姬也配合着它的速度慢慢移动。她们的空间被孤立在世界之外，正因为这样，她们像是躲在路边看疾驰的汽车，能够看到渐渐加快的世界的变化。道理就像人可以看到蜉蝣的整个生涯。

　　花点儿身上围着宣传茶馆的条幅，驮着春姬，每天上午下午两次在村子里游荡。当时春姬只有六岁，然而她和花点儿的关系非常亲密。平时很少对人笑的春姬经常抓着花点儿的鼻子搞恶作剧，咯咯咯咯地笑个不停，因此这件事自然而然就交给了春姬。说是春姬负责，其实应该说是花点儿照顾春姬更恰当。花点儿用长鼻子卷住春姬的腰，小心翼翼地把她放上自己的后背。春姬只要坐在花点儿宽阔的背上就行了。花点儿自行穿过拥挤的集市，到达火车站，然后返回。骑自行车的人们和运送物品的牛马车，以及不多见的运送木材的卡车从他们身边迅速经过，他们也不着急，总是以同样的速度慢慢地行走在村子里。花点儿把握时间是那么准确，甚至有人看着花点儿的步伐调整自己的表。

原本在僻静角落里静静地卖汤泡饭的金福突然铺开各种买卖，而且不管做什么都能大获成功，人们纷纷羡慕，说她撞了大运。同时，也有人对她的财富说三道四。有人说大城市里有富豪为她撑腰，有人说双胞胎姐妹才是全部生意的真正主人，有人说文在北方的时候挖掘金矿赚了很多钱，还有人说金福是负责国家大事的女人，不过她做的所有事情都需要秘密进行，因此不得不伪装成民间女人，还有人说她睡觉的时候突然有钱从天而降。不过，对于金福处理事情时毫不犹豫的果断胆魄，每个人都不能不叹服。

事实并不像人们说的那样，金福做的事情也不是都获得了成功。茶馆仍然生意兴隆，刚刚开始的运输业收益可观，问题在砖厂。经过艰苦奋斗，终于建成了地基和通道，然而地面开始积水了。这事不可避免。因为那里曾经是发源于南野里山谷的水流经过的地方，水流以金福的土地所在的荒原为中心绕到山脚，河流从此断绝，这里自然而然地形成了沼泽地。换句话说，金福的土地四面环山，像个孤岛。第一次和文去南野里的时候，只有那里盛开着飞蓬草，就是这个缘故。这样的情况都不知道，直接就在沼泽地带中间修建工厂，不能不说是鲁莽之举。

金福就是金福。虽然她知道要修建工厂的地方是沼泽地带，但是这个烦恼只用一天就解决了。第二天，扩土工程就开始了。

附近的牛车马车都用上了，沼泽地带填上了泥土和石头。只有填上沼泽，才能考虑建什么砖窑，别的事情只能暂时中断。文索性在工地旁边搭起窝棚，住在现场指挥施工。附近的泥土和石头都填到了南野里，看似怎么花也花不完的钱也渐渐减少。这期间，有个工人被毒蛇咬死了，工人之间流传着工地有邪气的恐怖传闻。金福也着急了，只是没有表现出来。他们不停地往沼泽里填土，第二天早晨，地上还是能看到水。文忧心忡忡地看着金福说，要不要趁早放弃建砖厂。金福笑着说道："我要看看到底谁赢。不管多深的井，总会有底。"

夏天过去了，一栋接一栋的瓦房无声无息地消失在了沼泽地。直到寒风吹起，金福的心意也没有改变。没看见井底，她的钱倒是先见底了。他们已经深陷泥潭了。金福眼睁睁地看着自己的巨大幸运被沼泽彻底埋没。

这里有个疑问，金福为什么要拼命建砖厂呢？建砖厂又不是她的毕生心愿，也没有人能保证建砖厂之后肯定赚大钱。只不过是文随口说的一句话，只不过是在柳树下寻欢作乐后突然冒出的一个念头，怎么会让她不惜一切代价？这很难理解。知道工厂位于沼泽地之后，如果能马上收手的话，也不过损失三四栋瓦房的钱。她为什么奋不顾身地填埋石头和泥土，直到全部财产耗尽，这个部分找不到合理的解释。关于这点，我们可以在某本关于故事的书里发现线索。书里写着下面这句话：

我们因为我们的行动而成为我们。

这是对人类不合理举动所作的归纳性说明。也就是说，并不是先确定某个人的性格，然后根据性格做出行动，而是看到这个人的行动之后，才能判断出他的性格。这就像"因为金福是主人公，所以奇迹般的幸运才降临到她的头上？还是因为幸运降临到她的头上，所以她才成为主人公？"这是存在于故事之外的冒昧的问题，就像"先有鸡，还是先有蛋"，非常难解。至少我们可以通过这句话解释金福的举动。归纳起来是这样：金福因为在沼泽地带修建砖厂而成为盲目和愚蠢的女人。

不管多深的井，总会有底。相对于深浅莫测的沼泽地来说，这句话更适合于金福本人。她重新购置家当，把茶馆翻盖成二层建筑，修理三轮车，就已经花了不少钱，后来又不停地在南野里填充泥土和石头。不管多么有钱的富人，也很难承受这样的大手大脚。金福孤注一掷，似乎是在试探自己的命运。命运也巧妙地在她挥霍了全部金钱之后才露出底限。

某个秋日的早晨，雾气弥漫，住在工地旁边窝棚里的文看到干巴巴的地面，立刻跑到金福面前。沼泽终于被填平了。她的钱都用光了，通过茶馆和运输赚来的钱也都花在了南野里，现在已经没有希望了。这个时候听到沼泽填平的消息，金福不能不欣喜万分。她和文跑向南野里的时候，沼泽地果然干涸了。现在该修建砖窑了，然而这也不是小数目。金福手里分文皆无，要么卖房子，要么卖茶馆，或者卖掉鱼贩子的车，反正要想出办法才行。这时，意想不到的援军出现了，正是双胞胎姐妹。她们拿出了深藏不露，也就是出发来坪岱之前卖酒馆的钱。这些钱足够金福盖砖窑了。金福极力推辞，说这是两个人辛苦多年积攒的家当，自己不能接受。双胞胎姐妹劝说金福，说因为有了金福，她们才不再吃苦，金福完全有资格接受这笔钱。最后在金福的坚持之下写了张欠条，如果还不上这笔钱，就把茶馆转让给双胞胎姐妹。写完欠条，她才接受了双胞胎姐妹的钱。百般曲折之后，终于开始修建砖窑了。

文本来就是个冷静沉默而且有耐心的人。通过对事物的细致观察，他对各种物理反应和化学变化也有着超出常人的理解。或者说，他有卓越的匠人气质，因此金福把砖厂交给他是正确的选择。但正因为这个缘故，他与金福总是发生矛盾。

有一次金福去南野里的时候，他正带着三四名工人，为了制造出满意的砖头而反复试验。试验失败的几千块砖堆在砖窑前面。金福从中拿起一块看着不错的砖，说道："这个看起来能用啊，不知道你为什么要扔掉?"

"因为色彩不均匀。"

"色彩没有关系，不管是烂蛤蜊，还是裂缝的砖，只要能卖出去就行。"

这句话包含了金福的全部经商理念。文一反常态，恼羞成怒，猛地夺过金福手里的砖，扔在了地上。"并不是所有圆形的东西都能成为蒸笼，同样的道理，也不是所有方形的东西都能成为砖。如果你想说这些，那就请你回去吧。"

金福也生气了。造砖也好，做糕也好，随你的便吧。丢下这句话，金福就回坪岱了。这时候距离双胞胎姐妹帮助金福建成砖窑已经四个月了。

从那之后，文尝试各种办法烧砖，整个冬天都没有离开南野里。也许别人会说，不就是做块砖头吗？哪里需要什么技术和功力。文却不这么想。选择什么木材烧窑才能达到高温，怎样摆放才能使砖块受热均匀，保持什么火候才能烧出合适的颜色，他都经过了反复试验。整个冬天就这样度过了。金福索性不再去管砖厂里的事，而是专心于茶馆，偶尔派人送粮食给文。双胞胎姐妹都很着急。砖窑建成几个月了，却连半块砖头都没生产出来，她们为此心急如焚。投入大量财力的金福却泰然自若。

"别管了，说不定能造出金块来呢。"

文几次去大砖厂学习，有时还请来技术师。这些技术师大部分都是徒有虚名，砖块动不动就开裂。即使外形满意，硬度也不合格。各种各样的挫折文都经历了。

第二年春天，落下了迟到的大雪。金福有点儿担心独自留在南野里的文。那天夜里，全身被白雪覆盖的文悄悄地推开了金福的房门。他已经在南野里住了几个月。胡子拉碴，脸色被砖窑里的火熏得黝黑，只有红通通的眼睛像豺狼似的闪烁着寂寞的光芒。金福大惊失色，赶忙坐起来，问他怎么这个时候来这里，同时抓住他冻僵的手，放在炕头，然后赶紧热好食物和酒端了上来。脸颊消瘦的文疲惫不堪，默默无语地吃着金福端来的食物。独自在山谷里过了整个冬天，文的脸上充满了孤独。那天夜里，金福和文享受了久违的云雨之情。突然，她叹息着说："什么砖不砖的，干脆放弃算了。赶快回来，我们一起生活吧。看来砖和我们没缘分。"

第二天下午，文结束了一天的甜蜜时光，踏着雪路回到了南野里。

因为那天的大雪，鱼贩子的车不能正常运行了。别看他总是像打盹似的闭着眼睛走过陡峭的山路，却从来没有走错路。不过他也没有信心去走堆满雪的路。鱼贩子也因此获得了几天的休息时间。一天早晨，他发现停在门前的车不见了。鱼贩子惊讶不已，连忙观察四周，发现雪地上有车轮的痕迹。他沿着车轮的痕迹去找自己的车。车轮痕迹离开村庄，延伸到很远的地方。他仔细一看，雪地上不仅有车轮留下的印迹，还有面盆大的脚印。那分明是大象的脚印，凌乱地混合着人的脚印。

果然不出他所料，很快他就看见了用绳子拖着车的春姬和花点儿。鱼贩子追了上去，重新把车拉回了家。直到最后，他也没能弄清楚春姬和花点儿想把车拖到哪里。他们要去的原野尽头是悬崖，鱼贩子怀疑春姬是想把车扔到悬崖下面。后来金福听鱼贩子说了这件事，拿着鞭子狠狠地打了春姬。从未哭过的春姬眼泪汪汪，满含怨恨地盯着鱼贩子的车。双胞胎姐妹安慰春姬，反而责怪金福说，就是啊，为什么要把这种破车放在家里。只有无辜的鱼贩子不知所措，躲在旁边尴尬地抽烟。

文再次回来的时候，已经是绿意渐浓的四月。他手里拿着红砖。金福赤着脚，开开心心地跑了出来，问是不是终于造出了砖头。文面无喜色，只是把手里的砖头递给金福。金福接过砖块一看，质量果然是上乘，看得出这段时间文花了很多心思。外表光滑，色彩高雅，用手指摸摸就知道这砖有多结实。花了这么长时间，千辛万苦才得到这样的砖，文应该感到自己很了不起，至少露出笑容才对。他却面带难堪的神色，艰难地开口说道："这样的砖，盖房子也不会倒塌了。"

金福笑着问："每天能烧出多少块这样的砖？"

"轮流使用两个砖窑的话，每天可以烧出一千块。"

"好，那就先盖我们自己住的房子，盖在工厂旁边。"

文惊讶地看着金福。金福接着说道："砖厂是我投入全部资产的地方，我不能悠闲地坐在这里等结果。从现在开始，应该需要很多工人，总要有个做饭的人才行。"

"不过在那里生活很不方便的……"

文为金福担心。她严肃地说道："虽然没有举行仪式，不过我们也算是夫妻关系，不能总是这样分开。"

听说金福承认自己是她的丈夫，文这才感慨万端，眼圈也红了。他喉咙哽咽，什么也说不出来，只是用脚尖蹭着地面。金福走到他身边，紧紧抓住他的手，说道："从今以后，你要保护我才行。"

壁砖

坪岱名不副实，不仅没有广袤的原野，甚至没有可以盖房子的空地。昔日诗人的责难并不是无稽之谈，然而比起邻近的村庄，山脚下到处都有可供糊口的荒地。随着火车的开通，又出现了很多伐木场，也算是个很不错的村庄了。意想不到的砖厂建成后，迟疑不决的流浪汉们又把脚步转向坪岱。坪岱比以往任何时候都更拥挤，乡土史学家们把这个时期和最初开通火车时的人口激增区分开来，称之为"坪岱的第二次大爆炸"。

聚集到砖厂的流浪汉，有的是因为没有养家糊口的土地而背井离乡的火田民①，有的是寄居在别人家的长工，还有终生在赌场度日的老赌徒，还有因在大城市杀人而遭到驱赶的凶恶罪犯，各色人等鱼龙混杂，工厂里拥挤不堪。

---

① 在山上放火焚烧野草和杂木之后耕田播种的农民。——译注

从古至今，没有什么比选人更重要和更难的事了。为了挑选出正直而勤劳的工人，文头疼不已。前不久还只是流浪汉的文想要揣测工人们的心事，自然不是容易的事情。金福却很有信心。

　　"这件事交给我吧。我只要看上一眼，就能看出他们是真心，还是演戏。"

　　文丈二和尚摸不着头脑，不知道金福所说的真心和演戏是什么意思。这是金福在码头城市通过看电影而练就的独特的区分方法。她一眼就能看出对方是发自内心地行动，还是假装，也就是演戏。文问她怎么知道，金福耸了耸肩膀，回答说："怎么知道？我一看就知道。"

　　果然如金福所说，她选拔的工人个个脚踏实地，勤劳肯干，丝毫不让人操心。几年之后，她出现了失误，选择了给自己带来致命伤害的人物。这是她为自己的过分自信付出的代价。

　　金福离开坪岱以后，养育春姬的重任自然而然地落在了双胞胎姐妹的肩膀上。春姬不愿意和花点儿分开，双胞胎姐妹也主动要求照顾春姬，金福没有理由反对。金福去南野里之前对双胞胎姐妹说，鱼贩子是个无家可归的可怜老人，自己不在的时候，请她们好好照顾。本来就对鱼贩子很反感的双胞胎姐妹只好点头答应了。

　　尽管金福不在，春姬也没给双胞胎姐妹带来什么麻烦。她总是黏着花点儿，仿佛他们本就密不可分，守在只属于他们的世界里度过平静的日日夜夜。她的肉体已经结实如成人，胳膊的力量可以与壮丁媲美，然而精神的成长却很迟缓，似乎停滞不前。不过在与花点儿对话的过程当中，她也渐渐学会了许多东西。

"很无聊，我们出去转转怎么样？"

"小姑娘，再坚持一下吧，还不到时间呢。"大象回答。

"为什么非要遵守时间？"

"因为双胞胎希望我们这样做。"

"为什么非要按照双胞胎的心愿去做？"

"双胞胎是好人，她们救了我，再说我还踩断过双胞胎姐姐的腰。"花点儿很聪明，春姬的好奇心永无止境。

"你为什么不开心？"

"你为什么说我不开心？我现在很幸福，有足够的食物，又没有人打我。"

"有人打你吗？"

"小姑娘，那是很久以前的事了。"花点儿闭上了嘴，似乎不想回忆从前的事情。春姬仍然用好奇的目光看着花点儿。花点儿不得不张开嘴巴说："好，那我就回答你吧。那是因为我老了。"

"老了是什么意思？"

"老了就是说距离死亡不远了。我之所以离开杂技团，就是因为我太老了。"

"你活了多久？"

"早在你妈妈出生之前，我就活在这个世界上了。不，比这更早。我也不记得了，反正活了很久。"

"那么，我也会死吗？"

"小姑娘，人和大象一样，都会死的。不过，你现在还没有必要想这个问题，因为这件事距离你还很遥远。"

"那么，死了以后会怎样？"

"死了就消失了，要分别，永远。"

文满足金福的心愿，用最先制造的砖块在工厂旁边盖起了房子。另一边，他们用铁皮和木板为工人们搭建宿舍。对于应付粗鲁的男人，金福已经很有办法。尽管工人们被金福身上散发的奇妙气味迷惑，下身膨胀，却也不敢对她怎样。就这样，南野里的山谷里形成了数十个男人聚居的小社会。金福和文顺利地领导着这个社会。从此以后，金福脱掉裙子，换上了在码头工作时穿过的宽腿长裤。人们在背后指指点点，说女人穿裤子不吉利。后来，宽腿长裤成了金福特有的标志。这时砖窑里已经开始烧砖。

最初金福以为只要砖块生产出来，就会立刻被抢购一空。事情却不像她想的那么简单。坪岱突然变得人头攒动，到处都在施工，但是在坪岱，却没有需要购置昂贵材料建造的建筑物。这是问题的关键。当时砖价还非常昂贵，不是谁都能用得起。砖烧出来之后就堆放在工厂院子里，谁也想不出用什么办法卖掉。金福不愧为做生意的鬼才，她终于想出了怪异的主意。她叫来了文和工人们。"这么贵重的砖不可能在这种小地方销售。这样的砖要到大城市才有人需要，才能得到合理的待遇。我们窝在这样的山谷里，即使有人要砖，也不可能知道我们在哪儿，不是吗？我们要让外面的人知道，这里有质量上乘的砖。"

"怎么能让别人知道呢?"

听了金福的长篇大论，有人耐不住性子，问道。

"你这人真是性急，我不正在说这个问题吗?"金福教训完工人，继续说道，"从现在开始，你们听我说，明天马上把这里的砖都装上火车。沿途只要看见村庄，你们就往外扔砖。人少的地方少扔，人多的地方多扔。如果有人需要砖的话，看到之后就来找我们了。"

当时没有专门的宣传媒体和广告手段，这也算是不错的点子了。恐怕只有金福才能想出这种荒唐的主意。

"你的意思是说，所有的砖都要扔在路上?"

文指着这些日子以来辛辛苦苦烧出来的砖，不满地问道。

"小心眼儿的男人，你想不投资就得到收益吗?"金福眼睛也不眨地回答说。

一个工人接着问道："即使有人发现了我们的砖，又怎么能找到这里来呢?"

金福拿起一块砖，回答说："你这个令人寒心的男人，你没看到这上面写的字吗?"金福拿起来的砖头上用凹雕清清楚楚地写着"坪岱壁瓦"。这是在烧砖之前刻在上面的印章，既是砖厂的名字，也是砖的品牌名称。这应该算是最早的砖瓦品牌了，也是金福展示经商头脑的重要证据。

工人们对金福的话半信半疑，不过没有别的办法，只好按她说的去做。他们已经连续几个月没有拿到工钱，不管采取什么方法，现在只能等待砖卖出去了。往火车上装砖之前，金福和铁路管理部门之间又进行了繁琐的书信往来。最后，工人们坐进了装满砖块的货车厢。每过一个村庄，他们就往路边扔一两块砖。文为工人们准备了酒和鱼脯，他们像第一次坐上旅游车的乡下女人，兴奋不已。被长期的劳动折磨得疲惫不堪的工人们悠闲地靠着砖头，懒洋洋地喝着酒。铁路两边仍然凄凉地绽放着飞蓬草，运砖的火车迎着暖洋洋的春光，慢慢地驶向北方。他们把砖扔到火车经过的路边。

天黑了。远方城市的灯光如梦如幻，朦朦胧胧地闪过。男人们想着故乡和家人，心情变得沉重。有人借着酒劲唱歌，有人伴着歌曲的旋律偷偷抹眼泪。他们都有共同的心愿，那就是希望砖快点卖出去，不用继续在陌生的土地上游游荡荡地找工作。流浪汉的心愿本来就是这样朴素，只要不为糊口担心，只要有个伸开双腿睡觉的地方，那就是他们梦寐以求的故乡，那就是桃花盛开的家园。

文和工人们坐着火车离开工厂的日子里，金福也回到了久别的坪岱家中休息。春姬很久没看见妈妈，兴高采烈地跑了过去。金福却像没看见春姬，只是热情地和双胞胎姐妹打招呼。春姬很想扑进妈妈温暖的怀抱，就像金福以前抱她的时候。她想尽情体味金福的乳香和粉香。金福似乎总想努力逃离春姬。对于春姬来说，金福就像永远也无法到达的海市蜃楼，春姬的心愿也就成了永远无法填充的饥渴。于是，这也成了伴随她生命的遥远的思念。

金福回家的那天夜里，春姬走进没有别人的金福的房间，趴在她的衣服上面，闻着留在衣服上的金福的气息。闻着闻着，她突然拿起了放在梳妆台上的脂粉。那里透出浓郁的金福的味道。春姬打开脂粉的盖子，手忙脚乱地涂上自己的脸蛋和身体。就像每次感到幸福的时候，她的脑海里浮现出初来世间后看见的黑暗而平静的马厩风景。

和双胞胎姐妹聊完之后，金福回到房间，看到了满身擦得白花花的春姬，吓得失声惊叫。当时已经是深夜了。看清楚坐在黑暗中的白色鬼魂原来是春姬，金福大声叫嚷着跑过去，揪住春姬的头发，发疯似的打她。春姬突然挨打，不过与她那结实厚重的身躯相比，瘦弱无比的金福的毒打也不算太严重。她没有哭，只是困惑地望着金福，不明白金福为什么如此愤怒。最后双胞胎姐妹听到金福的叫嚷声跑来，结束了这场深更半夜的混乱。金福的脑海里却总是浮现出春姬浑身擦满白色脂粉的不祥模样，挥之不去。那天的事件，导致金福更加疏远春姬。对于春姬而言，这不能不说是非常伤心的事情。

乘着火车走过城市，随意往路边扔砖，一个月过去了。这期间没有人找来工厂。金福异想天开的宣传方法分明以失败而告终。即便如此，砖厂还是不停地烧出新砖，已经没有堆放的空间了。工人们停下工作，无所事事地躺在平板床上睡懒觉，或者围坐在角落，谈论着各种以金福为主角的淫荡话题，借以消磨时间。有人大白天就浑身酒气，有人索性无所顾忌地打起了牌。工厂秩序越来越混乱，拿不到工钱的工人们怨声载道。

从双胞胎姐妹那里借来的钱早就用光了，这段时间就靠运输业和茶馆赚来的钱勉强渡过危机。金福着急了。她蹲在木板做成的招牌旁，从早到晚守在通往工厂的门前，期待有人到工厂里买砖。夏天快要过去了，还是没有人来。只有偶尔驶过的火车汽笛声打破周围的寂静。

工人们的不满渐渐达到顶点。这些都是金福精挑细选出来的工人，那时候他们毕竟是找不到工作而坐立不安的流浪汉。流浪汉本来就是这样，来的时候不同于走的时候。论起小算盘，绝不逊于商人；论起粗鲁，简直可以和流氓无赖比高低；论起阴险，比起掮客有过之而无不及。只要找到漏洞，有的人就试图把漏洞扩大到极致，从中获取利益。在砖厂工作的工人中间就有这样的人。他们擅长挑拨离间，煽风点火，搬弄是非，无中生有，本来微不足道的担心很快就膨胀到最大限度。结果，工人们都相信文和金福欺骗了自己。他们听到传言说，砖厂已经以高价转给别人，为了在正式交接前让对方看到工厂进展顺利而抓住他们不放。如果真的有人愿意接手砖厂，金福肯定会拿到转让金就离开坪岱。传言被润色得比真相更有趣，更值得相信。传言像传染病似的迅速蔓延，很快就在工人之间传开了。

这是流言蜚语的法则。

夏天到了尾声。炎热开始了最后的叫嚣。端坐不动也汗如雨下的日子里，不快指数达到极限，只要稍有是非，似乎就有人萌生杀机。昆虫也屏住呼吸，寂静包围了整个工厂。金福依然像往常那样守在工厂门口。这应该是最后的夏天了。她没有钱继续支撑下去，而且疲惫不堪，对这个砖厂深恶痛绝，甚至不想抬眼多看。然而不知为什么，那天下午工人们接二连三地聚到金福身边。男人们裸露的胸膛上流下黏糊糊的汗水，大概是在哪儿喝了酒，每个人都涨红着脸，显得很不愉快，喘着粗气，透出莽撞的暴力气息。金福感觉情况不对，赶紧用目光寻找文。那天偏巧文去镇上办事，不在工厂。有个年长的工人站出来，斯文地说道："今天我们必须拿到拖欠的工钱，你马上拿钱来。"

金福故作泰然地回答："你们没看见堆在院子里的砖吗？要把砖卖掉，我才能给你们工钱。"

面对金福理直气壮的态度，工人们胆怯了。随后，工人们你一言我一语地质问起来。

"听说工厂已经转给别人了，这是真的吗？"

"听说你们得到了一大笔钱，这些钱都在哪儿？"

"如果换了老板，我们找谁要钱去？"

工人们纷纷发泄着心头的怨气，像雨季里的青蛙似的齐声嚷嚷。此时此刻，他们还在努力压抑自己的情绪，然而语气中已经带有了明显的怒气。金福高声堵住他们的嘴巴："这都是有人胡乱编造的谎言。如果拿到钱，我们还会留在这个山沟里，你们以为我们疯了吗？如果我想吞掉你们的钱，早就深更半夜逃走了。再等一等……"

金福话音未落，有人在后面大声喊道："你撒谎！"

"对，你撒谎！"

从各个角落不时迸出的声音合起来，变成了异口同声的大合唱。几个人甚至跺脚打起了拍子，愤怒的情绪更加高涨。他们将金福团团包围，恨不得立刻冲上去将她碎尸万段。这时，金福猛地冲他们举起了手："等一等！"

工人们停了下来。金福突然解开衣带，朝两侧敞开小褂。女人白皙的肌肤暴露在光天化日之下。这就是他们一直以来想要占有的肉体。所有的工人都惊讶地瞪大了眼睛。金福伸开双臂，对他们大声说道："如果你们真的不相信，那就来搜我的身体吧。如果你们从我身上翻到一分钱，就算当场把我打死，也算你们无罪。"

金福突如其来的举动使男人们停了下来。她和工人之间流淌着紧张的气流，犹如紧紧拉起的弓箭。周围只有咽口水的声音不时响起。这时，后面传来一个声音，打破了紧张的气氛。

"各位朋友！我们不要再被这个妖女的花言巧语迷惑，马上打死她吧！"

众人迫不及待地跟着叫嚣起来："对！打死她！"

"不要打死，把她扯碎！"

"不要扯碎，用砖头砸死!"

"不要砸死她，活埋算了!"

"不要活埋，放在砖窑里烧死!"

"不要烧死，吊在白杨树上勒死!"

要求杀死金福的声音从四面八方传来。那些煽风点火怂恿工人，带领他们来这里的人们发出这样的声音。他们的话毫无根据，不过这已经足够了，甚至比几百句话更有力量，比任何逻辑都更有说服力，比任何宣传语都更有刺激效果。这是口号的法则。叫嚣之后，到处响起各种各样的口号，如同决堤的水库。

"彻底砸碎所有的砖!""砸烂砖窑!""放火烧掉工厂!"愤怒的工人们说出这类主张倒还情有可原，然而不知哪里冒出诸如"打倒法西斯! 还给劳动者生存权!""打倒财阀独裁，建立劳动者天堂!"之类的口号，这对于山村工厂来说多少有些可笑。尽管众说纷纭，然而口号的主旨还是立刻杀死金福。不仅是杀死，而且不是简单的杀死，而是五马分尸，或者扔进砖窑烧死，尽可能地让她死得耻辱和痛苦。杀死她之后呢? 当然就没有办法了。这些被激怒的男人们只想着马上杀人，根本不管该怎么办。

几名工人拿起了木棍，还有人手里拿着铁镐之类的危险工具。令人窒息的炎热和适度的酒精，再加上暴露在光天化日之下的女人肌肤使他们变得疯狂。他们步步靠近。这个瞬间，没有什么能制止他们了。金福明白了，她得到的莫大幸运正是威胁自己性命的元凶。这个具有讽刺性的事实令她很无奈。有人从后面抓起金福的小褂撕扯起来。别人以此为信号，高声呐喊着冲向金福。在残酷的战争旋涡中活下来的金福，她的生命危在旦夕。然而就在这时，有人在后面大声喊道："住手！"

男人们停了下来，转头去看声音传来的方向。工人们毫无秩序地胡乱纠缠，他们当中没能找到发出声音的人，却看到了群众中间伸出来的食指。手指指向工厂门口。工人们随着手指转移视线的时候，他们看到了工厂入口处掀起的蒙蒙灰尘。金福也穿上被扯破的衣服，从地上站了起来。灰尘距离工厂越来越近，转过被草丛覆盖的拐角，人们才看清楚，原来是一辆黑色吉普车。仿佛有人下达了停止动作的命令，金福和工人们僵住似的站在原地，望着驶入工厂的吉普车。

不一会儿，掀起蒙蒙灰尘的吉普车停在了工厂门口。车门开了，一个头戴礼帽的胖男人下了车。他的手里拿着一块砖头，砖角写着鲜明的"坪岱壁瓦"。他似乎是远道而来，满脸倦怠地看了看挡在前面的男人们，突然高高举起手里的砖，大声问道："砖是这里生产的吗？"

听到礼帽男人突然发问，工人们面面相觑。刚才的杀意消失得无影无踪，转眼间他们又变成了平日胆怯地看人脸色的流浪工人。金福大步走上前去，回答说："你没长眼睛吗？看看招牌上的字，就应该知道是不是在这里生产的了。"

金福指了指立在工厂门口的招牌。礼帽男人看了看木板，又看了看写在砖上的字，终于长长地叹了口气，擦去额头上的汗水。他的表情似乎在说，终于找到这里了。突然，他又愤怒地把砖扔在地上，说道："妈的，怎么不留个电话号码？只写工厂名字，谁知道坪岱是在山里，还是在地狱？我整整用了七天时间，才找到这里。"

男人发着牢骚。金福却露出了笑容。转眼间，她已经忘记了刚才面对死亡的恐惧，恢复了往日的自信。

"这里连电灯都没有，当然不可能有什么电话。不管怎么说，你没有迷路，找到这里来了，真是谢天谢地。"

礼帽男人环顾四周，说道："妈的，谁能想到在这个偏僻的山谷里会有人造砖？如果不是那根烟囱，我可能直接就过去了。先不说了，我喉咙干得都要冒火了，先给我杯水。"

金福仍然站着不动，说道："我得先弄清楚你来干什么，然后才能给你水，或者酒。"

"妈的，要不是买砖，谁会来这种地方啊，你以为我疯了吗？你是这里的老板吗？"礼帽男人用很不友好的目光望着不甘示弱的金福，问道。

"如果我不是这里的老板，为什么要顶着烈日跟你说话，嗓子都疼了？"

礼帽男人这才露出败下阵来的架势，举起双手，说道："好，既然是为了这该死的砖，那就不能空手而归。堆在这里的砖远远不够我的需要，你们应该盼着下雨。因为从明天开始，你们就要马不停蹄地玩命烧砖了。至于价钱，稍后再谈，先给我倒杯水润润嗓子，要是酒就更好了。"

跟礼帽男人的交易就这样开始了。他是建筑商，人们叫他郭社长。他一辈子生活在建筑工地，从发现扔在铁路边的砖的瞬间开始，就看出了砖的卓越品质。他的工地距离坪岱很远，乘火车也要三天，然而为了得到质量上乘的砖，他不惜远道而来。后来他最早开发公寓，分户出售，创办了全国第二大建筑公司。他本人未能享受荣华富贵，五十二岁就早早地离开了人世。他和朋友在江边喝酒，为了证明自己的强壮，为了证明自己能游过江去而跳入水中，心脏停止了跳动。这是莽撞的法则。

他有着建筑商特有的胆量，性情急躁，和金福意气相投。后来他不但和金福意气相投，还有了肌肤之亲。文得知此事以后，金福回想当时的情景，找出了下面的借口："如果当时不是郭社长出现，我可能早就被他们扔进砖窑，变成柴火了。他是我的救命恩人。反正如果死了，身体也要腐烂，还不如顺从恩人的心意，这算什么大错吗？"

当然，这不过是借口而已。后来金福浪荡到了自己也无法控制的程度，不但恩人，就连素不相识的流浪汉也被她拉进被窝。这给文带来了巨大的伤害。不过，郭社长的出现让她渡过了当时的危机，这的确是不争的事实。

那天郭社长在工人面前说的那番话并不是吹牛。从第二天开始，工人们就从早到晚满头大汗地烧砖。想到很快就能拿到拖欠的工钱，也不用再到处游荡寻找新的工作，他们踩在泥土上面的脚步也更加有力。前来买砖的不仅仅是郭社长，还有朴社长、刘社长、安社长、孔社长、闵社长、千社长等，各行各业的企业家们纷纷拿着印有"坪岱壁瓦"字样的砖，接连来到工厂。他们中间既有郭社长这样亲自干活的建筑商，也有专门垒砖的瓦匠和建材业者、建筑设计师等。从前被人称为春姬家的金福也有了新的身份：姜社长。她并不姓姜，因为她性格倔强而被人们取了这样的外号。她就是这样的女人，面对粗鲁的男人毫不畏惧，斩钉截铁地展示着自己的经商能力。

坪岱壁瓦在建筑业界掀起了强烈的旋风。为了得到印有"坪岱壁瓦"印章的砖，建筑商们在工厂门前排起长队。砖刚从窑里出来，立刻就被装上火车，卖到城市。没过多久，文又建了两个砖窑，工人也成倍地增加了。这回因为人手不足，他们也就来不及精挑细选了。金福也不得不再雇几个女人，不分昼夜地做饭。她们都像金福似的脱掉裙子，穿着宽腿长裤做饭。后来，这种宽腿长裤成了时髦，很快就在村子里流行开来。没过多久，附近的女人们都穿上了宽腿长裤。从早到晚踩泥土的砖瓦工唱着劳动歌谣，等待运砖的卡车发出粗重的引擎声，还有争先恐后抢着买砖的人们的争吵声，秋天的南野里变得异常喧嚣。

冬天到来之前，金福就支付了所有拖欠的工钱，还给他们加了工资。借双胞胎姐妹的钱还清之后还有盈余，以前投入工厂的费用差不多收回来了。下霜了，气温急剧下降，积压的订单也没那么多了。金福挑选良辰吉日，为工人们准备了宴会。杀了七头猪，从镇上买了满满一卡车的酒，双胞胎姐妹和鱼贩子也被请到了砖厂。当天的砖厂进入了难得的甜蜜休息时光。人们沉浸于马格利酒的醇香之中，放声歌唱，无拘无束地揽着肩膀翩翩起舞。这期间付出的辛苦得到了回报，他们感慨于巨大的成功，甚至有人抱头痛哭。那天，金福也放下了老板的身份，和工人们醉酒言欢。每个人都心满意足，幸福无比。所有的人都醉意朦胧，愉快地进入了梦乡。凌晨，南野里下了第一场雪。

整骨

　　下雪了，气温更低，山谷里结冰了。砖窑里的火终于熄灭，忙碌了整个秋天的工厂也安静下来。世间万物都将进入漫长的冬眠。工人们拿到拖欠的工资，相继回了故乡。他们都说好明年春天再来，心满意足地乘上了夜班火车。工厂里只剩下几个有故乡却无家可归的人，或者即使回去也没人迎接的人，整天打牌，度过无聊的漫漫冬夜。

　　金福和文也回到坪岱休息了。也许是有人嫉妒他们在高处取得的巨大成功？坪岱发生了意外的不幸事故。早在鱼贩子最初来到坪岱的时候，这种预感就使双胞胎姐妹惴惴不安，春姬和花点儿用绳子捆起车子，拖到悬崖边。这种强烈的预感变成了现实。

　　那天，鱼贩子用他那辆旧车拉着乘客，绕过崎岖的山路回到坪岱。下雪后还没过几天，路上的积雪还没有完全融化。车绕过市场，驶向火车站。正在这时，突然有个老妇出现在鱼贩子面前，也不知道从哪儿冒出来的。头发花白的老妇拄着拐杖，正要过马路。也许是耳朵不太好使，老妇没听见鱼贩子匆忙间按响的喇叭声，仍然慢慢地前行。鱼贩子吓坏了，赶紧踩了急刹车。车轮在雪地里打滑，车子直接冲向路边。车上的乘客东倒西歪，齐声尖叫。

不幸的是，正在这时，花点儿驮着春姬刚刚经过市场门口。鱼贩子看到大象和骑在上面的春姬，使劲踩了刹车，脚都踩疼了。然而车滑出去，就停不下来了。最后，坪岱运输的第一号车以飞快的速度撞上了花点儿的肋骨。花点儿当场倒地，骑在大象背上的春姬也飞了出去。这起悲惨事故发生在几秒之间。

与大象相撞的冲击力使鱼贩子昏厥过去。等他睁开眼睛的时候，他看到了站在路中间的老妇。老妇似乎才意识到出事了，扭头去看三轮车。这时，鱼贩子见到了有生以来从未见过的最丑陋的面孔。布满皱纹的脸上长着深深凹陷的老鼠眼，扁平的蒜头鼻和掉光牙齿的消瘦脸颊，稀稀落落的头发……不错！她就是那个不幸的老处女，不，是汤泡饭餐馆的老妇。长着这样丑陋脸孔的老妇除了她，还能有谁？

刚刚和鱼贩子目光对视，老妇就皱起消瘦的脸笑了。她笑得很阴险，令人毛骨悚然。鱼贩子赶紧下车，跑向倒在地上的花点儿。这时花点儿已经断气了。水管似的长鼻子里不停地流出深红色的鲜血，染红了白雪覆盖的路面。周围聚集了很多人。车的前面也撞瘪了，冒出烟雾，还有几名受伤的乘客。这是坪岱发生的第一起交通事故。没有人知道应该如何处理现场，躁动逐渐扩大。鱼贩子在混乱中寻找刚才看见的那名老妇。老妇已经消失不见了。

双胞胎姐妹和金福听说了发生事故的消息，胆战心惊地赶来，这才发现了春姬。双胞胎姐妹趴在花点儿身上放声大哭，哭得昏天黑地。这时，有人在市场旁边的榉树上面发现了春姬。她好像是被车撞飞到大树上了。不知什么时候醒来，正坐在树上，茫然地望着死去的大象和围观的群众，以及趴在大象身上哭泣的双胞胎姐妹。表面看来，春姬似乎毫发无损。那天春姬受到了把大象撞倒的剧烈冲击，竟然没有死，这究竟是为什么呢？不一会儿，这个秘密就揭晓了。

春姬被金福和文拉着去了医院。人们说，表面看起来毫发无损，这才更严重，应该赶快去医院。这时，坪岱已经建起了拥有现代化医疗设备的医院。身穿白大褂的医生用各种方法检查春姬的身体是否受伤，还拍摄了 X 光照片。不一会儿，医生拿着几张底片回来，看了很久，面带疑惑地连连摇头。文急切地催问道："别光摇头，倒是说话呀。孩子出什么问题了？"

"怎么说呢，说是问题也算是问题，说是好事也算是好事。"医生仍然摇着头回答。

"这算什么话？好事就是好事，问题就是问题……"

金福忍不住插嘴说道。医生把底片递到他们面前，说道："你们听说过整骨的说法吗？"

"听过，老虎的前爪就是整骨……"文回答。

"是的。只要被老虎前爪踢到，那就没有活路了。你们的孩子就是整骨，普通人前臂的骨头分为两段，而这孩子却是整骨。"医生指着照片说道，"你们看，只有一块骨头吧。她被车撞倒，却安然无恙，就是因为孩子的身体由整骨构成。"

听了医生的话，金福想起了巨正的面孔。刹那间，她再次确信，春姬就是他的骨肉。

"那么，整骨会不会有什么问题?"慎重的文再次小心翼翼地问道。

"这个嘛，你们有没有打算让孩子学习钢琴或者打字之类?"

"钢琴和打字，我们没有兴趣，以后她会跟我们学习怎么烧砖。"金福毫不犹豫地回答。文似乎觉得意外，看了看金福。他不知道金福以前就想把春姬培养成砖瓦工，还是听到医生这么问之后作出的即兴回答。不过，金福当时说出的这句话却决定了春姬的未来。

"那就没什么问题了。"医生耸了耸肩。这件事就算暂时结束了。

那天，金福不可思议地被透视人体的 X 光夺去了芳心。她对 X 光的原理一无所知，只是感觉能够看到人体内部的事实很新奇，于是要求医生用 X 光拍摄自己的身体。文责怪她，拍这种只能看到吓人的骨头的照片做什么。金福的强烈好奇心谁也抑制不了。她脱去宽腿裤子，站在巨大的机器前面。

不一会儿，拍下金福身体各部位的 X 光片出来了。她就像看什么藏宝图似的，仔细观察着照片。那里没有迷人的秀发和丰满的臀部，没有炽热的眼神和红润的脸颊，只有像枯树枝似的孤零零的骨头白花花地留在上面。金福把照片带回了家，借着电灯的光线，如痴如醉地看了几天。最后，她恍然大悟地点了点头，忧郁地说："不过都是外壳罢了。所谓的肉体不过是白花花的骨头。"

　　她通过 X 光片看到的是死亡之后的自己。从那之后，她经常像口头禅似的说，死了之后就会腐烂的身体。没过多久，她自由奔放的风流气质就暴露无遗，随随便便就跟某个男人发生肉体接触。也许这是终生与死亡为伴的她为了摆脱即将塌陷的肉体界限和死亡恐惧而做的无谓挣扎。

　　花点儿死了。这给从小把花点儿当成家人照顾的双胞胎姐妹带去了难以言说的巨大悲伤。她们关了茶馆的门，茶饭不思，只是躲在房间里哭泣。金福在她们身边安慰了几天，还是没有用。她们抱怨金福，说金福为了给茶馆做宣传每天让花点儿绕村子两圈，直接造成了花点儿的死亡。她们威胁金福说，我们不能和杀死花点儿的残忍凶手生活在一个屋檐下。鱼贩子只好在隔壁租了间房子，单独生活。几天后，茶馆的门又开了，不过双胞胎姐妹已经没有了从前的明朗和快活。她们常常坐在窗前，望着花点儿曾经围着条幅慢吞吞走过的市场，呆呆地流泪。这样茶馆就不可能正常经营。金福想了个好主意，就像死去的拉撒路从坟墓里钻出来的奇迹那样神奇而惊人。

　　一天早晨，双胞胎姐妹往茶馆走去，突然看到了难以置信的场面，吃惊得立刻停下了脚步。大象花点儿高抬着鼻子，赫然站立在茶馆门前。看到死而复活的大象，她们惊讶得近乎昏厥。欣喜之余，她们尖叫着冲向花点儿。当她们拥抱花点儿的时候，却发现那不过是用死去的大象制成的标本。

　　几天前，金福瞒着双胞胎姐妹，偷偷派人从坟墓里挖出了死去的大象。大象的躯体已经腐烂，幸好厚重的皮还保持着原来的样子。自古以来，制作飞禽走兽的标本就是坪岱人的主要谋生手段，坪岱有很多身怀出色的剥制手艺的人。他们小心翼翼地剥去大象的毛，再用锯末填满肚子。大象块头很大，只用锯末很难填满。最后用了几十捆稻草，总算填满了大象的肚子。他们挖出已经腐烂的大象眼球，再往眼窝里放了两颗特别制作的大珠子。花点儿总算恢复了生前的模样。

　　得知花点儿是一件标本，双胞胎姐妹备感失望，又哭了。金福的主意没有失败。虽然是标本，却也展示出了花点儿生前的威容，这对双胞胎姐妹来说也是巨大的安慰。人们为了看大象标本，纷纷聚集到茶馆门前，昔日的宣传效果还是保持下来了。只是宣传茶馆的条幅不得不撤掉，因为双胞胎姐妹认为花点儿就是因为这个而死，坚决反对。不过双胞胎姐妹又想出了个主意，那就是做个巨大的槽子，放在大象前面。她们只要有空就煮黄豆，装满了食槽，从不偷懒。大象的食槽上面写着这样的字：献给花点儿，满怀爱意。

标本大象守在茶馆门前很长时间，成为坪岱的名物，直到后来被火烧成灰烬。

因为花点儿的死亡而悲伤的不仅是双胞胎姐妹。起先还不理解花点儿死亡的春姬也渐渐明白了，原来花点儿是永远地离开了自己。虽然妈妈通过制作标本恢复了花点儿的原形，但是春姬很快就看出来，那已经不再是从前的花点儿。曾经让她感到幸福的特有气味消失了，最重要的是，她和花点儿之间的秘密对话也消失了。春姬终于明白了花点儿生前说过的死亡的含义。死亡意味着永远不动。即使苍蝇落上眼睛，也不会眨着眼睛赶走苍蝇。即使被冰冷的雨水淋到，也不能躲避。即使腿疼，也不能坐下休息。对于春姬来说，标本花点儿已经不再是花点儿，只是模样酷似花点儿的稻草和皮毛罢了。春姬的悲伤不及双胞胎姐妹那么强烈，然而她的失落感却比她们持续得更久。直到后来她独自凄凉地死在砖厂，这种失落感也未曾离开过她。

绯闻

　　第二年春天，工厂里更加忙碌了。订单源源不断，工人们连撒泡尿的时间都没有，每天就翘首等待下雨，下雨才能稍事休息。金福忙着接受建筑商们的订单，讨价还价，动不动就去城市住上几天。她说这是为了寻找新的销售渠道，同时维持和老客户之间的关系。

　　文的忙碌也不逊于金福。金福负责营销，他负责管理和生产。他生怕砖的质量下降，严格督促工人，还要忙于检查和补充进进出出的人员。建这个工厂功劳最大的人就是文，然而他从不抬高自己，总是默默地在金福背后认认真真地做事。哪怕是他可以决定的事，他也必须等待金福做指示。他总是把金福放在自己前面，许多不了解情况的人听说其貌不扬、年龄也不小的文是金福的男人，无不惊讶不已。文并不感觉失落。他就是这样的男人。

这时候，现代化的浪潮越发汹涌，坪岱急速膨胀。家家户户都有了电灯，村子里开通了电话。当时，政府实行了人类历史上空前绝后的奇怪政策，每天早晨同时叫醒全国的国民。办法就是在村子中间安装大型麦克风，高声放出自己创作的歌曲。时间就选在毕生过着军旅生涯的将军每天早晨起床等待点名的时候。位于深山之中的坪岱也不例外。歌曲的内容不值一提，只是这种方法的确非常有效。每天早晨只要听到歌声，人们嘴上发着牢骚，还是不得不从甜蜜的被窝里爬出来。麦克风里传出来的声音太响了。这种方式夺走人们的睡眠，世界愈加疲惫。

为深山带来文明的是横穿村前的铁路，其次就是金福了。她也功不可没。从一辆车开始的运输公司扩大投资，增加到了十辆车。即使没什么事可做，人们心里也很是忙乱。即使吃了很多饭，还是觉得腹中空空如也，非要去茶馆喝杯浓咖啡才会有满足的感觉。坐在茶馆里无聊地搬弄是非，人与人之间的关系变得更加纷乱，是非越来越多。为了解除误会，为了缓和矛盾，酒价和咖啡的价格涨得更高，需求也更大了。人们的心灵已经被空虚占据，金福把空虚变成了金钱。这是资本主义的法则。

有一天，年轻的牧师到砖厂找金福。他自称带着把主的福音传到深山老林的使命，前来坪岱传道。他之所以来找金福，是想让金福为修建圣殿捐献砖瓦。

"你让我为谁捐赠？"金福把烟丝塞进烟袋，斜靠在椅子上，低头看着牧师。不知从什么时候开始，金福每天都离不开烟袋了。她到大城市会见企业家的时候，学会了抽烟。

"世界的开始和结束、世间万物生老病死的主管者，我们的主人，也就是上帝。"牧师回答。

"听你这么说，我也差不多猜出他是谁了。以前我也向这个鬼神祈祷过，可是他对我的祈祷嗤之以鼻。"

金福所说的祈祷大概是指很久以前巨正受伤的时候。

"肯定是你祈祷得不够。"牧师回答。

"是吗？如果那还不够的话，看来他也是个太贪心的人。可是，你们建圣殿干什么用呢？"

"为了向上帝祈祷。"

"随便找个地方挂上十字架就行了，难道还需要单独做礼拜的空间吗？看来你们相信的鬼神只能藏在礼拜堂里面。"

"这个砖厂里也有上帝的存在。只要你为我们的上帝捐款，就会得到几倍的回报。"

"现在这样我已经很满足了，不需要更多的钱。"

"堆在地上的财物再多也没有用，就像建在沙上的楼阁，很快就会消失。"

"那么，堆放在哪里才安全呢？"

"就是上帝所在的地方，等你以后死了要去的天堂。"

"这么重的砖堆放在那么高的地方，该有多辛苦。早知道这样，我就做棉花糖生意了。这个先不说了，你结婚了吗？"

金福娇媚地笑了笑，往牧师的脸上吐了口烟。牧师是个纯真的小伙子，涨红了脸，摇了摇头。

"你们的上帝真的很无情。这么英俊的小伙子，都没给安排个伴儿。"金福用手摸了摸小伙子涨红的脸颊，然后把手轻轻放在他的两腿之间，说道："好吧，先让我见识见识你们信仰的上帝究竟有多大能力。关于砖的事情以后再谈。"

后来，年轻的牧师随时出入砖厂，每次走的时候都要拉一车砖，运到村子里。牧师和金福做爱的时候，总是紧闭双眼，向他的上帝祈祷。"上帝呀，不要按我的意思，遵从您的意思就好了，不管怎么样。"

第二年，牧师如愿以偿地在坪岱中央建起了像模像样的礼拜堂。这是捐款的法则。

对金福表现出极度信任和忠诚的文无意间听说了这些不快的传闻，神经变得敏感起来。工厂里的人们议论纷纷，说金福到大城市停留几天，并不仅仅是为了工厂里的事，还有个秘密目的，那就是和新男人约会。不知从什么时候开始，金福的举手投足成了整个工厂，甚至全体坪岱人最感兴趣的事情。这些奇怪的传闻迅速传遍了整个工厂，又蔓延到村里。有人说亲眼见过金福和男人相拥着走进旅馆，有人说她撑起阳伞，和陌生的男人谈笑风生地戏水。金福经常和别的男人见面的传闻变成了事实，人们关心的焦点转移到金福的新男人究竟是谁这个问题上面。不久，又有传闻说金福的新男人不是三两个，十根手指都数不过来。传到文耳朵里的时候，已经不只是金福在大城市有了几个新男人，而是又增加了几条，说她连村里的牧师和工厂里的工人都不放过。

向文透露这些传闻的人，就是因为赌博而失去代代相传的几百亩地、输掉老婆、最后沦为无家可归的流浪汉的老工人。他尽可能小心翼翼，尽可能婉转动听、堂而皇之地加入像装饰品那样伴随所有传闻的辩解。比如，我绝对不是多嘴之人，本来我也不相信传闻，而且最讨厌的就是道听途说、搬弄是非，要是蹲着撒尿的女人也就罢了，作为男人来说绝对不能做这种事。究竟怎样做才是对当事人好呢？假装没听见，闭口不语，还是把听到的传闻原封不动地转达给当事者？考虑了很久，还是担心万一传闻是真的，万一真的是这样，那么只有文还蒙在鼓里，岂不是成了人们的笑料。我只是为文着想才说出来。传闻终究是传闻，不可信，调查发现很多都是假的。这时候，左耳进右耳出不失为上策。如果非要追究真相，倒也未尝不可，但是没有必要非得弄个水落石出。既然已经传出风声，做做调查也是人之常情，不过最聪明的做法还是喝杯酒，然后忘掉。老工人就用这种打个巴掌再给个甜枣的方式传播奇怪的传闻，这时文当场解雇了传播流言的工人。他在传播流言的工人面前破口大骂，吐了三次唾沫，然后用流淌的溪水清洗了耳朵。

只要是听过的事，那就再也不可能忘掉了，也不可能左耳听右耳出。悄悄盘踞在心底角落里的疑心犹如癌细胞般渐渐扩大，转眼间占据了他的心。不知从什么时候开始，他整夜痛苦难眠，在工厂庭院里踱来踱去。金福和工人们都忙得不可开交，谁也没有注意到文的反常举动。

最后文连想都不敢再想这件事了，然而越是努力忘记，越是想要甩掉，那些不祥的场面越是清晰地浮现在眼前。这些痛苦的场面使他被疯狂的嫉妒和愤怒冲昏了头脑，陷入无边无际的疲惫和绝望，最后落入难以摆脱的深深的悲伤。他不得不直面这些场面。

那天夜里，文还是无法入睡，独自在工厂庭院里徘徊。夜晚冷飕飕的空气掠过他热乎乎的后颈。他不是无所事事地闲逛，而是想看看砖窑里的火是不是正常燃烧。别的砖窑都看过之后，他绕过建筑物拐角，准备检查最后的砖窑，终于看到了他不愿看见的场面。在砖窑拐角处，他看见了金福和一名工人靠着墙壁做爱的场面。那个工人是城里来的流氓，人高马大，身上刻有多处文身。脱光衣服的男人靠在窑上，丑陋不堪地站在那里。宽腿裤子索性扔掉了，金福搂住男人的脖子，头朝后仰，嘴里发出呻吟声。借着砖窑发出的火光，男人的粗脖子和金福裸露的乳房上流淌的汗珠显得更加清晰。

看到这两个人的瞬间，文两眼冒出愤怒的火焰，浑身血液倒流，脸色苍白就像被泼了冷水，全身的汗毛猛然竖起，肌肉也因紧张而膨胀、绷紧。

文环顾四周，发现了放在砖窑旁边的铁镐。那是挖地基时用过的工具。他毫不犹豫地握起铁镐，慢慢地朝两人走去。男人面目狰狞，双眼紧闭。金福也浑身颤抖，不知道周围发生了什么。文紧贴在金福后面，猛地举起铁镐的瞬间，男人发现了文。他惊讶得张大嘴巴，同时看到了文眼里的杀气和猛然举起的铁镐。尽管只是短暂的瞬间，文的脑海里却飞快地掠过了无数的念头。男人的脑海里也发生了相似的现象。不知道文突然想起了什么，虚脱似的放下铁镐，转过身去，静静地消失在黑暗中了。

后来，金福混乱的男女关系公之于众之后，双胞胎姐妹觉得很丢脸，于是不动声色地催促文采取措施。她们问文，你连自己的女人都守不住，还算什么男人。这时，文作出了这样的回答："这个女人不是我能独占的女人。"

这个结论也许开始于他未能砸下对准金福脑袋的铁镐，而是无力地垂下来的瞬间。那天夜里，他意识到自己面临两个选择，要么独自承担所有的痛苦，容忍金福的放荡，继续和她生活；要么宁肯失去心爱的女人，也要彻底了结所有的悲剧关系。当然，他选择了前者。

金福的放荡是因为 X 光片导致思维转换引起的，还是原本就潜藏在身体里的浪荡天性遇到适宜的条件自然暴露，我们不得而知。随着工厂的日益繁荣，金福的男女关系愈加混乱，文的孤独也越来越深。他似乎不再在意什么传闻，每天从早到晚在砖窑里度过，全部的精力都放在烤制好砖上面。这时候，唯一能安慰他的就是金福的女儿——春姬。

花点儿死后，春姬就住进了工厂。最初和花点儿分开，又离开了疼爱自己的双胞胎姐妹，春姬的心情很复杂。她每天早晨和晚上都要观察风的变化、飘在南野里天空上形状各异的云彩、渐渐长大的飞蓬草的色泽。没过多久，她就彻底忘掉了坪岱。她很快适应了工厂生活，感觉很舒服，仿佛南野里就是她生活多年的故乡。就像以前出入铁匠铺的时候，她的好奇心很快就被和泥、做砖然后放进砖窑烧砖的过程吸引了。

她每天从早到晚蹲在工人们身边，观察烧砖的过程，最后自己也小心翼翼地触摸泥土。触摸泥土的瞬间，她从湿漉漉的物质中感觉到了莫名的命运同体感。泥土的清香和凉而黏稠的触感让她心情平静，回想起出生瞬间看到的马厩里的风景。

几天后，文看到她和好的泥，知道她有与众不同的才华。他看出春姬虽然不会说话，但是对物体的形状却有着深不可测的独特理解，于是教她烧砖的方法。当时，春姬十二岁。这个年龄的女孩子大多数已经开始流露出女人的姿态，然而春姬却丝毫没有这样的迹象。工人们听说已经比成年男子块头还大的春姬是女人的时候，无不深感震惊。

最初文也不知道该以怎样的方式和春姬对话，为难了很长时间。春姬不会说话，而且别人说的话也几乎听不懂。感情却比普通人细致得多，即使不用语言，也能通过彼此间的微妙感情和感觉明白对方的意思。这对文来说分明也是崭新的体验。

春姬很快就发现文被孤独和悲伤的情绪包围，感到很惊讶。

她不知道文的悲伤来自哪里，却为文的悲伤而心生怜悯。这种怜悯类似于她和花点儿共有的纽带感。尽管两人之间没有语言交流，却也逐渐形成了独特的父女关系。

蜜蜂

一年过去了，第二年春天来了。当时正处在现代化、产业化和城市化的时期，城市里到处都在施工。砖总是不够用，工厂生意日益兴隆。这段时间春姬整天待在工厂里，跟随文学习烧砖的方法。有个工人不小心碰到砖堆，砖堆倒了，正在下面玩耍的春姬被砖堆压住了。工人们都以为春姬肯定被砸死了，然而春姬却毫发无损地从砖堆里钻了出来。从这之后，工厂里的人们才注意到她的存在。这时候，春姬已经表现出了过人的手艺，谁都能轻松看出她做的砖质量之优。金福对文说："你看看，早该把这孩子送到工厂里来了。"

金福为了实现自己的毕生梦想，这段时间很少在工厂里停留。她要建剧场。多年前被刀疤拉着走进剧场，忽然之间就吸引了她的眼睛和耳朵。害怕得想哭，却又不愿脱离的兴奋；因为太过刺激而对自己在看这样的场面感到自责，浑身颤抖，同时却希望永远不要停止的喜悦；黑暗中流出的雄壮声音和生动画面：这些金福都想展示给人们。文担心她莽撞的冒险会带来新的灾难，说像坪岱这样的偏僻村庄建什么剧场。金福根本听不进去。"等着瞧吧，人们肯定会在剧场门前排队，我们会赚更多的钱。"

建剧场要比建砖厂投入更多的钱，工程也更复杂。金福一边寻找愿意为剧场出钱的投资者，一边四处打听修建剧场需要多少人力，需要什么技术。因此她新买了轿车，还雇了司机。文知道金福又进入了自己无法到达的陌生世界，却也没有办法制止金福。这时候，他已经意识到从远祖时代就开始的不幸阴影正在慢慢向自己靠近。

一个工人在砖窑旁边的厕所里方便，被不知从哪里飞来的蜜蜂蜇了眼睛。他说自己倒霉，被蜜蜂蜇了，就让做饭的女人往红肿的眼皮上抹了大酱，事情就算过去了。第二天，又有七个人被蜜蜂蜇到了。第三天，被蜜蜂蜇伤的人增加到八个。女人们发牢骚说，这样下去，连煮汤的大酱都不够了。第四天，被蜜蜂蜇伤的人增加到几十个。所有人都害怕了。他们觉得这件事非同寻常。有人把消息传给去了坪岱的金福，金福冷笑着说："堂堂大男人竟然害怕几只蜜蜂？等我回去，非得把你们下面那玩意儿摘掉不可。"

金福要了一罐大酱，带着工人回到工厂的时候，几乎不敢相信自己的眼睛。不知从哪里飞来了几百万、几千万只蜜蜂，黑压压地覆盖在南野里的上空。周围漆黑，仿佛被浓黑的乌云笼罩。蜜蜂嗡嗡飞来，如鬼哭狼嚎，令人头晕目眩，算得上是罕见的奇观了。工人们不敢出门，只能躲在宿舍里隔着门缝查看状况。金福也生怕被蜜蜂蜇到，身上裹着厚厚的衣服，只露眼睛，才敢走进工厂。工人们因为突如其来的蜂群而放下了全部工作，金福也没有什么好办法。天黑了，蜜蜂仍然没有消失，还在工厂周围盘旋。

第二天早晨，工厂里的人们看到远处的原野上有黑色的物体在移动。那个物体渐渐向工厂靠近。工人们鼓起勇气到外面看的时候，终于看出犹如黑色岩石般的物体正是蜂群。黑色物体更迫近的时候，他们看出那个物体不是别的，而是人。之所以把人看成黑色物体，是因为黑压压的蜂群紧贴在那人身上。那个人每走一步，蜜蜂就抱成一团，掉落在地。紧接着，从四周飞来的蜜蜂又贴上来，填满了蜜蜂掉落之后的空位。那个人就像是穿了用蜂群做成的厚外套，人们感到恐惧。那个人吹了声短促的口哨，贴在身上的蜜蜂奇迹般地飞向天空。那个人终于现身了。

那个人披散着满头白发，洁净如白玉却流淌着阴森气息的瓜子脸，大大的双眼皮和大眼睛，看上去纯真得近乎虚无，淡漠得近乎愚钝。令人痛心的是，这个人竟然是失去一只眼睛的独眼龙……各位读者，您不会以为她彻底消失了吧？是的，她就是已故老妇的女儿。不同于从前的是，她失去的那只眼睛上面戴着黑色的眼罩。也不知道是怎么回事，一条胳膊被砍掉了，只剩下空空的袖子随风摇曳。因为长期暴露在阳光下和风中而褪色变软的衣服破烂不堪，露出肌肤。仿佛承载着灵魂的长长白发垂落到脚后跟，拖在地上。有人认出她就是独眼龙，都被她更加怪异的容貌吓得连连后退。独眼龙用一只眼睛慢慢地扫视人群，最后看到金福，说道："你是这里的主人吗？"

"你是谁？"这回金福也吓得胆战心惊，声音颤抖着反问道。

"我是被你偷走的这块地的原主人。"独眼龙不假思索地回答。

"我偷走了这块地？我有土地文书，你怎么可能是这里的主人？"

"你比我更清楚。"

人们听不懂独眼龙说的是什么鬼话，惊讶不已。不过说到这里，金福似乎猜出了什么。她后退了一步。

"好吧。你既然这么说，肯定有你的理由。不要在这里站着了，我们进去一边吃一边说吧。"

独眼龙笑着看了看金福。金福也不回避，径直迎视着独眼龙的目光。紧张的气流在两个人之间流淌。不知道过了多久，工人之间发出咽唾沫的声音。蜜蜂仍然在独眼龙周围盘旋，发出更恐怖的嗡嗡声。独眼龙迈开脚步，说道："这也不错，正好肚子饿了。"

金福跟随其后，说道："请把这些蜜蜂收回去吧。工人们已经吓得好几天都没干活了。"

独眼龙一边往里走，一边轻声吹口哨。转眼间，黑压压地覆盖天空的蜜蜂齐刷刷地飞向山谷，就像巨大的水柱在移动，再次演绎了无比壮观的场面。人们对自由操纵大量蜜蜂的独眼龙惊叹不已，同时也对她为什么来找金福而好奇。

独眼龙似乎真的饿了，用汤泡了饭，转眼就吃了个精光。她贪婪地吃饭的样子，透出了多年漂泊生活中对于热饭更加凄绝和贪婪的渴望。金福等着她喝水的时候，问她为什么说自己是原来的主人。独眼龙说自己是已故汤泡饭餐馆老妇的女儿，要向老妇讨债。金福问她，老妇欠她的债为什么要来找自己讨还。独眼龙说，她已经知道了，现在变成工厂的地就是老妇的地，建工厂的钱也是老妇经营的汤泡饭餐馆赚来的钱。金福不知道独眼龙如何得知这个事实。独眼龙要求金福和她平分财产。金福说，我的钱都是卖咖啡赚的，没有理由分给你，不过既然你是老妇的女儿，看在这段缘分的情面上，再加上这些年来你孤独地养蜂，四处流浪，可以给你一栋房子的钱。独眼龙不接受这个妥协方案，协商失败。

独眼龙出了门，又吹起口哨，蜂群立刻从山谷里飞来，黑压压地聚集在工厂附近。她坐在俯视整个工厂的山坡上，随心所欲地使唤蜜蜂，开始静坐。工人们又放下手里的活儿，逃回宿舍。金福和文心急如焚，然而除了满足独眼女人的要求，似乎没有别的办法。对蜂针敏感或胆小的工人们已经打起铺盖卷离开工厂，气氛更加恐怖。最神奇的是，尽管蜂群嗡嗡地飞来飞去，春姬却依然到庭院里泰然自若地造砖，从来没有被蜜蜂蜇伤。人们都惊讶于春姬的独特能力，然而这不能解决问题。第二天蜜蜂仍然没有离开，金福说要去想想办法，就和一名工人乘卡车离开了工厂。

第三天，独眼龙仍然纹丝不动地守在山坡上，蜜蜂仍然没有离开工厂。那天夜里，又有几名工人逃走了。金福回到工厂了。她乘坐的卡车后面装得满满当当。掀开帘子，露出来几十只蜂桶。工人们惊讶地问，用这些东西做什么。大家按照金福的指示，把蜂桶放在庭院里。不一会儿，惊人的事情发生了。附近的几只蜜蜂飞进蜂桶，紧接着，黑压压地笼罩在上空的蜜蜂纷纷朝着蜂桶降落。那些像黑雨般从天而降的蜂群，使所有的工人都震惊得连连后退。

这时，坐在远处山坡上的独眼龙似乎感觉情况不妙，连声吹口哨，慌忙冲向工厂。蜜蜂对她的口哨声置若罔闻，奋不顾身地钻进蜂桶。刹那间，几十只蜂桶都装满了蜜蜂，还有无数的蜜蜂盖在蜂桶上面，房屋大小的石头从地上冒了出来。金福浇上了事先准备好的油，划了火柴。面如死灰的独眼龙立刻发出长长的尖叫："不要！"

划着的火柴脱离金福的手，飞向半空，落在蜂群形成的黑团上面。瞬间，伴随着"嘭"的巨响，掀起了巨大的火柱。黑色的烟雾笼罩了天空，蜜蜂被烧焦的声音如爆竹般响起。独眼龙仿佛自己被扔进火焰似的，痛苦得全身扭曲，揪紧了头发。

最后，蜜蜂全部被烧死，只留下黑色的灰烬。刺鼻而令人作呕的气味笼罩了整个山谷，所有的人都捂住了鼻子。独眼龙女人口吐白沫，挣扎几次便翻着白眼珠昏厥过去了。从她以前表现出来的怪异性情来看，这应该算是虚妄而不可思议的惨败。

金福让做饭的女人们把独眼龙送进房间，让她躺下来。同时催促工人们尽快生产订单拖延的砖。人们都感到很神奇，问金福究竟用了什么方法，竟然让所有的蜜蜂都钻进了蜂桶。金福却只是笑了笑，回答说："蜜蜂不进蜂桶还能进哪里？"

金福击退蜜蜂的过程中有个秘密。她到村子里，找到了很久以前就开始养蜂的老人。她向老人询问对付蜜蜂的方法，老人给她的处方就是使用蜂后吸引蜜蜂时分泌的信息素。卡车运来的蜂桶里面已经事先涂好了蜂后的信息素，蜜蜂当然会聚集而来。金福并没有发挥出不为人知的特别神通。因为这件事，工人们都相信金福有着与众不同的能力，对她生出几分恐惧。

不一会儿，独眼女人醒来了。她似乎已经彻底丧失了斗志，呆呆地凝视着天空。金福在旁边静静地观察她，发现她怪异而粗糙的容貌渗透出尖锐而浓郁的孤独。也许是终生与蜜蜂为伴，生活在野外的缘故。金福也曾沦落为乞丐，像落叶般四处飘泊，对于独眼女人生出了恻隐之心。她为杀死蜜蜂而向独眼女人道歉，同时承诺说，只要独眼女人愿意，可以为她在村里建房子。不过女人缺了条胳膊，还是独眼，村里人肯定有所忌讳，如果可能的话，最好是住在工厂里。独眼女人这才发出月夜豺狼似的痛哭声，毫无保留地向金福吐露了自己的履历，包括从出生就没有父亲，经常受到老妇的毒打，最后失去了眼睛，以及被老妇的情夫麻子夺去初夜，最后还被老妇以两桶蜂蜜的价钱把她卖给养蜂人的事。然后，她向金福说出了自己失去手臂的原因。

很久以前，独眼龙离开坪岱的时候，被老妇咬伤的胳膊使她痛苦了很长时间。她拔出了嵌在胳膊里的老妇的牙齿，幸好伤口不深。也许老妇在里面加入了诅咒，疼痛越来越剧烈，最后达到了无法入睡的程度。她在地上打滚，向死去的老妇求饶："哎哟，妈妈，我错了，求求你原谅我吧。"

痛苦并没有因此而停止。她又是哭，又是求饶，还是不见好转。独眼女人豁出去了，咬牙切齿地对老妇破口大骂。最后，她把胳膊放在锋利的铡刀上面，对着天空大声喊道："哼，你已经夺去了我的一只眼睛，现在又要我的一条胳膊。好，既然你想要，就给你好了。"

咔嚓一声，独眼女人砍掉了自己的胳膊，从此摆脱了老妇的诅咒。

巫师

独眼女人出现之后，金福确信天棚掉落的巨额现金的主人就是死去的老妇。偏偏赶在花点儿经过的时候停在车前，害死花点儿的也是老妇。再往前推想，工厂地基下面不断有水流出，工人被蛇咬死，都是因为那些钱带着怨恨和诅咒。想到这里，金福顿感毛骨悚然。金福向双胞胎姐妹说了自己的心事，她们说应该马上请巫师，安抚老妇的灵魂，让她不再害人。

最后金福听从了双胞胎姐妹的劝告，请来附近最灵验的巫师，作法安慰老妇的灵魂。地点选在老妇当初经营的汤泡饭餐馆门前。这天举行的作法仪式是坪岱最大规模的法事，不但村里人，仅仅是听到消息赶来的流浪汉和乞丐就有数十人之多。供品除了牛头和猪头，还有堆成小孩子那么高的糕点和水果等各种食物，桌子腿都快要压断了。铃铛和扇子、旗和长杆，还有让人心惊胆寒的大三股叉、神刀、偃月刀、铡刀等各种器具，仅仅这些就足够引来人们观看。除了包括鼓手在内的三名乐手，还有三弦六角总动员。在她们吹吹打打的各种乐器声中，看热闹的人们无比兴奋，作法仪式还没开始就跟着晃起了屁股。

最为特别的是被负责跳大神的巫师奉为主神的将军神。出现在巫神图上的将军神不同于身穿铠甲、戴着头盔、骑着高头大马的将军，而是西方人的面孔，大大的鼻子上面挂着太阳镜。他嘴里叼着管子，爬到坦克上面，傲慢地俯视下方。尽管神灵的种类有点儿特别和陌生，然而听负责协助巫师的助巫们说，这位将军从大洋彼岸远道而来，支援南方军队，神力相当高超，还没等军靴沾泥就击退了北方军队。尤其是他携带的大炮神通广大，不但崔莹将军和南怡将军，就连关云长也吓得落荒而逃。助巫们滔滔不绝地炫耀。

那天的作法仪式刚开始，神力高超的将军神就显得有些反常。跳着巫舞的巫婆意识到自己不由自主地朝左旋转，觉得有点儿不吉利，因为平时她总是朝右旋转。呼唤魂灵，向魂灵进供的请拜仪式刚刚开始，就发生了更奇怪的事情。明明是没有风的晴朗天气，挂在城隍神杆上的旗子却剧烈摇摆，铃铛也发出疯狂的响声。人们窃窃私语，说戴太阳镜的将军神终于要降临了。突然，正在打铙钹的巫婆发疯似的用铙钹使劲敲打自己的头。头破了，鲜血直流，她却感觉不到疼痛，继续用力敲打。看热闹的人们当然看得津津有味了，然而这对作法的斋家来说，却不能不说是荒唐至极。

一名男巫跑来，拖走了发疯的巫婆，好不容易恢复了正常。这时，更荒唐的事情又发生了。念唱神词的巫婆突然发出了从未有过的声音。别说看客，巫婆自己也是第一次听到这样的声音。看客中间有人说，这是戴太阳镜的将军在说自己国家的语言。如果把巫婆发出的声音直接描述出来，应该是这样的："嘎格戴姆""博格可油""妈德发科""考格色科""哦希特"等。后来大家才知道巫婆口中发出的声音都是不堪入耳的脏话，当时却没有人听出来。

　　从这个时候开始，作法场渐渐混乱了。三大乐手的演奏乱作一团，发出不知是音乐还是什么的乱糟糟的声音。看客们捂住耳朵，巫婆们的舞蹈也乱了套，时而踩到别人的脚，裙子扯破了。有个巫婆倒在供品桌上，食物洒落在地。巫婆匆忙跳上铡刀，试图处理怪异状况，尽快驱走鬼魂。她的脚被铡刀砍掉了，鲜血直流。巫婆惨叫着昏倒在地。这时，突然刮起了风，晴朗的天空下起了雨。看客们惊恐万分，纷纷后退。

　　这时，昏迷不醒的巫婆突然像弹簧似的跳了起来，坐在铡刀上面。这次虽然没有被铡刀划破，但是她的脸却像变了个人。深陷的鼠眼和蒜头鼻，正是他们作法想要安慰的冤魂——老妇——的面孔。认出老妇的看客们吓得连声尖叫。她头发披散，低垂着头，发出像是含着痰的鬼哭声。阴森森的鬼哭令人脊背直冒冷汗。有的看客吓得昏厥过去。巫婆，不，老妇突然停止哭声，抬头瞪着看客。她的嘴里终于流淌出巫语：

大鱼落在山中，必有火柱冲天。

来自南方的男人喝醉了酒，你们的子孙将如干草般熄灭。

听着老妇阴森森的声音，人们窃窃私语，不知道她说的是什么。老妇只说了这几句话，然后扭曲的嘴里发出怪异的笑声，低头望着看客们。看客们吓得迟疑退缩。这时候，出来收场的还是我们的女中豪杰金福。她站在老妇面前，尖声说道："我花了大钱作法，就是想安慰你的灵魂，把你送到极乐世界。你却给毁了！你应该乖乖地待着，吃点儿供饭，然后离开。如果你不愿意，马上给我滚蛋！"

也许是金福的强硬姿态发生了作用，转眼间雨停了，风小了，铃铛声停下来，巫婆的脸也渐渐恢复了原来的样子。看客们都惊讶于金福的胆量，纷纷感叹，正因为她有这样的胆量，才能突破女人的身份，干出这么大的事业。

金福在家门附近泼水，算是结束了这场法事。人们的好奇心却集中于巫婆嘴里说出的大鱼究竟是什么，以及引来灾难的男人究竟是谁。关于这两个问题的各种推测和见解、解释、主张、意见众说纷纭。著名的巫语论争就这样开始了。当时坪岱稍有名气的学者全部参与了这场争论，分帮结派地互相攻讦。就像大部分的争论，最后留下的只是彼此间深重的伤害。我们简单看看也不是毫无意义。

他们不愧为学者，首先关心的不是巫语的含义，而是聚焦于巫婆的巫语由两句话组成这个形式：大鱼落在山中，必有火柱冲天；来自南方的男人喝醉了酒，你们的子孙将如干草般熄灭。关于这点，学者们持两种截然不同的观点，彼此形成了紧张的对立。一种说法认为，两句话通过假设法表述了互不相同的事件的原因和结果，然而这其实是对事件的两种不同表述，也就是对单个事件的预言。另一种说法认为，既然是两个句子，理所当然应该看成两个独立的事件。这样就分成了两个门派，认为两句话表述同一事件的"一事学派"和认为是两个独立事件的"二事学派"，很长时间内展开了激烈的争论。

　　关于"山中"指代坪岱这点，双方意见相同。关于落入山中的"大鱼"的解释，双方却各执己见。一事学派认为"火柱冲天"不用多想，肯定是指男性勃起的生殖器，由此推断大鱼应该代表女性的生殖器。因此，该派认为老妇的巫语并非诅咒，而是对生前吸引老妇的傻子的庞大生殖器的赞美，通过比喻表现了男女之间的云雨之情。二事学派认为一事学派对火柱的解释过于图式化，牵强地应用于所有的范畴，犯了整体解读方面的错误。同时对大鱼做出了新的解释，认为火柱是指上次战争中出现的新武器，也就是导弹。因为导弹的流线型就像鱼，而且与后面出现的火柱相呼应。

　　一事学派随后对"导弹说"进行了反驳。从未经历战争的老妇怎么可能知道导弹？二事学派辩解说，因为她是鬼魂，无所不知。一事学派反驳说，不要动不动就拿鬼魂说事儿。接着有人报出自己的名字，质问对方怎么能在前辈面前胡说八道。随之而来的问题是，你是哪个学校毕业的；妈的，哪个学校毕业的有什么关系。还有诸如上学的时候我就看出这小子没教养之类的人物评判和这家伙应该被学术界彻底埋葬之类的埋葬论；很多家伙因为不把前辈放在眼里而被打得屁滚尿流之类的威胁和你以为我的学位是赌博换来的吗之类的赌博学位论，如此等等。臭小子，不是导弹是什么？还能是什么，当然是你爹的那玩意儿。争论渐渐变质为混乱的泥潭。后来从火柱之争到南方之争，再到干草之争，争论范围渐渐扩大，直到那年年底，巫语争论也没有结束。

争论的火花曾经溅到鱼贩子的身上，因此给鱼贩子带来了不少麻烦。当时，二事学派为了挽回劣势而提出了鱼贩子论，也就是认为"从南方来的男人"指的就是在金福家开车的鱼贩子。本来村里人就觉得他身上发出的腥味很奇怪，所有这种说法得到了很多支持。村里的人们聚集起来，要求赶走鱼贩子。金福为了保护鱼贩子费了不少力气。事实上，向二事学派透露鱼贩子来自南方的不是别人，正是双胞胎姐妹。她们仍然对鱼贩子因为意外事故害死花点儿的事耿耿于怀。总之，那天的作法仪式只给学术界留下了分裂和憎恶，很长时间内都是人们的谈资，留下了可供人们消遣的话题。

再说句题外话。被砍掉一只脚的巫婆预感到老妇的诅咒还没有结束。尽管别人听不见，然而脱离肉体的老妇的声音却仍然在她耳边回响。就像潘多拉的盒子，只要打开，就再也收不回来了。

从那之后，巫婆看出老妇的鬼魂比太阳镜将军神的神力更强，于是重新接受降神，请求奉老妇的鬼魂为主神。最后，老妇的鬼魂附着在巫婆的身上了。不过她很快就明白，老妇的神灵是充斥着愤怒和憎恶的复仇之神。神灵偶尔会表现出灵验的能力，不过找巫婆作法的人们中间意外死亡或被鬼魂附体而发疯的人越来越多，最后她被认定为黑巫婆，从此不得再从事巫业。为了摆脱附着在自己身上的老妇的鬼魂，她想出了种种办法。某个下雨的夜晚，她突然跳进院子门口的井里，断送了自己的性命。巫婆宁愿放弃肉体，也要甩掉老妇的鬼魂，不让她再害人。人们这才明白，尽管巫婆在铡刀上失去了一只脚，但她绝对不是普通的善良巫婆，而是真正的大巫师。

白内障

　　有一天，春姬发现文的眼睛灰蒙蒙的，不同往常。看到春姬惊讶地望着自己的眼睛，文凄凉地笑了笑，说："不用惊讶，春姬。我的父亲还不到四十岁就变成了瞎子。幸好我还一直睁着双眼。现在看来，这讨厌的病也来找我了。"

　　白内障——这是文的家族病。他的亲戚中间因为白内障而失去视力的人，据他所知就有十几个。这是遗传的法则。他早就料到了即将发生在自己身上的不幸。春姬担忧地望着文，文把手放在春姬肩上，说道："没什么可担心的，反正又不是明天马上就变成瞎子。眼睛会渐渐地瞎掉，这个过程中我还能看到很多东西，我有足够的时间把看到的东西存在脑子里。等到将来什么也看不到的时候，我可以把存在脑子里的东西一件件拿出来看，这不是什么悲伤的事情。"

　　文自言自语，仿佛春姬能听懂他的每句话。这段时间他的话越来越少了，很多时候从早到晚什么也不说，唯独对春姬例外。尽管春姬不能准确听懂文的话，但是她感觉到了文的悲伤，心情也变得沉重起来。

那年秋天，坪岱茶馆出了件喜事。双胞胎姐妹的妹妹结婚了，新郎是为了让坪岱通电而前来竖电线杆的年轻技师。他比双胞胎姐妹小二十岁。竖电线杆的时候，他偶尔来茶馆，发现了自己苦苦寻觅的命中注定的恋人，从此以后就频繁出入茶馆。当时双胞胎姐妹年纪已经不小了，干枯得仿佛轻轻碰触就会碎裂。身穿韩服的妹妹坐在窗边的样子却很优雅，年轻技师情不自禁地爱上了她。算起来双胞胎姐妹的年龄应该和技师的妈妈差不多，然而这也正是他迷恋她的原因。

很久以前，一个上了年纪的寡妇喝醉了酒，面对着刚刚进入青春期的他毫无顾忌地脱光衣服，钻进了他的被窝。黑暗之中，热乎乎的口气搔挠着他的脸颊和鼻子。浓烈的酒味和浓郁的肌肤气息使他头晕目眩。我的孩子，我看看你的鸡鸡有多大了。说话间，寡妇不假思索地笑着把手伸进他的裤子。他的脑子变得苍白，随之而来的是令人窒息的急切和小腹上面蠕动的瘙痒感。他感觉到了令人恐怖的快乐，甚至有想哭的冲动。于是，他瑟瑟发抖地抱住寡妇热乎乎的胸脯，根本不知道自己在做什么，只是把下身贴紧寡妇的肉体，使劲磨蹭，皮肤都要磨破了。他陷入死亡般巨大的恐惧和想要永远重复这个瞬间的强烈渴望。他希望自己以及整个世界变成宇宙中的尘埃，永远飘浮在冰冷而辽阔的天地间。从那之后，他就渴望得到这一切。为了答谢金福帮助修建礼拜堂的恩情，牧师同意主持坪岱的第一场婚礼。当牧师催促大家闭上眼睛祈祷的时候，客人们都不得不闭上眼睛。年轻技师非但没有产生任何愧疚，而且感觉坐立不安和头疼不已，同时小腹鼓胀，总是想要放屁。他只好扭着屁股，强迫自己闭上眼睛，忍住放屁的冲动。当他的眼皮不由自主地颤抖，脑子里混乱不堪的时候，他仍然眯着眼睛，盯着站在自己面前身穿白色礼服的新娘的身体，只想快点扑进她的怀抱，疯狂地摩擦瘙痒的小腹。他急得干咳了几声，最后呛住了，不得不大声咳嗽。婚礼现场的严肃感突然消失了，客人们都觉得礼拜堂是个非常可笑和令人不舒服的地方。

"他根本不会尽男人的义务。"第二天，妹妹在初夜之后来到茶馆，对金福和她的姐姐说道。

"他就像发情的小狗，只知道用那无力的软骨蹭来蹭去，大腿都磨破了。"

金福和双胞胎姐姐捧腹大笑。后来，还是对付男人很有办法的妹妹帮助技师恢复了男人的能力，婚姻生活并不存在什么问题。最令人痛心的是，他在很久之前就结束了工程，需要到别的工程现场寻找同事，不得不离开了坪岱。于是，双胞胎姐妹也不得不面对分离。她们有生以来从未分开生活，对于她们来说，分离的痛苦要比砍掉胳膊更深更重。电工技师和妹妹离开那天，金福派车拉着行李，送到邻近的城市。他们挥泪告别，承诺等电工技师完成工程后再回来生活。不幸的是，他们最终也没有兑现这个承诺。

　　春姬跟随金福回到坪岱参加婚礼，沿着以前每天和花点儿绕两圈的村庄小路走到茶馆门前的时候，她看到了变成标本的大象。花点儿仍然像从前那样炫耀着庞大的身体，高高地举着鼻子。长期暴露在炽热的阳光和风中，花点儿也褪色了。多次被雨雪淋湿，然后晾干，毛皮已经失去弹性，变得皱皱巴巴。望着只剩碎片和外壳的花点儿，春姬想起了从前与它相处的往事，忍不住悲从心起。这时，不知从哪里传来了向她发出的信号。

　　"小姑娘，你好。"

　　是花点儿。春姬又惊又喜，差点儿掉眼泪。她强迫自己忍住了，像往常一样和花点儿打招呼。

　　"你也好啊。"

　　"是啊，你长大了很多，用不了多久，你就长成女人了。"

　　"可是，这段时间你去哪儿了?"

　　"到处转悠。前不久去了趟我的出生地，非洲。"

　　"非洲在哪儿?"

　　"那是很远的地方。那里有无边无际的辽阔沙漠，有狮子，还有鬣狗等可怕的野兽。"

"对，你以前也说过。"

"我还去过你的砖厂。"

"那你怎么没去找我？"

"当时是深更半夜，所有的人都睡得很沉，我没忍心吵醒你。你在那边过得怎么样，小姑娘？"

"还行吧。我跟着继父学会了造砖的方法。"

"原来是这样。那个人对你好吗？"

"嗯，可是他的眼睛快瞎了。他还说过不了多久，他就什么也看不见了。"

"这可不是好消息。"花点儿忧郁地说。

"你怎么没有消失？以前你说过，死了就是永远消失。"春姬问道。

"好聪明啊，小姑娘，还记得我说过的话。"花点儿笑着说。

"是的。不过你妈妈把我做成标本，我想消失也消失不了，所以你要帮助我。"

"我怎么帮你？"

"我想休息了。白天黑夜地站在这里太累了。人们都看着我，我也有点儿难为情。所以你把我除掉吧。"

"怎么除掉？你太大了，除不掉啊。"

"小姑娘，别总说不行，想想办法吧。我的里面装满了稻草，没有水分，都干枯了。现在正好还有风。"

春姬这才明白花点儿指的是什么。

那天，金福和双胞胎姐妹谈论前一天举行的婚礼，谁也没有注意到春姬走进茶馆，悄悄地拿着火柴出去了。不一会儿，外面有人大声喊失火了。她们赶忙跑到窗边，看到变成标本的花点儿身上着了火，冒出黑色的浓烟。她们吓坏了，立刻跑出去看。花点儿的毛皮因为变热的空气而像气球似的膨胀，"砰"的一声爆炸了。刹那间，火光冲天，火焰蔓延到茶馆，建筑物烧了大半。她们束手无策，急得连连跺脚。前不久新建的消防署派出庞大的消防车，消防车发出刺耳的警笛声驶来。人们第一次见到消防车，连声感叹。穿着帅气的消防服、戴着消防帽的消防员下了车，用消防水管喷射出瀑布似的水柱，转眼间就把火扑灭了。消防员们尽情发挥消防车的能力，赢得了看客们的掌声和喝彩，然后又回到消防车上，露出迷人的微笑，摘掉消防帽，向人们致意。这时，他们才发现浑身湿漉漉地站在消防车旁边的春姬。

金福听说是春姬放的火，却没有打骂春姬。因为她觉得春姬是被老妇的鬼魂附了体。金福向人们宣称，失火是因为老妇的诅咒，老妇所说的火柱指的就是茶馆失火的事。老妇的诅咒结束了。虽然花了很多钱重修失火的茶馆，但是金福觉得只受到这点儿伤害就能摆脱老妇的诅咒，应该算是幸运。她根本就不心疼。

为了重修失火的茶馆，同时也实践修建剧场的计划，金福留在坪岱，春姬自己回到了工厂。工厂里仍然忙碌不堪，生机勃勃。文的视力逐渐下降，现在只能看到三四步之内的物体。

很久以前他在故乡村庄看到的披着云彩的小山风景和阳光下闪闪发光的江水，跟随父亲去山上砍树时在洞里发现的豺狼的幼崽，以及分别多年的家人的面孔和故乡亲友的面孔，清晰地浮现在眼前。文的话越来越少，整天在人群中干活儿，什么也不肯多说。就这样，他从现在转移到了过去，从现实转移到梦境，从存在的事物转向已经消失的事物，从与人对话交流转移到了孤独沉默的世界。

春姬也像从前那样停留在自己的世界里。最近她又喜欢上了新的游戏，那就是收藏死去的昆虫和动物，放在偏僻的砖堆底下。这出于她的好奇心。自从花点儿死后，她对重新认识到的陌生世界产生了强烈的好奇。她找来死去的黄鼠狼，找来被阳光晒干、坚硬如树枝的青蛙尸体，藏在砖堆下面，有空就翻出来看。原来活跃的昆虫或动物为什么会突然间停止了活动，还会腐烂，她感到好奇。为了解开这个秘密，她每天从早到晚在田野里游荡，寻找死去的昆虫和动物。

春姬就这样静静地探索死亡的世界。有一天，她又引发了小小的躁动，得到了人们的关注。这正是因为她表现出来的惊人腕力。工人们为了缓解休息时的无聊，就在庭院角落掰腕子。他们大都是血气方刚的年轻工人。那天比赛的两个人分别是工厂里胳膊最粗和肩膀最宽的人，比赛现场相当壮观，就连上了年纪的工人和做饭的女人们也都出来看热闹。他们长期暴露在阳光之下，通过劳动锻炼得身强体壮，胳膊如同橡树般粗壮而强韧。两个人握住对方的手，开始用力，皮肤下面紧绷绷的肌肉在蠕动。那天的胜利者是当过船员的男人。决出胜者的时候，有个爱搞恶作剧的男人对旁边看热闹的春姬说："听说你是整骨？要不要跟我掰腕子试试？不过，你是女人，而且年纪小，我抓你的手腕。怎么样，这样还算公平吧？"

听了男人这番话，人们都笑了。他们的笑声转眼就变成了惊讶和赞叹。那天，春姬让所有的男人都惭愧不已，最后和曾经当过船员的胜利者交手。他比别的男人支撑的时间更久，最后还是没能取胜。人们对只是小女孩的春姬的力量惊讶不已，同时也连连感叹，整骨的威力果然非同寻常。

没过多久，在工厂里没有对手的春姬终于遇到了对手。这个人就是工厂里运砖的卡车司机的儿子。听说春姬掰腕子战胜了工厂里所有的男人，卡车司机笑着说："碰巧有个好对手。"

人们以为他要亲自和春姬比试，没想到他把藏在身后的儿子推到了前面。看上去和春姬年龄相仿的少年害羞地抱着父亲的腿，听说他也是整骨。

两个人面对面坐在庭院中间，准备比赛。抓住春姬的手的瞬间，少年被某种无法形容的强烈感觉迷惑了。这是本能的预感，坐在对面的少女就是将来与自己命运攸关的异性。掰腕子比赛开始了。正像卡车司机吹嘘的那样，他的儿子表现出了超出常人的壮士风采。两个年幼的整骨孩子竭尽全力，试图击败对方。一个时辰过去了，仍然没有决出胜负。两个人紧紧握住对方的手，手背被对方的指甲抠出了血，悬挂在中天的太阳转眼已经西沉。人们都沉浸在感叹和惊讶之中，谁也不肯离开。最后，平板床吱嘎一声碎了。那天的比赛以平局结束。春姬和少年气喘吁吁地注视着对方。春姬这才感觉到了什么，慌忙避开少年的目光，逃到烟囱后面去了。

后来每次卡车司机来工厂的时候，两个人都会比赛，每次都是不分胜负。比赛几次之后，春姬对少年已经熟悉了。每次比赛结束，她都和少年玩耍。她把藏在砖堆后面的各种昆虫和动物的尸体拿给少年看，也让他看自己新发现的青蛙洞。性情单纯的少年毫无怨言，乖乖地跟着春姬在砖厂周围玩。他是春姬整个童年时代绝无仅有的朋友。这段友情持续到第二年，少年的父亲离开坪岱，到遥远的南方海边运送木材。两个人后来又见了面，制造了更特别的缘分。那是很久之后的事了。

那年秋天，修建剧场的金福终于找到了满意的建筑师。这位建筑师很有经验，已经在大城市建过多家剧场和酒店。他头戴无檐圆帽，耳朵后面插着铅笔，带着助手与金福面对面坐在茶馆里。他显得很傲慢，似乎不把金福放在眼里，细数着自己以前设计的大型建筑物的名字和专业的建筑术语。金福堵住他的嘴巴，说道："好了，既然有这样的实力，那么修建剧场对你来说肯定易如反掌了。不过，剧场要按照我想要的形状修建。我是建筑的主人，理所当然应该享有这个权力，对吧？"

建筑师耸耸肩膀，回答说："这个随你的便。"

金福微笑着回答："好，那我已经想好了。"

她把一张纸递到建筑师面前，说是自己亲手画的。建筑师把纸打开，上面画着一幅画。

妓女

睡梦中，少女闻到潮湿而刺鼻的烟雾的味道。她悄悄起床，来到门外。皎洁的月光洒落大地，世间万物都静静地睡着了。白天的热度已经冷却。她穿过砖厂庭院，慢慢地走向草丛。仿佛有人在呼唤，她的脚步非常自然，没有丝毫的迟疑。少女听着昆虫爬过草丛的窸窸窣窣声，沉醉于各种生物发出的隐秘声音和芳香。她脱掉了所有的衣服，舒展双臂，为了感受更多的芳香和声音，感受沉沉地飘浮在空气中的大雾。少女赤裸裸的身体暴露在月光之下，庞大的身材毫不亚于普通的壮丁。她在草丛上行走，感受着生物的秘密生长构成的夜晚气息。她感觉到了睡熟的青蛙的喘息，感觉到了叼着田鼠爬树的食鼠狼冷冰冰的腥味，感觉到了挖洞蝼蛄的敏捷动作，还有发生在自己身体内部的隐秘变化。她的青春期终于开始了。她体内某个地方分泌的强烈荷尔蒙将她变成女人。这是生命的祝福。这是自然的法则。

几天后，春姬开始了月经初潮。早晨起床的时候，看到沾在被子和内裤上面的血迹，春姬吓坏了，连忙拉着文的手，让他看沾了经血的被子。文马上把春姬来月经的消息转达给了身在坪岱的金福。

"终于能证明她也是女人了。"

金福似乎毫不在意，漫不经心地回答。她在运砖的卡车上装满卫生巾，说："这些足够用到她不能尽女人义务的时候。"

现代化浪潮给女人的私生活也带来了巨大的变化。女人们不再使用洗干净的棉布，而是改用一次性的卫生巾。后来春姬敏锐地感觉到了发生在体内的变化，却没有人教她怎样使用卫生巾。每次来月经的时候，她的裙子上都沾满了经血。堆放在春姬房间里的卫生巾被工厂里的女人们无声无息地偷偷拿走，不到两个月就没有了。

很久以前，金福深深地迷醉于在码头城市看见的庞大蓝鲸的形象。二十多年过去了，她仍然无法忘记那种恍惚的魅力。根据金福的主张，模仿鲸鱼的形体而设计的剧场，动员了当时的全部建筑技术，堪称最尖端的建筑物。正式开工以后，南野里生产的砖全部运到剧场的施工现场。砖厂又雇了很多工人。工程现场位于坪岱火车站前，运送各种建筑材料的卡车把这里挤得水泄不通。金福又穿上了成为她的独特商标的宽腿裤子，马不停蹄地奔走在施工现场，寸步不离。

这段时间金福发生了巨大的变化。原来她随时随地都可以掀开裙子，建筑商也好，牧师也好，工厂里的工人也好，都会被她拉进被窝。现在，这些成为村里人谈资的浪荡现象不见了。不知从什么时候开始，她意识到自己对男人的欲望像谎言似的消失了。连她自己也感到惊讶，只是没太在意，还以为是因为太专注于剧场的事才会这样。这是因为她体内分泌的荷尔蒙发生了变化。不久之后，这种奇怪的变化给她的人生带来了崭新的开始。这种变化开始于火车站附近的妓院里年轻妓女的出现。

一天早晨，有个工人早早来到施工现场，听见木材上面的防露包装底下发出刷啦刷啦的声音。他以为是野猫，掀开包装看时，却发现了披头散发、血肉模糊的女人蜷缩着身体，正在里面瑟瑟发抖。工人赶紧跑着向金福汇报情况，金福看出那个女人正是前天夜里逃跑的妓女。前一天夜里，妓女在接待客人糖贩子的时候伤害客人，遭到妓院老板的毒打，后来趁老板不在的时候偷偷逃跑。附近妓院里充当妓夫角色的流氓们连夜搜寻。金福已经听双胞胎姐姐说过了。金福对工人说，既然是妓女的事情，就不要问自己，直接去问老板吧。双胞胎姐姐却表示反对，显示出特有的人情味。她说，飞进家里的野鸡不能抓，赶狗也要往有门的地方赶，怎么能这么无情地把人赶走呢，总得带进来，问问是怎么回事。

不一会儿，工人避开别人的视线，偷偷地带来了妓女。尽管遭到老板的毒打，又在外面过了一夜，衣服乱七八糟，而且鼻青脸肿，然而金福很容易就能看出她是远近罕见的美女。金福给了工人好处费，让他不要说出自己见过这个女人的事，送走了工人。然后她准备了简单的饭菜，让妓女垫垫肚子。刚刚摆脱少女稚气的妓女不动筷子，只是伤心哭泣。金福想起很久以前自己初到码头城市时的茫然处境，不由得对妓女心生恻隐。女人哭了一会儿，这才开口说出自己的遭遇。她是贫苦人家的女儿，父亲无能，喜欢赌博，欠了很多债，不得不把她卖给酒馆，辗转于全国各地，最后流落到坪岱，被迫卖身。昨天夜里遇到的客人是卖麦芽糖的商贩，卖糖商贩特殊的性趣让她忍无可忍。她一气之下咬了那家伙的生殖器，就这样闯了祸，遭到妓院老板的毒打，最后忍无可忍地逃跑。双胞胎姐姐建议她跟随去外地的汽车偷偷逃走。不知道金福出于怎样的考虑，她把女人托付给双胞胎姐姐，自己就出门了。

金福去了位于火车站前面的妓院。为了忍受男人们的欲望，妓女们的人生变得痛苦。她们个个浓妆艳抹，穿着露出肌肤的性感服饰，嘴里嚼着口香糖，站在街头。她们随便拉扯着男人的衣角，胡乱说着乱七八糟的台词：师傅，休息会儿再走吧；哥哥，玩会儿嘛，我会对你好的；学生可以打七折；妈的，讨厌死了，乱摸什么？又没钱。在粉红灯光映照的房间里，金福和妓院老板相对而坐。

"这是刮的什么风啊，姜社长怎么跑到我们这种卑贱的地方来了?"留着山羊胡的妓院老板是个冷漠如蛇、狡猾如狐狸的家伙。

"你可能从来没和我做过交易吧?"

"像我这种开小店的家伙,哪有机会跟姜社长这种做大买卖的人交易?"

"那么,今天要不要和我来次交易?"金福往烟袋里塞了烟丝,叼在嘴里说道。妓院老板惊讶地看着金福,似乎不明白这话是什么意思。金福长长地吐了口烟,漫不经心地问妓院老板:"听说昨天夜里,有个女人从这儿逃跑了,这是真的吗?"

妓院老板这才明白金福的意思,阴险地笑了。

"看来社长是对那个丫头感兴趣。我要是把她抓回来,肯定要砍断她的脚,让她再也别想逃跑,反正做这种事也不需要脚腕。"

"好,那你先说说她欠了你多少债吧。"

"她欠我多少债并不重要,重要的是她今后能给我赚多少钱。"

妓院老板慢吞吞地回答。他也是与金福不分伯仲的商人,很难对付。金福眼睛眨也不眨地问:"这前面在建剧场的事你知道了吧?"

"要是连这事都不知道,我就不是坪岱人了。"

"前几天来过几位国家公务人员,他们表示担心。这里要开建剧场,前面却有妓院,让外地人看了不太好,孩子的教育环境也有问题。于是我就说了,哪个人能离开这种事啊?有向阳地,就有背阴地。"金福面带微笑地说道。这话已经近乎胁迫了。

妓院老板这才板起了脸。片刻的沉默过后，他开口说道："那么，社长觉得那丫头的身价值多少钱？"

金福笑着说："终于能跟你说得通了。"

那天，金福和妓院老板面对面讨论逃跑妓女的身价。讨论标准是计算人身伤害赔偿金额时常用的霍夫曼式算法，非常复杂。除了一次性支付逃跑妓女预计赚得的金额，还要支付利息。从妓女多大年纪还能继续接客的讨论，到妓女的生活费的讨论，这里包括了流浪汉们经常买炒年糕的钱和卫生巾的价钱等琐碎费用，还有关于她们是否属于正式员工的讨论，以及由此产生的每月工作天数的计算问题的讨论，再加上利息计算标准等问题，金福和妓院老板连续讨论了大半天。最后，金福支付了将近一栋房子的价钱，终于赎出了逃跑妓女。于是，双胞胎姐姐不叫妓女的本名睡莲，而是叫她贵女。

那天金福在妓院老板面前说国家公务人员云云，并非单纯的胁迫。金福已经成为坪岱最有名的富人，前来找她的人络绎不绝。既有想跟她做生意的地方有识之士，也有明显就能看出居心叵测的政治家，还有想得到捐款的各种慈善组织和福利机构。既有从故乡听到消息后找来的远房亲戚，也有打着小算盘试图敲诈的骗子。金福对任何人的态度都很友好，很多游手好闲的人都怀着侥幸心理而来，不给就算了。既有想看她究竟长什么样的好奇心强的无业游民，也有和尚前来质问金福，你歧视我们的宗教吗？既然建了礼拜堂，为什么不出钱修建寺院？

　　金福花了大价钱从妓院里赎出了年幼的妓女，双胞胎姐姐原以为她很快就会让妓女到茶馆工作。也不知道金福是怎么想的，只是让睡莲待在家里，让她帮忙洗衣服和打扫卫生，做些杂事。住在金福家里这段时间，睡莲恢复了她那个年龄应该有的快活神情，伤口也渐渐愈合。她的美貌更加夺目。

　　有一天，金福很晚才回家，听到厨房里传来水声，无意间推开厨房门进去，发现睡莲正在里面洗澡。睡莲赤裸裸地站在蒙蒙热气中间，仿佛仙女下凡般光彩夺目。头发湿了，显得更黑，落在长颈鹿似的腰间。下面不大不小的圆臀仿佛用玉堆成，形成柔和的曲线，不管男人还是女人，谁看了都会窒息。看见金福进来，睡莲轻轻转身，嘴角自然而然地漾起微笑，没有丝毫尴尬。仿佛挂着红露珠的厚嘴唇带着马上就要流淌的诱惑，所谓倾国倾城应该说的就是她了。

　　金福要帮她搓背，睡莲羞涩地转过身，娇媚的姿态之中怎么也找不出男人碰过的痕迹。金福把手放在她的腰际。她的腰是那么柔软，仿佛能淹没金福的手。金福的手情不自禁地颤抖了。搓背的时候，金福终于明白自己失去的是什么了，心情也沉重起来。尽管说人生就是不断地失去，然而她的确已经失去了太多。她失去了童年，失去了故乡，失去了初恋，最重要的是现在她已经失去了青春，留给她的仅仅是个空壳。面对着睡莲朝气蓬勃的肉体，她切骨地感觉到了这些。金福一边搓背，一边长长地叹了口气，说道："真难相信世界上还有你这样的孩子。"

睡莲羞涩地转过头，问道："我有那么漂亮吗？"

"当然漂亮了。年轻的时候也有很多男人追我，不过即便我年轻的时候，也没法和你比。"说完，金福往睡莲的背上泼水，接着说道："像你这样的美貌不多见。看来上帝在造你的时候格外花了心思。"

也许是这段时间受了牧师的影响，金福不由自主地说起了上帝。睡莲调皮地问道："那么，其他人是怎么造出来的呢？"

"随随便便造出来的呗，就像用泥土做砖。"

如果文听了这话，肯定会勃然大怒。一天早晨，文从睡梦中醒来，发现自己眼前出现了辽阔的江面，震惊不已。高大的白杨树成排地矗立在江边，远处码头上聚集了很多人，几艘帆船浮在水面。平静的水波在阳光下闪闪烁烁，活蹦乱跳的鲤鱼个个又大又肥。这是文小时候见过的故乡村庄的风景。文意识到自己的眼睛彻底瞎了，浮现在眼前的正是留在他记忆中的风景。

从那之后，文就什么也看不见了。留在记忆里的风景却随时随地、毫无头绪地浮现在眼前，犹如走马灯。从他最初有记忆的遥远过去到双目失明之前，经历了漫长的时间，仿佛是记录了他整个人生的相册。里面既有美丽而平静的童年风景，也有战场上看到的各种残忍场面；既有在中国看到的陌生的异国风景，也有每次想来就忍不住心痛的家人的面孔；既有在柳树下和金福做爱的情景，也有独自留在南野里烧砖时无比凄凉的冬日风景等。贯穿他的生命的喜怒哀乐全部融在里面了。如果有人能把这些场面拍成电影，观众肯定会为人的生命中发生如此多的事件而惊讶，为人的记忆中能储存这么多的形象而惊讶。同时，这也将成为人类学、社会学、历史学、心理学等各人文学科的无比宝贵的资料。不幸的是，这根本就不可能。几年后，他在柳树下的河边死亡的瞬间，这些场面也就烟消云散了。

对男人的欲望彻底从金福的脑海里消失之后，取而代之的是睡莲年轻而美丽的肉体。金福给她买了昂贵的衣服和化妆品。睡莲待在家里，除了打扮自己，什么事也没有。稍显稚气和不安的少女气息彻底脱掉之后，这种美丽得到了更大的完善。她视金福为亲姐姐，相信她，听从她的安排，睡觉的时候，两个人也睡在一个房间里，亲亲热热地说话。

金福的身体里发生了变化。也许是抽了太多烟的缘故，她的嗓音变粗了，本来就茂盛的体毛更加繁密，嘴巴周围的汗毛渐渐变黑。她被某种莫名其妙的活力包围，态度也更为果断。她知道这是由她体内分泌日渐旺盛的雄性激素引起的。

那年夏天，金福和建筑商喝酒到深夜，很晚才回家，看见睡莲独自睡在蚊帐里面。也许是天热的缘故，睡莲只穿了薄薄的内裤。隔着蚊帐模模糊糊看到她的肌肤，那种充满诱惑力，伴随深夜的空间隐隐传来的肌肤气息中混合了某种强烈的物质，足以诱惑雄性。这是很久以前曾经属于金福，曾经让周围的男人们趋之若鹜，但是现在已经消失的气味。

　　金福脱光衣服，赤裸裸地钻进了睡莲的蚊帐。她情不自禁地把瑟瑟发抖的手轻轻放在睡莲纤细的腰间。汗水浸湿的肌肤无比柔软，仿佛把手浸入了水中。瞬间的兴奋和激动就像以前把手放在巨正肚子上的时候。这时，睡莲睁开了眼睛，看到脱光衣服在黑暗中望着自己的金福，她羞涩地笑了，把脸埋在枕头里。金福忍无可忍，气喘吁吁地抱住了睡莲诱人的乳房。

鲸

剧场终于开业了，看客们又带着饭盒聚集到坪岱。这段时间坪岱的人口急速增长，观众人数比大象花点儿到达坪岱的时候增加了几倍，剧场门前的广场从清晨就拥挤不堪，连个落脚的地方都没有了。门票早在前一天就售罄，当天能看到电影的人只是极少数。他们仅仅怀着可以看看剧场的期待，不辞辛苦地远道而来。包括国会议员在内的政界人士就不用说了，还有警察署和消防署、邮局和保健所等各公共机关的长官、地方有识之士都被邀请到场，在大理石台阶上找个位置坐下来。这是为了在电影开始之前举行开业典礼。

受邀贵宾剪彩之后，拉开绳子，帷幕开启，遮在面纱背后的剧场终于露出了全貌。整个剧场就像刚刚从水中跳出的庞大鲸鱼，高高地翘起尾巴，给观众们带去了超乎想象的震撼。他们齐刷刷地站起来，高声欢呼。鲸鱼的尾部是放映室，头部有银幕，观众们可以坐在相当于鲸鱼腹部的中间位置看电影。剧场前面设计了弯弯曲曲的大理石台阶，花纹就像波浪，制造出鲸鱼浮在大海里的效果。从台阶到剧场大厅，地上都铺了红毯，更加强调了建筑物的威严。

从远处就能看到剧场的招牌，上面画着电影海报。那天为了纪念剧场开业而上映的电影也是冷酷的枪手纷纷出场的西部片。这部电影的主人公却不是约翰·韦恩，而是戴着围巾、嘴里叼着雪茄的强盗般的枪手。看客们被低头俯视自己的枪手随意留起的胡须和饱含着浓郁忧愁与野性的眼神迷惑，心急如焚，恨不得马上闯进剧场。

那天吸引观众目光的还不仅仅是这个主人公。他们目不转睛地注视着身穿漂亮西装，坐在贵宾席上的美丽女人。她就是原来在妓院里卖身的睡莲，现在已经没有人能认出她了。她用扇子挡着脸，生怕被太阳晒黑。在几十位贵宾中间，她的姿态当然最为引人注目。人们都想知道她究竟是谁的女人。这个问题很快就有了答案。

不一会儿，国会议员等受邀人士纷纷走上安放在大理石台阶上的讲台，轮流发表贺辞。他们都是有很多话要说的人。像往常那样，贺辞这个环节需要很长时间，观众们都厌倦了。这时，剧场主人终于登上了讲台，准备作最后的讲话。看客们纷纷露出惊讶的表情，注视着走上讲台的金福。因为他们都听说修建剧场的是个女人，然而登上讲台的却是西装革履的男人。

是的！那天金福头戴礼帽，身穿打了领带的西装，昂首挺胸地宣告自己变成男人的事实。她作了三十多分钟的漫长演说，表达了要为地方发展和文化艺术的复兴而努力的决心。她的演说非常华丽，而且感人至深，坐在看台上听演说的人们为自己前面所作的简陋演说感到惭愧，恨不得马上离开。

那天的演说词由金福的老乡，也就是药贩子起草。金福需要找个经营剧场的人，就想起了很久以前令她和双胞胎姐妹哭哭笑笑的药贩子的卓越口才。经过多方打听，金福终于找到在遥远的城市里开药铺的药贩子，请他来做剧场经理。人们没有听她的华丽演说，只是好奇金福为什么突然穿上男人的衣服，想知道究竟是不是像谣言说的那样，金福是同时具备男女生殖器的双性人，她和火车站前的妓女是否真的是女同性恋。金福结束演说的瞬间，楼顶突然喷下水，观众都被淋湿了。这是从安装在楼顶的喷泉里射出的水，也是金福最后加上的设计，用来表现鲸鱼呼吸的样子。剧场从开始就被人们称为鲸鱼剧场，取代了原来的正式名称坪岱剧场。

鱼贩子也参加了那天的开业典礼。前一天夜里他喝了酒，直到活动快要结束的时候，他才到场。云团般的群众聚集在剧场广场，金福正在讲台上演说。他醉眼蒙眬，呆呆地看着矗立在眼前的剧场，突然自言自语道："我这辈子还从没见过这么大的鱼。"

少女的妈妈正在分娩，难产。大人们焦急地在房间里踱来踱去。那天夜里，少女蹲坐在封堂，整夜都在听着从房间里传来的妈妈的痛苦哀号。她的心揪得紧紧的，盼望着弟弟快点从妈妈的肚子里出来，结束妈妈的痛苦。同时，她也盼望有人把自己叫回温暖的房间。妈妈的呻吟越来越响亮。她紧紧闭上眼睛，双手捂住耳朵，努力回想幸福和愉快的瞬间。然而她的脑海里只有可怕的鬼魂面孔在闪烁，树林里传来的风声听起来就像鬼魂的啜泣。她被恐惧紧紧包围，寒风打在脸上也感觉不到冷。少女把头埋在膝盖上哭泣，哭着哭着，不知不觉就睡着了。

不知道睡了多久，有人拍打她的肩膀。少女睁开眼睛，妈妈站在眼前。苍白的脸上满是汗珠，筋疲力尽的样子。妈妈的怀里抱着个血淋淋的新生儿。不知道为什么，那个孩子的四肢无力地低垂着。

妈妈……少女哭着叫妈妈。妈妈的嘴里流淌出无比悲伤的声音。

金福啊，妈妈和你的弟弟死了。

金福跑过去，想要抱住妈妈，可是妈妈突然从眼前消失了。少女吓了一跳，突然从梦中醒来，跑进了房间。借着幽暗的灯光，她看见大人们脸色铁青地坐着，妈妈的脸上蒙着被子。

从那之后，少女就被死亡的恐惧支配了。人生的终极目标就是逃离死亡。她离开狭小的山村，离开码头城市，落叶般流浪全国，最后修建酷似鲸鱼的巨大剧场。这些都与小时候经历的妈妈之死不无关联。她被鲸鱼迷惑，并不仅仅因为鲸鱼的庞大。当她看到在海里喷出水柱的蓝鲸的时候，她看到了战胜死亡的永恒的生命形象。从那之后，胆怯的山村少女接连被庞大的事物迷惑。她想借助大的事物战胜渺小的事物，通过明亮克服丑陋，闯入辽阔的大海，忘记令人郁闷的山村。最后她想达到的终极目标，就是亲自变成男人，从而超越女人。

某一天，金福突然跨越性别界限，变成了男人。至于原因，我们不得而知。能够确定的是，她忠实地履行男人的义务，比一般男人更像男人。这段时间她经营多家企业，忙得不可开交，然而她与睡莲之间的爱却日益加深。工作结束，她就马上回家。金福毫不吝啬地给睡莲买来漂亮的衣服和价格不菲的化妆品，还给她的家人在家乡买了土地。从睡莲的角度来看，没有任何理由不满意。

比起睡莲在妓院里遇到的粗鲁而急躁的男人，金福的爱抚无比温柔、无比细致，而且金福魔法般的动作总能准确碰触她自己都未曾发现的快乐部位。睡莲既叹服，也感到惊讶，金福怎么会给自己带来如此甜蜜的快乐？

金福变成男人的消息很快就传得沸沸扬扬，最后传入文的耳朵。如果换成普通人，肯定会惊讶得呼天喊地，然而文的反应却很平静。

"你的妈妈现在变成男人了。"他对春姬说。

"这不是什么怪事。这个女人早就应该这样了。"

他的眼睛彻底失明，寸步不离地守在南野里，从年头到年尾都在工厂里度过。储存在脑子里的形象仍然不规则地浮现在眼前，只是那些场面渐渐模糊。用不了多久，连这些场面也会彻底消失。他很清楚。他仍然忠实地履行着工厂负责人的职责，只要随便摸摸，敲打几下，就能知道砖做得是否合格。工人中间流传着这样的说法：骗得了鬼，却骗不了文。

这段时间，春姬彻底被人们遗忘了。迟到的性征只是使她稍微变得成熟了，并没有发生更大的变化。不知不觉间，她已经成为手艺精湛的砖瓦工。没有人注意到从来都是若有若无、安安静静的春姬。不过，她本人对工厂生活没有丝毫的不满。她想做砖就做砖，不愿意做了，就独自跑到山谷里，跑到原野上闲逛，观察各种事物和它们的变化，度过一天的时间。

被人遗忘的人不仅是春姬。金福为独眼女人在工厂旁边单独盖了房子，不过她习惯了野外的生活，渐渐地对单调的工厂生活感到了厌倦。她和工厂里的女人们一起干活儿，却从来不和她们说话。女人们也不和阴气沉沉的独眼女人搭话。她怀念漫山遍野开着胡枝花的山谷，怀念山谷里飞来飞去的蜜蜂发出的嗡嗡声。她已经无法和尘世的人们相处了。

有一天，独眼女人在工厂附近漫无目的地走着，最后走进了幽深的山谷。她听惯了的山谷水声和清爽的桃子味道迎接她的到来。不知从哪里飞来几只蜜蜂，很快就有几十只蜜蜂在她身边飞舞。这是那天金福放火烧蜂之后幸存的蜜蜂。她开始在山谷里寻找，终于在大石头下面发现了蜂窝。翻开盛满蜂蜜的沉重蜂窝，看到里面有白色的蜂王乳，还有蜂后。从第二天开始，她每天都悄悄地离开工厂，在山谷里从早转到晚，然后回到工厂。她带着一只蜂后，重新开始了养蜂生活。她索性在山谷里搭了窝棚，住在那里，偶尔去工厂拿些粮食。不久，她去工厂的次数越来越少。最后到了那年秋天，她彻底销声匿迹了。

药贩子果然没有辜负金福的期望，把剧场经理的工作做得有声有色。凭借出色的口才，他熟练地领导着包括招牌管理员和售票员、放映员在内的十几名剧场职员，剧场的全部工作都顺利进行。

有生以来从未看过电影的观众们就像金福第一次在码头剧场遭遇电影的时候一样，很快就被幻想世界吸引了。每当有新片上映，他们都争先恐后地跑到售票口前排队。如果连续几天不看电影，他们就会空虚得难以忍受。不知不觉间，他们已经深深陶醉于坐在黑暗之中偷窥他人世界的隐秘快乐了。

他们通过电影理解人生，电影为不合理的现实赋予了秩序。他们为人生充满美丽的冒险和甜蜜的浪漫而感到幸福，为看似不可能的世界正在严格而富有诗意的秩序之下启动而感到欣慰。当时他们看的电影大部分都来自美国，观众们觉得电影里的人和他们的生命太精彩了。不知从什么时候开始，他们试图模仿电影里的人物，有的甚至去了他们的国家。从这时起，人们的脑子里只有一个命题。这种命题是那么强烈，又是那么充满诱惑。它超越一切，也切断一切。它优于一切，也涵盖一切，甚至战胜一切。后来，这个命题决定了人们所有的生活方式。这就是那个命题：所有美国的东西都是美好的。

他，或她

　　有一家经济杂志曾经采访过金福，因为鲸鱼剧场被建筑家们选为当年的最佳建筑。年轻女记者向金福询问她作为企业家的哲学。金福从漂亮的银质烟盒里拿出香烟，叼在嘴里，作出了如下的回答。

　　"怎么说呢，我的想法从来都只有一个。"

　　"什么想法？"

　　"小而丑陋的东西是可耻的。"

　　这句话再加上她以前对文说过的信条，"不管是烂蛤蜊，还是裂缝的砖，只要能卖出去就行"，包含了金福作为企业家的全部态度。金福长长地吐了口烟，继续说道："人们都说，钱是罪恶之源。这话不对，所有罪恶的根源是贫穷。"

　　金福的想法幸好与将军的想法存在一致的部分。在她后来亲眼见到将军之前，始终对他心存好感。采访结束后，年轻女记者关了录音机，向他提了个问题。从现在开始，我们决定用"他"来指代金福。户籍上的性别都能改变，何况我们只是转述一个流传在世界上的故事，那又有什么不可以呢？女记者问他，现在变成男人了，感觉怎么样。金福回答说："有很多便利的地方。不用每个月来一次月经，不用每天早晨往脸上擦粉，最重要的是，不再有男人纠缠我了，所以我很高兴。"

金福露出被咖啡和香烟熏黄的牙齿，笑了。当然，金福肯定不是因为这些而变成男人，不过他对自己变成男人的事实非常满意。他像大多数男人那样出入妓院、抽烟，有时也像大多数男人那样表现得很粗鲁。

有一次，金福在酒馆里与人发生了冲突，对方是从邻近城市到坪岱来讨赌债的流氓。他不知道这个神清气朗、西装革履的绅士就是这座城市的首富。他用手拍着独自坐在吧台前喝酒的金福的肩膀，滔滔不绝地说起他的无稽之谈。他的话很夸张，前后矛盾，让人听着都觉得难堪。金福忍无可忍，放下酒杯，说道："喂，你在哪儿看的这种无聊电影？这种谎言在别的地方说说还行，这里吃不开。你赶快滚蛋吧。"

流氓瞪着金福，站起身来，挥拳就想打金福。不过，他的拳头没能落下去。转眼间，一把锋利的匕首已经对准了他的脖子。金福伏在他的耳边，轻声说道："唉，朋友，不要在狭窄的酒吧里捣乱。我们像个男人的样子，到外面去比试比试，怎么样？"

据说那个流氓脸色苍白，安安静静地离开了酒馆。不过，这个故事似乎不太可信。当时坪岱根本就没有设吧台的酒馆，而且故事风格和西部片中经常出现的场面非常相似，让人怀疑这也许是有人看完电影之后编造的故事。这说不定是人们故意编造的花絮，为了承认金福是个响当当的男人。

金福也像以前刀疤对自己那样，每次看电影都让睡莲坐在自己旁边，拉着她的手。睡莲不喜欢电影。她不理解人们为什么喜欢这种虚妄的故事。比起看电影，她更喜欢到邻近城市去买宝石或衣服。有一次，金福在双胞胎姐姐面前这样评价睡莲："她很漂亮，很有魅力，也很费钱。"

只要睡莲需要，金福每次都痛痛快快地给钱。睡莲的房间里盛满了贵重的宝石和首饰，价格昂贵的化妆品和各种款式的衣服，几乎就是把百货商店搬回了家。很多衣服从来没穿过，很多化妆品从来没有用过。有一次，睡莲买了条狗回来。据说这狗脑子很聪明，曾经用来看管羊群。这是从遥远的国家进口的纯种宠物犬，还有族谱。如果用人来作比喻，应该是"贵族之中的贵族"。狗的主人跟着睡莲去找金福要钱，金福毫不犹豫地拿钱给了那人。这条狗相当于两头牛的价钱。

有段时间，睡莲对狗照顾得无微不至。每天都带进房间，给它喂食，睡觉的时候也搂在旁边，甚至引起金福的嫉妒。三四个月后，睡莲厌倦了，开始对狗不理不睬，经常忘记给狗喂食。可怜的牧羊犬动不动就挨饿。没办法，金福只好把狗拴在剧场门前，交给剧场职员照顾。这只有族谱的名犬很不幸地沦为可怜虫，被拴在售票口门前，路人都可以随便踢上一脚。然而在金福眼里，睡莲的所有举动都是撒娇，是可爱，是魅力。这是爱情的法则。

有一天，剧场职员走进来对金福说，有个盲人来找他了。当时金福正在房间里和睡莲打情骂俏。不一会儿，挂着拐杖的盲人进来了。这人正是文。春姬也跟着文来了。她稀里糊涂地看着身穿男人衣服的妈妈。两个人整天在工厂里干活，脸晒得黝黑，衣服也很狼狈。睡莲第一次看到他们，还以为是从哪儿来的乞丐，皱起了眉头。金福让睡莲去了隔壁房间，接待了这两个人。这段时间他只是偶尔派药贩子去打听情况，其他时间对砖厂的事情不闻不问。看到他们，金福也没有表现出高兴的样子。他指着呆呆地盯住自己的大块头春姬，问道："这个胖小伙子是谁？"

春姬的体重迅速增长，金福没能认出自己的女儿。文回答说："她是从你肚子里生出来的孩子。"

金福不可思议地笑了笑，说道："看来你不仅眼睛瞎，而且还疯了。这么胖的孩子怎么可能从我肚子里生出来。你们来这儿有什么事？"

文从怀里拿出一块砖，放在金福面前。

"这是什么？"

"你看像什么？"听了金福的疑问，文反问道。

"这是砖啊。"

"这不是砖。"

"不是砖是什么？"

"骗局，而且是我见过的最拙劣的骗局。"

金福这才拿起砖，仔细观察。那是用水泥做成的砖。

"明明是用水泥做成的砖，你怎么说是骗局？"

"不能用来盖房子，所以我说它是骗局。不过，这东西很便宜，人们都用它盖房子。"

"别人都用它盖房子，怎么就你有问题？"

"别人用砖盖房子，还是用木头盖房子，都跟我没关系。问题是这些东西让我们做的砖卖不出去。"

"那我们以后也用水泥做砖，不就行了吗？"

金福简单地下了结论。文勃然大怒："你想让我当骗子吗？"

"我让你做砖，谁让你当骗子了？"

"用这种砖盖的房子不到一年就会倒塌。你不要对我说这种话。趁着砖厂还没关门，你赶快想想办法吧。"

说完，文就和春姬夺门而去，回到了南野里。不一会儿，睡莲进来，她坐在金福的膝盖上，问刚才出去的那个女孩子是谁。金福回答说："在工厂里干活的孩子。战争中失去了父母，四处流浪，我就收留了她。现在她在工厂里烧砖，手艺很好。力气很大，不像女孩子，也算是赚出她的口粮了。"

金福为什么如此无情地抛弃了春姬？因为她是巨正的骨肉，还是因为春姬不像普通女孩子那样可爱？或者他是想逃离束缚自己的从前？还是现在金福已经变成了男人，而他过去作为女人的生活本身只能算是错误和矛盾吗？他想从自己的生命中抹掉过往生活留下的痕迹？上面列举的原因可能都不对，也可能都对。遗憾的是，金福做梦也没想到，这是他和做女人时结下姻缘的文以及自己唯一的骨肉春姬的最后一次见面。正如夜幕悄悄降临，诅咒的时刻也正在缓缓靠近。

双胞胎妹妹跟随电工技师离开以后，姐妹二人互相写信，安慰彼此的思念之情。双胞胎姐姐告诉妹妹剧场开业的事、金福变成男人的事，还有茶馆里发生的大大小小的事情。电工技师经常更换工作场所，每次妹妹都是在不同的场所回信。春天，妹妹从东海岸边的偏僻渔村发来信件。第二年冬天却在某个连名字都不知道的偏僻村庄。不久之后，妹妹又从比坪岱大出几十倍的大城市里给姐姐写信。

妹妹离开两年之后的秋天，双胞胎姐姐从睡梦中醒来，感觉到了五脏六腑统统坠落般的失落感和难以忍受的巨大悲伤。她擦干不知不觉流下来的眼泪，恍恍惚惚地坐着。突然，她意识到自己的悲伤是因为远在他乡的妹妹。听见双胞胎姐姐深更半夜放声痛哭，金福很惊讶，赶紧跑过来问她是怎么回事。双胞胎姐姐趴在地上，哭着说妹妹死了。金福相信姐妹之间超出常人的心理感应，不过还是安慰她说，也不一定准，还是等等消息吧。果然不出所料，那天下午就传来了妹妹去世的消息。安装电线杆的电工技师摸错了电线，被电击中。这时正好妹妹去给他送饭，想把他从电线上面拉下来，结果两个人同时触电身亡。双胞胎姐姐昏厥了好几次，起身收拾行李，说亲自去为妹妹举办葬礼。在旁边看着的鱼贩子说要跟她去，金福让他们坐自己平时乘坐的轿车，又给了姐姐丰厚的丧葬费。

双胞胎姐姐和鱼贩子为了给妹妹举办葬礼而离开坪岱的日子里，有一天，金福工作结束，很晚才回家，却听见有人在院子里轻柔地交谈。难道是举行葬礼的人回来了？这样想着，金福走进大门，结果不是他们。睡莲和药贩子并排坐在廊台上，兴高采烈地聊着什么。睡莲被药贩子的口才吸引了，娇笑不已，不时地轻轻拍打他的肩膀。看到两个人亲亲密密的样子，金福心生嫉妒。他藏在门后，又看了看。两个人平静地谈论着令人面红耳赤的话题，看来他们已经不是普通的关系。很久以前，药贩子的妻子和南瓜饼小贩私奔以后，他孤苦伶仃地过了十几年，如今对美貌过人的睡莲心生爱慕，也是理所当然。然而令他动心的偏偏是自己的女人，这让金福颇为不爽。

不一会儿，金福故意发出声音，走进庭院。两个人像是搞恶作剧被人发现的孩子，脸上布满慌张。药贩子慌忙打了声招呼，回到自己的房间。睡莲似乎察觉了金福的心思，比以往更温柔地挽住金福的胳膊撒娇。看来睡莲到底还是个风流女人，金福一边这样想，一边对药贩子产生了警惕心理。

半个月后，双胞胎姐姐和鱼贩子办完葬礼，回到坪岱。从这之后，双胞胎姐姐总是像身体掉了半截似的，陷入了严重的失落感，茶也不思饭也不想，整天从早到晚待在房间里，让人心疼。

不久，清早走出茅房的金福偶然发现鱼贩子从双胞胎姐姐的房间里走了出来。金福猜测他们是在为双胞胎妹妹举行葬礼的时候产生了感情。虽然双胞胎姐姐以前对鱼贩子深恶痛绝，但是现在连妹妹也死了，她沉浸在巨大的悲伤里。这时候鱼贩子主动陪她去为妹妹举行葬礼，守在身边安慰她，所以她对鱼贩子改变心意也很有可能。想起双胞胎姐姐曾经暗害鱼贩子，试图把他赶出村子，现在却又主动看上了他，金福不禁哑然失笑。既然事已至此，就应该让他们正式举行婚礼，从此好好过日子。这样想着，金福不动声色地询问双胞胎姐姐的意思。没想到双胞胎姐姐恼羞成怒，坚称自己从来没想过原谅害死花点儿的鱼贩子，而且他曾经是金福的男人，她绝对不可能和他举行婚礼。无奈之下，金福只好说自己亲眼看见鱼贩子从她的房间里出去，大家都是饱经沧桑的人，还有什么不好意思呢。双胞胎姐姐暴跳如雷，对自己与鱼贩子的关系矢口否认，还说她不知道金福凭什么胡说八道，如果金福所言为实，就算当场被刀刺死，她也毫无怨言。

几天后，金福又听见双胞胎姐姐的房间里传出奇怪的声音。那分明是男人和女人肌肤相亲的时候发出的声音。不一会儿，果然看见鱼贩子从房间里出来了。后来类似的情况又发生了几次。双胞胎姐姐竟然对亲如手足的自己装糊涂，金福心里很是不快。不过，不久以后他就从鱼贩子那里知道了事情的原委。

鱼贩子和双胞胎姐姐出去办葬礼的那段时间，彼此之间虽然也有了点儿事，但是真正的问题发生在办完葬礼回到坪岱之后。不知从什么时候开始，双胞胎姐姐出现了奇怪的表现。她沉浸在失去妹妹的巨大失落感之中，有时候自己变成妹妹，有时又变回姐姐。也就是说，金福和双胞胎姐姐见面是在她变成妹妹的时候，而鱼贩子去找她的时候，她又变回了姐姐。因此，鱼贩子在和她见面之前，总要小心翼翼地观察她究竟是处于对自己深恶痛绝的妹妹的状态，还是处于姐姐的状态。后来连这点也分辨不出来了。因为两个人同时进入双胞胎姐姐的身体，有时就像两个人对话似的自言自语，有时正常，就像两个人同时存在。

　　最后，鱼贩子也不敢再靠近双胞胎姐姐，只能独自忍受煎熬。双胞胎姐妹的秘密还不仅于此。双胞胎姐姐的个人对话暴露出了这样的真相，原来跟着电工技师死去的人不是妹妹，而是姐姐。也就是说，妹妹把年轻男人让给了因为腰部受伤而不能尽女人义务的姐姐。结果，电工技师没找到自己爱的人，稀里糊涂地跟另外的女人结了婚。不久之后，这个事实也发生了变化。因为很久以前腰部受伤的人不是姐姐，而是妹妹，给木材商做小妾的人不是妹妹，而是姐姐。从小到大，她们就是这样根据需要随时变换角色，最后连她们自己也不知道究竟谁是姐姐，谁是妹妹了。最后跟随电工技师离开，然后死去的人是姐姐，还是留下来的人是姐姐，这成了永远的谜团。

将军

　　将军长得不怎么样，个子矮小，脸很黑，怎么看也不像成就大事的人。如果他真的做了什么大事，肯定是有什么野路子。

　　第二年春天，金福见过将军回来后，对将军作出了这样的评价。将军到距离坪岱半天路程的地方视察，邀请了该地区的所有企业家，举行宴会。坪岱的政治家和包括地主在内的企业家也悉数参加。金福与将军握手，还合了影。他对将军作出的评价并不是很高，却又把将军坐在中间、企业家们围绕两边的合影挂在了办公室。将军穿着军装，戴着太阳镜，金福个子矮，就和将军站在最前面，非常引人注目。照片上的金福，明显流露出富人脸上常见的排他性的固执和傲慢，以及未能彻底抹掉女人味的荒唐暧昧和颓废气息。这是他留给世界的最后的形象。

　　第二年春天，砖厂工人举行罢工。人们都使用价格低廉的水泥砖盖房子，对于黏土砖的需求量减少，于是金福打算封闭砖窑，生产水泥砖。生产水泥砖无需特别的技术，也不需要复杂的过程，只要混合沙子和石灰，放入模具里面做成砖的形状，然后在阳光下晒干就行了。因此，金福重新选拔年轻工人，解雇所有上了年纪的技术工，大幅削减工资。这是经营的法则。

从工厂建立之初就默默劳作的工人们觉得金福背叛了他们。他们都聚集在剧场门前，占领广场，开始静坐示威。领导这次罢工的人不是别人，正是双目失明的文。剧场没有了客人，金福派药贩子去和工人们协商。工人们却把前来协商的药贩子五花大绑，让他站在广场中央。药贩子吓坏了，赶紧求饶。金福关紧剧场大门，躲在办公室里低头看着工人们，打开窗户，大声喊道："都回去！否则我就关闭工厂大门了！"

工人们没有屈服于金福的威胁。他们呼喊口号的声音更响了："剥夺劳动生存权的罪恶企业主赶紧滚蛋！滚蛋！滚蛋！"

他们就像进行攻城战的士兵，用卡车拉来砖头，砌成两层高的石坛，因为金福的办公室就在二楼。工人们爬到上面，与金福面对面。金福向认识的政治家和政府机关人员寻求帮助。他说工厂里混入了破坏分子，领导了罢工。

警察很快就来了。他们包围了工人，发出警告，命令他们立刻停止静坐，返回工厂。工人们从石坛上往下扔砖，以此表示强烈抗议。最后，警察的催泪弹飞了过来，残酷的镇压开始了。工人们毕竟不是有组织的战士，很快就像乌合之众似的散开了。砖头砌成的石坛倒了，几个人受了伤，被警察的棍棒打碎脑袋的人更是不计其数。

抓起来的工人全部被警察拘留，接受调查。为了从他们中间找出破坏分子，警察在调查过程中使用了极其残忍的严刑拷打。好几个人被打成了残废。工人们在残酷的拷问之后，无奈地在几十份文件上面签了名，承认自己是破坏分子。

夹在工人中间被抓走的药贩子也受到了调查。他发挥特有的卓越口才，堂而皇之地解释说，我没有参加罢工，而是代表公司方面与工人谈判，制止他们罢工，结果被破坏分子扣押，最后被抓到了警察署。不过，只要马上释放，我并不打算追究警察的失误，也不打算索要赔偿。如果将来需要作证，我也愿意随时出面，并以最近距离目击者的身份证明破坏分子的非法罢工行为。然而不知道为什么，他那卓越的口才在警察署行不通，反而对他更为不利。

药贩子慌了神，连忙请求警察去找金福，说只要去问金福，就知道自己不是破坏分子了。出人意料的是，金福面对前来找他的警察摇了摇头，说出了下面这番话："怎么说呢，我不知道他怎么会跟那些破坏分子在一起。以前这个人很踏实，看来还是知人知面不知心啊。"

金福否定了药贩子。自从很久以前看到药贩子和睡莲亲热的场面之后，他的心里就对药贩子耿耿于怀。如果换上以前的金福，这件事笑笑也就过去了。现在，他不再是从前的金福。从前那个充满自信和人情味的女中豪杰已经消失得无影无踪，只剩了利欲熏心而且复仇心重的狭隘男人的形象。

总之，药贩子因此受到了残酷的严刑拷打，幸好有良心的工人证明他没有参加罢工，这才被释放出来。他拖着伤痕累累的身体，艰难地回到剧场的时候，金福冷冰冰地看着他，说："剧场被破坏分子给折腾得乱了套，你究竟藏到哪儿去了？"

药贩子很快又回到经理的位置。因为这件事，他心里也对金福产生了深深的怨恨。

事情处理完了，工厂里的工人大部分都换了新人。罢工领导者全部被断定为破坏分子，或是被判死刑，或是被投进监狱。文在严刑拷打中伤了腿，因为年纪太大，眼睛也看不见，所以幸运地被放出来，回到了工厂。工厂里没有他做的事情。砖窑已经封闭，工厂里生产的是水泥砖。他整天蹲在砖窑旁，听偶尔经过的火车声。年轻的工人们谁也没有留意这个年老的瞎子。原来浮现在他眼前的形象也消失得差不多了，他的心里无比凄凉和空虚。

关心他的人只有春姬了。春姬给他送饭，拉着他的手到工厂外面散步。他的腿受伤了，不能走得太久。于是春姬就背起文。她背着文也不喘粗气，轻轻松松地走上田野。她背着文走到铁路附近，有时也去对面的山谷。趴在春姬宽阔如男人的背上，文回忆着很久以前第一次和金福来到南野里的情景。当时他背着金福，现在反过来了，金福的女儿春姬背着自己。想到这里，他无奈地笑了。他努力回忆金福软绵绵的胸脯碰到自己后背时的感觉和醉人的肌肤芳香，然而那个炎热夏日的记忆却显得那么遥远。世界变化太大了，他想。

罢工那年秋天，晨鸡报晓的时候，双胞胎姐姐，或者妹妹，悬梁自尽了。葬礼在剧场门前举行。参加葬礼的人们都说，姐姐或妹妹，终于忍受不了妹妹或姐姐死亡的悲伤，也跟着妹妹或姐姐去了。人们纷纷为她们超出常人的深厚姐妹情意而落泪。金福却没有哭。对于自己不哭的理由，他这样解释："男人一生只能哭三次，现在还不是哭的时候。"

人们把死去的姐姐或妹妹的尸体，埋在先行死去的妹妹或姐姐的坟墓旁边，纪念她们特别的姐妹之情。

这是死亡和离别的季节。双胞胎姐妹死后不久，人们在铁路边柳树下的河边发现了文的尸体。当时是深秋，水光黯淡，柳叶已经落光。河水不是很深，一般不会淹死人。不过对于两眼什么也看不见的文来说，那无疑是与深水库相差不多的致命场所。那是他第一次和金福做爱的地方。他的死亡仅仅是意外，还是自杀，最终也不得而知。腿脚不便的他为什么会死在遥远的河边，这个原因也不清楚。

葬礼很简单，就在砖厂举行。只有从最初建厂就跟着文工作，后来跟他参加罢工的几名工人，静静地擦眼泪。春姬也夹在参加葬礼的人群中间，却没有哭。她以为文也像独眼女人那样消失了。金福没有参加葬礼，因为那天正好有新片上映。文的葬礼那天，他在别人面前这样评价文："他真是个很苛刻的人。"

文的尸体在砖窑里火葬，骨灰撒在南野里的山谷。他帮助金福建了工厂，为造砖付出了全部，最后的人生路却无比凄凉。

文生前在金福面前说过，用水泥砖建造的房子不到一年就会倒塌。他的预言没有变成现实。他肯定做梦也没想到，世界逐渐被水泥砖建造的建筑物充满了。如果他在高处俯视遍地高楼大厦的城市，肯定会这样说："这是我见过的最宏伟、最拙劣的骗局。"

大鱼已经落入山中，末日正在靠近，诅咒即将变成现实。然而没有人能看出来。前兆是从南方来的男人，他先来找金福了。金福没把两个人的死放在心上，不过带给他的影响很快就显露出来了。

那年冬天，金福深夜回家，突然看见有个男人坐在廊台上。男人脚上缠满了水草，浑身湿漉漉的，正在瑟瑟发抖。正是很久以前落入水库溺水而死的金福的父亲。他似乎很冷，嘴唇铁青，每动一下，被水浸湿的头发上就有冰块掉落。他用幽怨的眼神看了看金福，然后站起来，消失在黑暗之中。

第二天，金福让药贩子回到家乡，让他填满淹死父亲的水库。这样做需要很多钱，不过金福认为父亲之所以还在阳间游荡，就是因为那个水库。这只是开端。几天后，末场电影结束已经是深夜了，金福从剧场里出来。一个身穿雪白西装的男人站在剧场的台阶上面。他像第一次遇到金福的时候那样，挡在金福前面说道："奈绪子，带你去看看剧场怎么样？"

看见这个人，金福惊讶得心脏差点儿停止跳动。他还是极力做出泰然自若的样子，摇了摇头。这个男人正是历代罕见的骗子、臭名昭著的走私犯，也是整个城市都找不到对手的刽子手，同时又是出了名的破落户、码头上所有妓女的姘头、头脑灵活的掮客——刀疤。他仍然全身湿漉漉的，水珠滴落在地。但是不知为什么，腹部的伤口不见了。他用仅剩的四只手指不停地划火柴，想要点燃香烟，然而被水浸湿的火柴怎么也划不着。金福从口袋里拿出银质打火机，递给了他。他这才打开打火机，点燃香烟，心满意足地深深地吸了口烟。烟已经点燃，他仍然贪婪地抚摸着银质打火机。

"如果想要就拿走吧，我还有很多。"

金福说道。刀疤赶紧把打火机塞进口袋，冲金福眨了眨眼睛，说："想看电影的时候，随时来找我。我每天都在这里。"

金福逃也似的离开剧场，不停地回头张望。刀疤还像从前站在码头城市的剧场门前那样，嘴里叼着烟卷，在台阶上踱来踱去，看起来无比孤独和凄凉。

从那之后，金福的身边就总有死者的身影徘徊。一觉醒来，巨正坐在旁边，用悲伤的眼神低头看他。看着电影，突然回头一看，身穿白色西装的刀疤抚摸着银质打火机，坐在后面的位置。有时还会看到早在金福很小的时候就死去的妈妈，抱着软塌塌的肉团，站在院子里。他时刻想要逃离的从前却又如数回到他的身边。这回金福没有逃跑，而是开始喝酒。喝醉之后，他就冲着死者大喊："都给我滚开！我已经不是原来你们了解的我了。"

巫婆死后，又过了几年，人们彻底忘记了老妇的诅咒，然而离开肉体的声音仍在坪岱上空回荡。鱼贩子喝醉酒回家的路上，突然听到了诅咒，就像在作法场上听到的声音那样阴冷而清晰。第二天，他离开了坪岱。他对金福说，我爱过的双胞胎姐妹都死了，我也不想继续留在坪岱了。运输公司里都是年轻人，金福没有挽留。没有人为他送行，也没有人对他的离开感到不舍。鱼贩子骑着初来到坪岱时的旧四轮车，其实本来是三轮车，经过山谷，离开了坪岱。

几天后，金福遇到了陌生人的来访。那些人戴着太阳镜，身穿黑色西装，好像是政府的某个秘密机关的工作人员。金福被蒙住眼睛，就让那些人带走了。这跟绑架没什么区别，然而金福毫无反抗之力。他在窗户紧闭的地下室里接受了调查。这些人对金福的了解超出了他本人对自己的了解。他在码头城市的事也了解得很详细，刀疤和巨正的名字再次登场。他经营的所有企业的账簿已经被没收。他像解剖室里的青蛙，敞开四肢，露出自己的耻部。他们像是在上方俯视芸芸众生的神灵，对金福了如指掌。同样的问题反复多次，金福只好反复作出同样的回答，直到他们满意为止。这是耻辱。气氛非常恐怖，就连平时经常游荡在金福身边的幽灵也没有出现。他们不让他睡觉，也不给食物。最难忍受的是不能抽烟。

几天过去了，金福终于知道了自己被调查的原因。那次见过将军之后，在酒桌上对将军作了不当评价。当时他说，将军看上去不像成就大事的人。如果他真的做了什么大事，肯定是有什么野路子。当时在场的某个人把金福的话向上报告。调查机关要员执著地追问，金福所说的野路子指的是什么。调查全部结束，回到家里的时候，金福已经彻底虚脱了。他承认了他们让他承认的全部，并在几千张文件上面签了名。以前认识的政治家们纷纷出面解救，他才获释出来。这次事件在金福的心里留下了无法治愈的深重的伤害。

从那之后，金福每天都是不醉不归。睁开眼睛就开始喝酒，只有喝醉了才能入睡。他借助酒的力量，阻止死者的阴气弥漫到自己身上。生意上的事情就只能全部交给药贩子了。

药贩子意识到这是自己的好机会。非但可以借机报复金福，而且这也是改变命运的绝佳机会。他偷偷地挪用了金福让他填平故乡水库的钱，并以自己的名义购买了土地。他伪造账单，收买职员，经常挪用公款，尽情利用周围的条件。

深藏在内心深处的隐秘恋情也暴露出来了。每当金福不在的时候，他就接近睡莲，发挥特有的卓越口才赢得了睡莲的芳心。睡莲美貌过人，思想却不是很深刻，最后终于被药贩子执著的勾引打动了。药贩子的尖端抵达她身体深处的时候，她遗忘已久的被男人驯服的快乐被重新唤醒了。这事金福无法替代。

已经得到了很多钱，而且得到了金福的女人，药贩子越发肆无忌惮了。他在职员面前公然谈论金福的缺点，对金福大肆批判，光天化日之下若无其事地带着睡莲出入旅馆。有时候职员们无意间打开办公室的门，常常看到令人面红耳赤的场面，赤条条的睡莲坐在药贩子的膝盖上。他们看不惯药贩子的放肆态度，然而自己也拿过药贩子的赏钱，只能缄口不言。如果在平时，金福肯定能看出事情的严重性，然而这段时间他总是烂醉如泥，根本不知道周围在进行着怎样的阴谋。这是酒精的法则。

金福的肉体和精神越来越衰弱。哪怕是很小的声音，他也会大惊失色。常常夜不成眠，眼睛下面总是出现黑眼圈。醉酒之后，他回家去找睡莲美丽的身体，谁知睡莲总是不在家。金福的人生已经千疮百孔，到处漏水了，命运正在急匆匆地奔向终点。

前夜

第二年春天，睡莲和药贩子不见了踪影。三天过去了，金福才知道两个人私奔了。老奸巨猾的药贩子早就在各个方面做好了准备。金福的财产几乎都被他转走了，现在他的财务状况惨不忍睹。工资拖欠，付款推迟，他的大部分资产都被做了担保。素不相识的债权人纷纷赶来，企业面临破产。他不知道应该从哪里着手。睡莲的离去给金福带来了难以承受的巨大悲伤，他每天夜里暗自流泪。这是他变成男人后第一次流泪。这时，他终于意识到自己身边连个人影也没有了。死去的人们更加固执地在金福身边徘徊。前不久刚刚死去的文和双胞胎姐妹也随时出现。双胞胎姐妹骑在花点儿背上，面带微笑，冲他挥手。

有一天，鱼贩子头破血流地出现了。金福这才知道他也已经不在人世。那天，他骑着由三轮车改装而成的破旧四轮车逃跑似的离开坪岱，还没等到达邻村就出事了。下山途中，刹车断裂，他死了，身上仍然散发着腥味。金福对鱼贩子说："你死了也还是有味。"

"谁说不是呢，这该死的腥味，我也没办法。也许这就是我的本性吧。"鱼贩子笑着回答。

鱼贩子伸手捂住头顶流出的鲜血，消失在黑暗中。金福努力回想自己的人生究竟从哪里出了差错，却怎么也找不到答案。也许从那个圆月当空的夜晚，跟随鱼贩子的三轮车离开故乡的瞬间就开始了。他无比怀念再也无法回去的从前。终于，诅咒的日子邻近了。

火柱

那天，春姬为什么要离开工厂，独自来到坪岱呢？因为感知悲剧的特异功能吸引着她的脚步走向剧场吗，还是因为她想念久未谋面的妈妈？那天是周末，正好是新片上映的日子，剧场门前的广场上聚集了很多人。剧场里已经贴了封条，观众们只想看电影，并不在乎剧场是否更换老板。春姬走进剧场里的时候，电影已经开演了。正巧检票员不在，没有人阻拦春姬。观众们都进去了，走廊里空空如也。她在剧场走廊里徘徊。随着电影情节的发展，里面不时传来观众的惊叹和欢呼，叹息和尖叫。这是迎合肮脏商业主义的情节的法则。

剧场里正在放映电影，场内座无虚席，左右两侧的过道里都挤满了人。剧场快要被挤爆了。观众们的热情使得剧场里的温度骤然升高，气氛岌岌可危，仿佛只要落下颗火种，整个剧场就会立刻爆炸。金福也在这里面。这段时间，他为了忘记痛苦几乎每天都在剧场里度过。看电影成了他仅有的快乐。他从大清早就开始喝酒，满脸涨得通红。身体慵懒，困倦不堪。为了驱赶困意，他掏出香烟抽了起来。口袋里没有打火机。这时，有人递过来白色的打火机。他转头去看，发现是刀疤。即使在黑暗之中，脸上的刀疤也清晰可见。金福淡淡地笑着说："果然是你。"

刀疤说："你变成男人了，奈绪子。"

"是的，我现在也和你一样，变成男人了。"

刀疤忧郁地说："巨正不是我杀的，是他自己结束了生命。"

金福这才点了点头，向他道歉："我知道。对不起，我对不起你，现在你也该回去休息了。"

与此同时，徘徊在走廊的春姬发现有位老妇从走廊尽头走来。驼背的老妇经过走廊的时候，从外面锁好了每个安全出口。春姬注视着似曾相识的老妇。老妇终于把春姬面前的出口也锁上了。她的目光和春姬相遇。世间绝无仅有的丑陋面孔，她正是以前经营汤泡饭餐馆的老妇。老妇露出腐烂的黑牙，冲春姬笑了笑。她的笑是那样阴险，令人不寒而栗。春姬把目光转向上了锁的安全出口，等她重新转过头来的时候，老妇已经消失不见了。

电影开始之前，金福身边的观众们似乎闻到了不知从哪里传来的汽油味。前天夜里，睡在剧场里的放映员拿着汽油桶，准备倒入放映室的暖炉，却不小心被椅子绊倒，汽油洒在了地上。观众们没有在意，灯灭了，电影开始，什么汽油味之类都被彻底忘到了脑后。

金福打开刀疤递给他的打火机，往旁边看了看，刀疤已经不见了。他正要点燃香烟的瞬间，打火机却从手中掉到了地上。金福喝醉了酒，手上没有力气。打火机掉在前面，沾了汽油的椅子燃烧起来。旁边的几个人发现了火，赶紧用衣服盖住椅子，试图把火扑灭。转眼间，火势已经蔓延到了旁边的椅子。有人高喊失火了之前，观众们仍然沉浸在电影当中，连着火了都不知道。火势越来越大，刺鼻的浓烟弥漫在剧场里，观众们这才知道剧场失火的事。人们尖叫着冲向安全出口。不知道怎么回事，门都从外面锁上了。火焰更大了，致命的烟雾充满了剧场。剧场立刻陷入了混乱。观众们在窒息的痛苦中厉声咆哮，抱头鼠窜，跌跌撞撞地寻找出口，中间还夹杂着互相呼唤名字的声音和求救的惨叫声。身上着火、倒在地上疯狂打滚的人和试图避开他们逃跑的人相互纠集，剧场变成了地狱，上演了最残酷的场面。

　　火光闪烁，金福醉醺醺地盯着银幕。尽管火势汹汹，然而放映机并没有停止，银幕上依然放着电影。总是努力逃离死亡恐惧的金福，意识到死亡终于来到了身边。死者们的面孔在银幕上重叠，迅速闪过。他本能地想起了自己的女儿春姬的面孔。他想知道春姬是不是还在工厂里造砖。想到自己从来没有好好疼爱的女儿，金福的心里油然生出无法控制的悔恨。很快，他就知道已经太晚了。不知不觉间，他已经泪流满面。

　　火焰终于蔓延到了银幕。曾经是平凡得不能再平凡的乡村少女的他，眼睁睁地看着自己亲手打造的巨大电影院在眼前消失。

身体越来越热了。眼前出现了很久以前他在故乡山坡上看过的寂寞的夕阳。红彤彤的夕阳照耀着村庄，显得无比平静。山坡上没有风，世界静得出奇。好美的风景。

盲目的热情和欲望，愚蠢的魅惑和无知，令人难以置信的幸运和误会，残忍的杀人和流浪，卑贱的欲望和憎恶，奇异的变身和矛盾，极度曲折的荣辱和兴衰，就在银幕被火烧毁的瞬间，伴随着充满无法解释的复杂和讽刺的他或她的庞大人生，宛如肥皂泡般烟消云散。

第三部　工厂

纵火犯

　　窒息。刺眼。炽热的火焰摇曳。浓浓的烟雾刺鼻。令人毛骨悚然的惨叫四起。黑色的烟雾遮住视野。柱子倒了。火花四溅。什么也看不见。火柱冲天。天花板塌落。火焰扑面而来。瞬间，睁开眼睛。全身冰冷。铁窗的影子像结实的大网，映上墙壁。有人在黑暗中屏住呼吸，轻轻啜泣。远处传来看守的皮鞋声。还听见有人威胁哭泣者的声音。蜷缩起身体。哭声渐渐减弱。闭上眼睛。脚步声远去。坟墓般的寂静来到身边。不一会儿，春姬又睡着了。

　　火魔吞噬的地方惨不忍睹。那天在剧场看电影的时候，被火烧死的人数高达八百多人。剧场里发生的火灾蔓延到市场，损失数额近乎天文数字。毫不夸张地说，大半个坪岱都被烧毁了。这是战争之后发生的最大规模的惨剧。

火灾发生几天后，政府派出的调查团到达了坪岱。整个城市被火烧得面目全非，他们只能在脑海里重新回忆战争结束后的惨状。曾经繁盛的坪岱沦为死亡之城。变成废墟的建筑堆里仍然冒着浓烟。虽然没有彻底倒塌，但是已经被烧焦的剧场外观告诉人们，那天的火灾有多么恐怖。刺鼻的烟雾席卷村庄，尸体散发出的腐烂气味弥漫街头。家家户户传出哭声，到处滚动着被烧死的尸体，苍蝇成群结队。面对有生以来第一次亲眼目睹的残忍场面，调查员们不得不捂住眼睛，堵住耳朵。

春姬回到南野里的时候，工厂里已经空无一人。工人们连续几个月没有拿到工资，又听说发生火灾的消息，纷纷离开了工厂。她独自留在空荡荡的工厂里。山谷里的黑夜阒寂无声。虽然她生活在自我的世界里，但是已经习惯了每时每刻来来往往的人群，很难忍受从未经历过的孤立生活。她饿了。米缸里也没有米。她还是像从前那样，无法理解发生在自己身边的事情。她在脑海里回忆消失的人们。金福和文，花点儿和双胞胎姐妹，鱼贩子和独眼女人，以及在工厂里劳动过的工人们……

直到这时，春姬才意识到真的只剩下自己了。突然，她听到远处传来的火车汽笛声。这是第一次把她送到坪岱的火车。她想起来了，除了坪岱，还有另外的世界存在。有她出生的马厩，有双胞胎姐妹经营的酒馆，也许消失的双胞胎姐妹还在那里继续经营酒馆。她以为火车还会把她带到别的地方。

警察认定春姬为纵火嫌疑人。春姬是大火灾唯一的幸存者。几位目击者看到她从熊熊火焰中走出来。动机很明显。她被父母遗弃在工厂里，出于复仇心理而放火。这是警方的推测。为了逮捕春姬，他们紧急派警察赶往砖厂。春姬不在了。砖厂关门了。只有没做完的砖坯散落在各个角落。

　　这时，春姬来到了火车站。她不名分文。即便有钱，她也不知道应该怎样买票。她正迟疑的时候，火车来了。乘客拥向检票口，春姬也跟着进去了。乘务员看到春姬，立刻把她拦住了。春姬遭到乘务员的阻拦，站在那里不知所措。这时，火车鸣笛，准备出发了。春姬猛地推开拦在面前的乘务员，朝着火车跑去。经过检票口的时候，火车已经开走了。她跑起来，却被石头绊倒了。火车绕过山谷，消失在远方。她站起来的时候，几十名手里拿着枪瞄准她的警察已经将她团团包围了。

　　警察惊讶于春姬是剧场老板金福之女的事实，也惊讶于这个又胖又丑的女儿不同于妈妈的事实。这个纵火犯不但不会说话，而且不具备任何判断是非的能力，近似于傻子。警察不知如何是好。嫌疑人不会说话，这让调查陷入了困境。审问当中，不管警察怎么威逼利诱，这个嫌疑人都只是茫然地注视着虚空，毫无反应。

　　警察们曾经讨论过教春姬说话的事，这样可能需要很长时间，他们觉得这个办法太过愚蠢，于是很快就放弃了尝试。不过，总不能因为嫌疑犯不会说话就把她释放。他们没有放弃，而是把春姬关进牢房，继续顽强地审问。必须有人为这场残忍的事故承担罪责。这时，警方又得到了新的线索，那就是几年前春姬曾经放火烧过茶馆的事实。春姬是纵火犯的证据更加确凿。最后，警察起诉了春姬。

审问彻底结束的时候，警察递给春姬几百份文件，让她签名。她连握笔姿势都不懂，警察忙乎了很长时间，好不容易让春姬握起了笔。他们指着签名的地方，让春姬在上面随便写些什么。警察怀着最后的耐心等待。这时，春姬轮流打量了铅笔和白纸，然后在纸上画了起来。警察在旁边注视，她虔诚而认真地画画。不一会儿，她把文件递给警察，上面画了一个图案。

警察接过画儿，认真地观察了很久，摇着头说："真奇怪，这么残忍的杀人犯竟然能画出如此漂亮的图画。"

旁边的警察看了看画，说道："这是什么花呢？"

"是啊，会不会是向日葵？"

"如果是向日葵的话，那不是太小了吗？"

"是啊，的确是这样。"

那不是向日葵。那天，春姬虔诚地画在纸上的花儿，正是工厂周围开得漫山遍野的飞蓬草。春姬为什么要在签名栏里画飞蓬草，原因不得而知。不过，从她第一次乘火车到达坪岱被飞蓬草吸引之后，飞蓬草就成了她心目中最亲切的形象。她在文件上画飞蓬草，也不值得大惊小怪。不管是什么形状，总算得到了嫌疑人的亲笔签名，警察也很满意，漫长的审问终于结束了。

警察带着春姬坐火车，送到大城市，让她到那里接受法院的审判。春姬望着车窗外面，回忆着从前和妈妈金福乘火车来坪岱的情景。当时在火车上看到的广阔天空和土黄色垄沟，还有绽放在铁路两旁的飞蓬草一如从前。她清清楚楚地记得当时的风景，什么都没有忘记。于是，春姬就被五花大绑着离开了自从拉着妈妈的手到达之后就再也没有离开过的坪岱。

春姬究竟能有多么准确地认识到自己生命中发生的悲剧？难道她的肉体像永远无法摆脱的天刑制服，只是痛苦的根源？关在庞大肉体里的灵魂究竟是什么样子？人们对她表现出来的歧视和漠然，敌视和憎恶，她能理解到什么程度？如果有读者对这些问题感兴趣，那么这些人完全有成为作家的天分。故事本身就是对不合理人生的探索，因此解释起来并不容易。只有那些心怀叵测的人才会试图轻而易举地解释这个世界。他们企图三言两语就为世界下定义。举个例子，下面这个命题就是这样：法律面前人人平等。

春姬就没有得到平等的待遇。担任主审判员的是最早的女法官之一。她看到春姬，立刻作出了结论："世界上不可能有长成这种形象的女人。她不是人，是怪物。"

从看到春姬的瞬间，她就感觉到了同为人和同为女性的耻辱，感觉到了莫名其妙的强烈的敌意。最后，她连春姬因为什么罪名被起诉都不知道，就说自己不能审判怪物，然后拍案而起，离开了审判庭。

　　这位女法官出生于大富豪的家庭，早年留学日本，回国后做了法官，令众多女性羡慕不已。不过，她本人却因为丈夫的风流而黯然神伤。荒唐的是，她常常把愤怒和报复心理朝法庭上的嫌疑人发泄。大火灾事件的审判就是明显的例子。她脑子聪明，却像河边的石头似的没有丝毫的女性魅力。庄严的法官服下面隐藏着谁也不知道的秘密。那就是她出于对丈夫周围那些年轻性感的女人们的疯狂嫉妒，而在深夜用刀残害自己日渐凋零的身体留下惨不忍睹的伤痕。那些伤痕是她对丈夫和女人们的审判，也是为他们犯下的罪恶行径赎罪的伤痕。她对嫌疑犯的判决总是很残忍。尤其是当嫌疑犯是年轻女人的时候，残忍程度更会加剧。对在百货商店偷围巾的女人判处无期徒刑，对通奸的女人毫无例外全部判处死刑。怎么会有这么不合理的判决？当时，像春姬这样没有接受审判，直接就被拘留十几年的例子并不少见。审判庭只是试验被告命运的舞台而已，与正义毫无关系。

监狱

　　这里是另外的世界。红墙和锋利的铁丝网，劣性基因的集合所，锻炼肌肉和学习刀法的地方，犯罪学校，胆小的少年被驯养成野兽，生机勃勃的青年被感化为服服帖帖的老人，然后送走的地方；因为一支烟而不惜杀人的地方；在茅房里大便，学习鸡奸的地方；时间停止的死角。这就是监狱。春姬和其他罪犯走下护送车的时候，看到监狱建筑物的正面写着这样两句话：

　　　　我并不是要惩罚你，
　　　　而是要把你引向善。

　　起先她以为自己来到了新的砖厂，因为围绕在四周的红砖并不陌生。她当然对监狱没有什么概念。她为没看到烧砖的窑洞而感到惊讶。除了这些，还有不对头的地方。工厂本来应该是男人的天地，这里却只有女人。春姬被关在有八名女囚的收容室里，她这才知道这里和砖厂不同。看到分不清是男人还是女人的大块头春姬的丑恶相貌，囚犯们都害怕了。她们不动声色地为春姬腾出位置。只有妓院老板出身的室长不一样。她原本是站前妓院的妓女，后来做了妓院老板娘，领导妓女们工作。因为与醉酒客人发生冲突，客人被她推倒，脑袋撞在墙上而死，她也因此被关进了监狱。赤手空拳，凭着胆量走了这么多年的她，不愧是站前妓院的老板娘，看到春姬就大声叫喊，想要先发制人。"喂，死丫头，新来的应该好好汇报才行啊，你怎么傻乎乎地站着不动？"

春姬当然没有回答。老板娘有点儿害怕了。凭借以往的经验，沉默的人往往比话多的人更可怕。然而当着其他囚犯的面儿，她不能就这么退缩。"这个臭女人耳朵眼被棒槌塞住了吧，听不见人说话吗？"

她像流氓似的说出粗糙的脏话，气势汹汹地抽了春姬的耳光。她的体重还不到春姬的一半，她的耳光也不可能有多大力气。春姬不明白女人为什么打自己，只是茫然地看着她。尽管春姬露出茫然的神情，可是在其他人看来，却是瞪大眼睛，恶狠狠地盯着女人。老板娘两腿发抖了。如果换成普通女人，早就捂着脸放声痛哭了，春姬却若无其事地瞪着自己，看来她肯定不是等闲之辈。老板娘先认输了："好，今天是第一天，就到这里吧。不过，如果你以后太嚣张的话，连汤都不给你喝。"

然后，她对其他囚犯说："以后除了我就是她了，大家都给我记住。"

其他囚犯赶紧在老板娘旁边腾出宽敞的位置。春姬呆呆地站了片刻，终于明白那是自己的位置，于是走到老板娘身边，一屁股坐了下去。就这样，春姬成了牢房里的二把手。

春姬的牢房里有各种类型的犯人，既有用手术刀割破变心恋人的动脉、杀害恋人的护士，也有在卫生间生下孩子、然后冲进马桶的未婚妈妈；既有用放了氰化钾的食物毒死丈夫和两个女儿的狠心主妇，也有二十年来脚踏两只船、跟情夫生了八个孩子的厚颜无耻的通奸女人；还有专门挑选孤独的鳏夫、骗取钱财的花蛇等。虽然是在只有三四坪的狭窄空间里，却也没有安静的日子。未婚妈妈每天夜里蒙着被子啜泣，吵醒了其他囚犯的睡梦。每当这时，护士就威胁她说，如果你再这样哭，吵醒别人，就在别人都睡着的时候砍掉你的脑袋。

"不需要任何工具就能杀人的方法，我掌握了几十种。做护士那段时间，我学会了很多专业的医学知识。"

年幼的未婚妈妈总是胆战心惊，担心护士说不定什么时候真的杀死自己。护士说，人类太脆弱了，从医学角度来看，不过是个里面盛满鲜血的大气球罢了。她摸着未婚妈妈柔软的脖子，小声说道："所以说，只要手指甲留长点儿，就能让气球爆炸。我的意思你明白吗，你这个哭泣包？"

每当这时，站出来保护未婚妈妈的总是老板娘。她不时地从女囚犯中间物色出狱后为她工作的妓女，未婚妈妈也在其列。她说，妓女是很有魅力的职业，不仅能赚很多钱，而且尽情享受人生。她不停地游说女囚，使得陷入人生绝境的可怜女囚们对她言听计从。

"女人就是妓女，两条腿朝着男人敞开，从男人那里获得吃喝。"她认为只要改变思维，随时都能获得自由。她本人却因为接待太多的男人而患上性病，身体发出难闻的臭味。她手里的秘密手册上密密麻麻地写着出狱后同意做妓女的女囚名单，人数相当于整个监狱人员的一半。如果她出狱以后开妓院，肯定会大获成功，然而人生并不是那么如意。那年秋天，手册还没派上用场，她就上了断头台。

氰化钾总是不停地打扫和擦拭房间里的灰尘，经常像口头禅似的把一句话挂在嘴边：人生就是不停地擦拭堆积的尘埃。至于为什么要毒死两个女儿和丈夫，她从来没有说过。临死前几天，她突然自言自语地说："这个结果对他们来说未必是坏事。"

花蛇和通奸女对于谁的罪更恶劣这个问题争执不休，动不动就互相揪着对方的头发破口大骂，诅咒对方该死。她们两个都利用了男人，不过花蛇指责通奸女，说自己没有生孩子。通奸女说自己生孩子是因为真心爱那个男人，而不是像花蛇那样为了骗人家的钱财。两个人打得难解难分的时候，站出来收场的人也是室长老板娘。她的结论是：你们两个都是坏女人。后来，囚犯们渐渐知道春姬是智能低下的哑巴。没过多久，春姬就沦落到了最后的位置。这是牢房的法则。

"如果我们中间有谁要最先掉脑袋，这个人就应该是哑巴。因为她是真正的残忍的杀人魔。"有一天，护士指着春姬，对女囚犯们说。也不知道从哪里听来的数据，她说春姬杀了上千人。护士之所以知道这个事实，因为她有远房亲戚就烧死在坪岱剧场。后来，春姬犯了个错误，她的屁股不小心坐到了护士的饭上。春姬有些歉疚，努力去捡掉在地上的饭粒。护士摆了摆手，说："哼，没用了，太晚了，你必须死在我手里。"

从那之后，护士怪异的敌对目标从未婚妈妈换成了春姬。她曾在狱友面前宣布，肯定要亲手杀死春姬，杀死春姬的时候，她要使用自己掌握的几十种方法中最恶毒的方法。至于是什么方法，她最后也没有说。她只是警告其他囚犯，要是早晨醒来发现春姬死了，谁也不要吃惊。

尽管在监牢里的地位沦落到了最后，然而在春姬看来，监狱生活并不是很糟糕。固定的时间起床，固定的时间吃饭，每天都要做劳役。她渐渐地适应了这种规律的生活，很快就成为表现最好的模范囚犯。刚开始她的大块头曾经引起了囚犯们的好奇，没过多久，她们对春姬的兴趣就消失了。她是哑巴，自然不会说什么。除了比别人胖，再也没有任何特征。后来她再次引起人们的注意，正是因为她惊人的力量。

几天后，春姬和囚犯们乘卡车到监狱外面劳动。本来像春姬这样未被宣判的囚犯可以不参加劳动，无奈监狱长有令，不劳动的人，也不要吃饭。于是，她们只好全都投入扩修公路的工程中了。对于女囚犯来说，这是难以承受的繁重劳动。监狱长却认为，女人和男人在身体方面也要平等。她们被带上劳役场，使用铁镐和铁锹工作。从来没摸过铁锹的女囚们顶着盛夏的烈日挥汗如雨。男看守们拿着枪，围在劳役现场四周，监视着女囚犯。他们欣赏着女囚们被汗水浸湿的身体，开着无聊的玩笑。

施工遇到了麻烦。巨大的石头横亘在道路中央，女囚们从四周开始挖掘，试图挖出石头。后来才发现这块石头非常大。十五个囚犯贴紧身体，想把石头推向路边。石头却像粘在地上似的，一动也不动。总不能在旁边修路，可是没有任何装备，也无法除掉这块石头，所有的人都不知所措。

这时，站在旁边呆呆观望的春姬不知想到了什么，竟然用肩膀去推石头的底部。人们不知道她想干什么，只是好奇地看着她。只见春姬稍微动动肩膀，本来纹丝不动的石头活动了。囚犯们连声感叹。春姬在腿上继续用力，推着石头。令人难以置信的是，石头竟然滚到了路边。众人都惊讶于春姬的巨大力量，瞠目结舌。

囚犯们围着春姬拍手庆贺的时候，停在山坡上面的卡车手制动器失灵，滑向下面。卡车朝着春姬和囚犯所在的地方疯狂突进，囚犯们齐声尖叫着散到道路两边。春姬也不知道想到了什么，像从前她的父亲挡住滚落的原木那样，两腿用力，坚定地站着不动。卡车发出可怕的声音到达春姬的面前，女人们的脑子里浮现出恐怖的场面，尖叫着转过头去。但是，难以相信的事情发生了。卡车和春姬相撞的瞬间，竟然发出"咣"的巨响停了下来。她毫发无损。惊呆了的囚犯们再次为春姬的惊人力量而齐声欢呼。从那以后，春姬就成了监狱里的英雄。谁也没想到，她的监狱生活也因此变成了地狱。

监狱长是个非常复杂的人物。他既是行刑学的先驱，也是矫正医学的权威，开创了多种矫正项目。他又是出色的形质人类学家和危险的性变态者，同时又是具有虔诚信仰的基督教长老。最重要的是，他还是优生学的信奉者。他执著地相信，每个犯罪者都具有诱发犯罪的特别形质的基因。罪犯们做出犯罪行为，并不是因为处于可能引发犯罪的环境，而是从出生就带着犯罪的种子。监狱长把带着犯罪种子出生的人们称为垃圾。在他看来，抓捕犯罪者就是清扫甚至分离肮脏的垃圾的过程，收容他们的监狱就是垃圾处理场。他度过了漫长的军旅生涯，更把清除社会垃圾当成上帝和将军赋予自己的特别使命。

他总是坐在死刑台下面挡着帘子的隐秘位置，亲眼观看垃圾被销毁的过程，也就是执行死刑的过程。那个瞬间对他来说非常刺激，非常快乐。当绳子挂在死刑犯脖子上的时候，他已经陷入难以控制的兴奋状态。当脚板降落，脖子上拴着绳子的死刑犯拼命挣扎的时候，他正在朝着高潮飞奔。为了清清楚楚地看到死刑犯因痛苦而扭曲的面孔，他不让死刑执行者在死刑犯脸上套白色的袋子。监狱长注视垃圾销毁变成灰烬的过程，从中得到变态而危险的快乐。

为了实践上帝赋予自己的特别使命，为了提高人类的基因质量，他还做出了超越权限的事情。那就是对囚犯进行绝育手术。强行切断男性囚犯的输精管，扎住女囚犯的输卵管，使得囚犯们丧失生殖能力，从此不能在世间播撒罪恶的种子。他把这个过程叫做埋葬。他的基于人种改良学的优生手术是漠视囚犯人权的非法行径，然而在监狱内部，却早已成为公开的秘密。每个月最后的星期日，礼拜结束之后，他就以本月新来的囚犯为对象进行手术。即便是未结案的囚犯，也不能幸免。后来，某人权组织调查了此事。调查结果显示，手术对象还包括未成年人。监狱长并没有感到内疚，因为他坚信这是自己的使命，犯罪的种子必须从小时就除掉。这是信念的法则。

春姬进入监狱一个月后，在监狱里进行了绝育手术。操场中央进行的礼拜结束之后，当月新来的囚犯们单独留下，去了用作手术室的仓库。囚犯们事先已经得知要做绝育手术的事，坚持不肯进去，引发了混乱，然而迎接他们的只有棍棒的洗礼。春姬什么都不知道，就跟随看守走进了仓库。仓库里很脏，里面摆放着手术台。接受手术的囚犯大部分因为发炎而痛苦不堪，有的甚至失去了性命。春姬和其他女囚们一起脱掉衣服，站在走廊里排队。手术之前连麻醉都没有，里面传来痛苦的尖叫声。等候在外面的囚犯们，心里像结了冰。

很快就轮到春姬了。身材庞大的春姬赤裸裸地走进去，负责手术的看守们纷纷惊叫。他们让春姬躺上绝育手术台。她不知道这个过程意味着什么，但还是本能地感觉到了恐惧和不快。负责手术的看守拿起沾了其他女囚血迹的手术刀，正要切开春姬的腹部。正在这时，监狱长进来视察。他看见了躺在绝育手术台上的春姬。不知为什么，他终止了这次手术，让春姬站起来，然后兴致勃勃地观察着赤裸裸地站在面前的春姬的庞大身体和骨骼。

"竟然还有这么神奇的事。这个女人身上丝毫没有经过几百年进化的痕迹。你们看她的下巴，具有这么大的下巴的形质早在三百年前就消失了。这块头盖骨的形态也只有在干尸中间才能找到。"他好像发现了什么神奇的东西，连连咂舌，说道："如果能把这个女人泡在酒精里保存起来就好了。这样的标本并不常见。换句话说，这个女人就像价格昂贵的古董。"

监狱长看了看春姬庞大的裸体，接着说道："要想这样的话，那就需要很大的玻璃瓶才行，很大很大。"

监狱长认为春姬是无可挑剔的古董，于是手术暂时推迟。谁也不知道这对春姬来说意味着什么。后来，春姬在离开人世的时候，也没能留下自己的古董风格的遗传形质。监狱长离开之前，最后看了看春姬，又说："不过，这个女人长得真像巴克夏。"

巴克夏是英国的地名，也是起源于该地区的猪的品种。从此之后，春姬在监狱里就被人们称为巴克夏。几年后，监狱长过度人权侵害的事件被人权组织暴露并公之于众，这件事被汇报到将军那里。这时，将军笑呵呵地用下面这句话为监狱长辩护："这个人不管做什么都太认真，这是问题所在。这没什么不好。不管什么，我都喜欢过度。"

监狱长的销毁和埋葬工作持续到他晚年退休。在八十二岁离开人世之前，他始终都在领取国家的俸禄。

巴克夏

　　女囚犯们的牢房与男监分隔开来，中间隔着围墙。女监的看守们可以尽情欣赏女人的身体，甚至看得厌倦了。如果需要，也可以随时挑选自己满意的女囚犯，适度地享乐。相比之下，聚集着粗暴男人们的男监的气氛却是无比凶险。即使在森严的男监内部，看守们也制造出了只属于他们自己的快乐。那就是每周六晚上举行的格斗比赛。

　　晚饭时间过后，看守们就聚集到特别设在操场旁边的仓库里的比赛场地。参加比赛的选手都是男囚犯，而且是从中挑选出来的特别粗壮、力气特别大的家伙。这些被称为选手的人都有各自的主人。只要被主人选中，他们就会受到特别的待遇。不但免除所有的劳役，而且吃饭的时候还能得到比其他囚犯更美味的食物。为了提高他们的体力和斗志，有的主人甚至给他们食用价格不菲的补药，或者用来喂猪的发情剂。

他们之所以对选手呵护备至，就是因为他们用来做赌注的巨额奖金。不但男监的看守参加格斗比赛，连女监的看守们也参加。比赛设定的奖金相当高，只要培养出好选手，就能赢得相当于几年工资的巨款。每当新来了可以派上用场的囚犯，看守们就争相把囚犯据为己有。

　　比赛的规则就是无规则。比赛时间也没有限制。只要不使用武器，不管是撕扯对方的脖子，还是用手指去抠对方的眼睛，或者打断对方的胳膊，将其变成残废，甚至揪住对方脖子将其掐死，统统没有关系。比赛越是激烈，越是残忍，观众就越是狂热。每次比赛都有人流血，有人骨折，有人血肉模糊。比赛中丢掉性命或变成残废的也有过几个。尽管如此，大多数男性囚犯都希望自己被选为选手。因为只要能在比赛中取胜，就能得到其他囚犯做梦都想不到的回报。获得特别食物就不用说了，下次比赛开始之前，每天都可以在牢房里睡懒觉、抽烟。不过，他们最想得到的回报是年轻漂亮的女囚犯。

　　比赛之前，看守把自己的选手带到和女监相隔的围墙旁边，让他们看在操场上散步的女囚犯。几年没有碰过女人的男囚犯们，闻到从远处随风飘来的雌性气味，立刻兴奋不已，气喘吁吁。看守让自己的选手挑选想要的女人。这样一来，为了能抱抱女人，哪怕只有一次，大多数选手的斗志都被点燃了，付出生命的代价也在所不惜……

　　这是非法的、非人的游戏，然而没有人制止星期六夜晚的刺激赌博。监狱长也知道有这样的比赛，但是为了鼓舞看守们的士气，也就视而不见了。只要没有特别的事情，每个星期六都会上演这种死亡和疯狂的比赛。

那天，春姬把石头推到路边、挡住卡车的时候，外号叫做瓢虫的看守也在劳役场里。他被人叫成瓢虫，那是因为他的脸上长了很多大斑，而且身材矮小。普通的外表和令人嫌恶的龌龊形象把他的少年时代变成了黑暗的阴影。度过充满憎恶和混乱的青春期之后，他变成了冷漠枯燥如同干冰的男人。他性格消极，像带有保护色的瓢虫，不让自己引起别人的注意。虽然他在看守之间不引人注意，但是内心深处却藏着残忍的性情，对于暴力和权力有着强烈的欲望，把别人的痛苦当成自己的快乐。

他看上去斯文得就像书呆子。有一天，他狠狠地毒打了在食堂引发躁动的小偷出身的女囚犯。从那之后，囚犯们才了解到他深藏不露的残忍性情。遭到殴打的女囚只剩了两颗牙齿，另外的牙齿都被打掉了。鼻骨塌了，下巴骨折，受伤的神经使她感觉到剧烈的头痛。遭到殴打四天之后，她在铁窗上自尽了。正如监狱里的所有殴打事件，这次事件也被掩盖了，没有任何调查，也没有人因此受到惩戒。瓢虫经常对关系亲近的看守同事这样说："我喜欢让别人怕我，因为这会让我感觉自己很重要。"

那天，瓢虫看到春姬表现出惊人的力量之后，脑子里浮现出一个主意，那就是让春姬参加危险的格斗比赛。男监的看守们明明羡慕女监看守们享有的特别乐趣，却还是不把他们放在眼里，因为他们认为女监看守都是为野鸡擦屁股的男妓。瓢虫想让这些男监看守尝尝自己的厉害。看守们吃午饭的时候，他宣布要让女囚犯参加格斗比赛，男监看守们觉得他不可思议，看着他捧腹大笑，还挖苦瓢虫，说他是不是因为闻肛门气味太久，脑子疯掉了。他泰然自若地说："好，你们尽情嘲笑我好了！不过，如果想证明我是疯子，你们必须下赌注。"

春姬参加格斗比赛的消息通过看守之口刹那间传遍了整个监狱。妓院老板娘出身的泼辣女听说了这个传闻，兴奋不已地紧握拳头，说道："好，去把那些男人们的下身咬破，趁这个机会展示你的本色。"

但是，那个恨不得把春姬生吞活剥的护士却表现得异乎常人。"你还是在比赛场上被人打死为好。即使你活着回来，早晚也会死在我的手里。这可比死在赛场上痛苦得多。"

春姬根本就不知道自己要参加危险的格斗比赛。星期六到了。那天早晨，瓢虫静静地把春姬带到卫生间，对她说："我把我所有的钱都赌上了。如果你输了，我就会失去全部家当，你也死定了。这是我们两个都不想要的结果。所以，不管你想什么办法，都要取胜。明白我的意思吗？"

春姬当然不可能听懂瓢虫的话。瓢虫知道春姬智商很低，心里有点儿不安，于是向她传授技术。"你听好了，巴克夏。你脑子笨，动作慢得像大象，但是你的力气谁也比不过。只要你抓住对方，就能把他打倒。所以只要有机会，你必须把对方彻底打败。"

他把自己凭借矮小身材对付大块头时锻炼出来的残忍技术教给了春姬。"好了，你看着我，要想抓住对方，必须先把对方的头扭向旁边，再用拳头打他的太阳穴。这样的话，大力士也会昏厥。趁着对方还没清醒，你就抓住他的头发，毫不留情地咬他的脸。因为人最重视自己的脸。就算对方清醒过来，发现自己没了鼻子，也会受到强烈刺激，通常顾不上什么比赛不比赛，士气全没了。明白我的意思吗，巴克夏？"

瓢虫认真地做着示范，教春姬学习打架技术。不知道为什么，春姬好像全部听懂了他的话似的，点头笑了。瓢虫这才露出心满意足的表情，拍了拍春姬的肩膀。

"好，巴克夏，你肯定能帮我赚很多很多钱。如果真是这样，我就让你尽情和男人们享乐，直到你屁股化了为止。"

票房取得了大大的成功。听到格斗比赛首次展开异性对决的消息，看守们早早地聚集到仓库里。那天参加比赛的看守有几百名，下注的钱绝非小数目。除了几个亲眼目睹春姬挡住卡车的看守，另外的看守们都把钱赌在男看守身上。如果春姬运气好，能在比赛中取胜，瓢虫肯定能赚大钱。大部分看守都以为异性对决肯定会轻松决出胜负，早在比赛开始之前，仓库里面的气氛就很高涨。因为春姬的对手正是可怕的杀人魔——粉刷匠。

他是连环杀人犯，曾经把世人推向恐怖的深渊。之所以得到粉刷匠这个外号，是因为他总是把受害人塞进壁柜，然后涂上水泥。他被逮捕的时候，警察拆毁了他家的墙壁，找出了包括妇女儿童在内的尸体共计二十五具。总是对鲜血如饥似渴的杀人魔有着庞大的身材和熊一样的巨大力量，即使去距离很近的地方，也要给他的嘴巴戴上防声具，同时用粗铁链捆住他的双臂，再用各种器械束缚他的全身。粉刷匠和佩枪的警卫队同时出现在比赛场，观众们高声欢呼。他已经在多次比赛中把自己的残忍发挥得淋漓尽致，从来没有让观众们失望。因为没有与之抗衡的对手，所以他连续几个月没能参加比赛。瓢虫却大胆地选择粉刷匠做了春姬的对手。观众们理所当然地认为最后的胜利肯定属于粉刷匠，想象着他会怎样残忍地蹂躏女对手。这种期待和施虐心理在发挥作用，人们变得无比兴奋。他们的脑海里轮番浮现出各种残忍的画面和色情影像。

春姬的身影终于出现在比赛场了。她是第一位出现在格斗比赛场上的女囚犯。春姬与观众期待的女囚形象相去甚远，人们很失望，却还是忍不住为她与众不同的大块头而惊叹，同时也多了几许期待，说不定比赛会很好看。两个选手坐在赛场左右两侧的椅子上，互相打量对方。直到这时，粉刷匠才知道自己的对手是个女人。他哭笑不得地对主人发牢骚说："妈的，让我跟这个女人打架吗？还是让我和她做爱？"

观众们纷纷大笑。只有春姬和瓢虫两个人没有笑。瓢虫俯在春姬耳边说："好好看着他的鼻子，巴克夏，你就往那儿咬。"

比赛开始的信号响起，粉刷匠就像发现了大麻哈鱼的棕熊，恶狠狠地扑向春姬。"好，我先把这个女人打死，做爱的事以后再说。"

突然有这么多男人出现在眼前，春姬惊呆了，站着不动。粉刷匠就像野兽，咆哮着扑向春姬。春姬被粉刷匠推倒了。粉刷匠骑在春姬的肚子上面，挥起石头般坚硬的拳头，用力砸向春姬的脸。这一拳力量很大，足以粉碎春姬的头盖骨。春姬艰难地避开了粉刷匠的拳头。拳头打在水泥地上，水泥碎了，地面立刻露出了大坑。她不明白粉刷匠为什么攻击自己，她感到混乱，而且害怕粉刷匠充满杀机的眼睛。粉刷匠恼羞成怒，再次挥起拳头。春姬稀里糊涂地抓住了他的胳膊。粉刷匠想抽回胳膊，却不知道怎么回事，就是动弹不了。春姬抓着他的胳膊，站了起来。人们似乎很难相信春姬的巨大力量，忍不住惊叹起来。问题在这之后。虽然控制住了粉刷匠，但是春姬从来没和人打过架，不知道下面该怎么办才好。粉刷匠的脸涨得通红，使劲去抽胳膊。然而他越是这样，春姬越是害怕。为了让粉刷匠不再动弹，她抓得更紧了。她能做的只有这些。旁边观战的瓢虫大声嚷嚷，让她快点咬对方。观众们也大声喊着，为选手们加油。她的心里充满了恐惧，什么声音都听不见了。她用力抓住粉刷匠的胳膊，在心里呐喊："求求你停下吧！我都害怕死了！"

这时，被春姬抓在手里的粉刷匠的前臂像树枝似的折断了，发出咔嚓的声音。粉碎的骨头插进了皮肤，鲜血喷涌而出。粉刷匠痛得连声惨叫。观众们惊讶于春姬的巨大力量，齐声为她欢呼。看到鲜血，春姬吓坏了，连忙放开粉刷匠的胳膊，转身朝仓库外面跑去。几名教导官拦在门口，春姬还是推开他们逃跑了。瓢虫大声呼唤巴克夏。巴克夏却没有停下来。

她在黑暗中奔跑，跑得上气不接下气。男人们的喊声跟随在后面。她的心里充满恐惧和混乱。她害怕男人们粗鲁的喊声。粉刷匠凶恶的脸庞也浮现在眼前。于是她更用力地奔跑。这里不是她想象中的砖厂。她不明白自己怎么会来到这个陌生而可怕的地方。她想远远地跑走。突然，她被石头绊倒了。站起来的时候，高高的围墙挡在她的前面。那是用红砖砌成的高大围墙，左右两边都看不到尽头。她这才明白自己是被关起来了。她慢慢地朝围墙走去，用手摸了摸红色的砖。

手碰到砖的瞬间，敏锐的直觉告诉她，这不是普通的砖，而是她在砖厂的时候和文生产出来的砖。虽然这种痕迹已经被漫长岁月的风雨冲淡，但这分明就是南野里工厂制造的砖。她想起了文的面孔和工厂的风景，也想起了金福、花点儿和双胞胎姐妹的面孔。摸着墙上的砖，她终于明白了，原来这些都已经消失，永远不会再回来了。无穷无尽的失落感和遗憾使她心底泛起阵阵酸楚。她流下了眼泪。这是她入狱以来第一次流泪。

突然，春姬发现了绽放在墙脚的飞蓬草。不仅砖厂周围有无数的飞蓬草绽放，她第一次拉着金福的手到达坪岱的时候，铁路两旁也开了很多飞蓬草。她欣喜万分，伸手去摸。突然，周围亮如白昼。远处监视的探照灯光芒射向春姬。

铁面具

　　春姬失败了。虽然她扭断了粉刷匠的胳膊，却因为逃出赛场，胜利理所当然地属于粉刷匠。瓢虫输掉了所有的钱。比赛结束那天夜里，春姬被叫到了看守室。瓢虫和其他看守都在里面。瓢虫哭丧着脸说："你听好了，巴克夏。世界上最可恶的就是抢别人的钱，这比剥夺他人的生命更可恶。可是巴克夏，你让我所有的希望都变成了泡影。我看你是存心要毁了我的人生。我要杀死像你这样的坏女人。"

　　他恼羞成怒，猛地站起身来，用穿着皮鞋的脚恶狠狠地践踏春姬的全身。"蠢猪！我在这里见过很多坏女人，像你这样的恶女还是第一次见到。披着人皮，怎么能干出如此恶劣的事，嗯？去死吧，去死吧！"

　　无情的踢打使春姬蜷缩起身体。瓢虫拿出警棍，劈头盖脸地砸向春姬。旁边打牌的看守们谈笑风生，欣赏着春姬挨打。残忍的毒打持续了一个多小时。手指断了，头破血流。春姬的心里慢慢产生了愤怒。鼻子破了，牙齿掉了。头上流淌的鲜血进入口中。咸涩的血液味道碰到舌尖的刹那，她那纯净的愤怒终于爆发了。她抓住了瓢虫挥起的警棍，看着瓢虫涨红的脸，脑海里浮现出某个画面。她挥拳砸向瓢虫的太阳穴。瓢虫摇摇晃晃地倒向后面。这时，春姬突然冲上前去，抓住他的头发，犹如野兽般毫不留情地撕咬他的脸颊。瓢虫的鼻子被春姬钢铁般的牙齿咬掉了，血流如注。这是参加比赛前瓢虫教给春姬的致命的打架技术。听到瓢虫的惨叫声，看守们纷纷跑来，试图拉开春姬。不过，制止监狱第一大力士春姬并非易事。看守们拿出手里的警棍，疯狂地朝着春姬挥舞。春姬仍然没有停下来。瓢虫的脸上血肉模糊，耳朵也被扯掉了。当他柔软的脸被春姬撕咬的时候，他当场昏厥过去。春姬的脸上也是血迹斑斑。她推开制止自己的看守们，野兽般大声咆哮。这是个残忍的复仇和野蛮之夜。

春姬被教导官们打了个半死，然后五花大绑地关进了惩戒房。房间漆黑，没有丝毫的光线。她感到恐惧。她想动，可是身体动不了。黑暗中传来昆虫在地上爬来爬去的声音。她的眼前浮现出很久以前剧场失火的情景。火光冲天，耳边传来人们的惨叫。烟雾遮住视野，周围漆黑。场景切换，陌生男人强奸妈妈金福的那个雨夜浮现在眼前。一道闪电划过，她看到了金福白皙的大腿。场面突然变化，这次出现在眼前的是皮肤破裂、骨头凸出的粉刷匠的断臂。全身湿漉漉的。春姬产生了错觉，感觉所有的汗孔都在流血。其实那是汗水。窒息。恐惧。她想大声叫喊，喉咙里只发出呼哧呼哧的声音。这时，只听咣当一声，光线照进房间。春姬勉强睁开眼睛。一团饭扔到地上。门关上了，周围重新陷入黑暗。

瓢虫没有死。他被送进医院，经过十几个小时的漫长手术，总算保住了性命。他的脸上千疮百孔。撕开的肉像麻布似的摇摇欲坠，被锋利牙齿咬过的部位凶巴巴地裂开，露出了骨头。鼻子和耳朵都掉了，脸上的肉也几乎没了，可以清晰地看到门牙。医生就像缝补破裂的瓢，用铁丝缝他狼狈不堪的脸，缝了一整夜。

一个月后，瓢虫脸上的绷带拆除了。他从镜子里看自己的脸，镜子里映出了丑陋不堪的怪物面孔。半边脸上的肉掉了，门牙暴露在外面。鼻子掉了，鼻孔就在眼睛下面，朝着正面敞开。伤口虽然愈合，但是缝过的痕迹清晰地保留下来，惨不忍睹，让人难以相信这是人的形象。他用拳头砸向镜子，凄厉地咆哮。强烈的愤怒如火焰般从心底涌上来，他彻底崩溃了。

不久以后，医生给他做了铝合金的面具，让他挡住丑陋的脸庞。他又照了照镜子。当他看到戴着面具的自己的瞬间，心情奇迹般地平静下来。他意识到自己从小就想藏到后面的羞耻心和恐惧感都被面具遮住了。斑点本来是瓢虫这个外号的根源，如今也堂堂正正地被坚固而冰冷的面具遮住，再也看不见了。他戴着面具，心满意足地冲着镜子点了点头。"好吧，这样也不错。"

他慢慢地点头。眼前浮现出一个人的面孔。巴克夏——春姬的面孔。

瓢虫出院以后重新回到监狱的时候，跟春姬关在同一间牢房里的囚犯们脑子里都有相同的想法，这回那个哑巴女人死定了。那天，春姬做了个梦。她梦见了砖厂附近灌木丛生的草丛。皎洁的月光笼罩大地，她赤裸裸地走在草丛里。夏日温暖的空气碰到她的肌肤。她被夏日清新的芳香陶醉，闭上了眼睛。突然，月光变得如白昼般明亮。整个世界好像被漂白了，炽热的光芒刺痛了她的眼睛。尽管她闭着眼睛，锋利的光线却还是穿透了她的眼皮，像刀刃似的刺向她的视网膜。她用手捂着眼睛，发出了哀鸣。捂着眼睛在地上打滚的时候，痛苦渐渐消失了。她这才把手从眼睛上移开。光线仍然锋利，不过与刚才相比，还能坚持得住。春姬缓缓睁开眼睛，一个男人站在明亮的光线中间，不知道是梦还是现实。她眯起眼睛，抬头去看面前的男人。男人脸上戴着银光闪闪的铁面具。他的脸被面具遮挡，看不清楚他的模样。只有眼睛部位的两个洞里露出了眼睛，发出锋利的光芒。他把藏在面具后面的脸凑向春姬，仿佛来自黑暗洞窟的阴森声音从面具后面流淌出来："你还活着啊，巴克夏。"

春姬听出了声音的主人是谁。瓢虫。他感慨万端，用力抱住春姬，声音颤抖着说道："我躺在医院里的时候，真的很担心，生怕你死了。不过，这次你没让我失望，巴克夏。是的，谢天谢地，你可不能这么轻易就死了。嗯，那可不行。"

瓢虫在春姬面前摘掉了铝合金面具。藏在面具后面的脸出现在春姬的面前。这是世界上最独特最丑恶的怪物面孔。"你看好了，巴克夏。这就是你创造的脸，这样不能算是人脸了吧。"

　　春姬被瓢虫丑恶的面孔吓坏了，连忙把头扭向旁边。瓢虫又戴上面具，说道："不用担心，巴克夏，我不会杀死你的，而且我也不会让任何人杀死你。因为这对我来说是非常幸福的事情。"

　　铁面具人干净利落地总结出了鲜明的目标，那就是复仇。对于失去全部的他来说，复仇是他今后人生唯一的理由，复仇对象春姬是他人生的意义所在。从出院那天起，他的外号就从瓢虫变成了铁面具。

　　铁面具执着的复仇计划开始以后，他对春姬的所作所为都是人类不可能做出的残忍行径。起先，春姬赤裸裸地被转移到了更狭窄的惩戒房。仍然是不透光的漆黑房间。她在不到三平方米的狭窄空间里解决大小便，也在拉过大便的位置吃饭，然后还要在上面睡觉。看守们不时进来，用木棍戳她的身体，看看她是不是已经死了。闻到春姬身上散发出来的气味，他们无不皱紧眉头，赶紧用毛巾捂住鼻子。她受到的完全是牲畜的待遇。她宽大的身体纠缠着自己排泄的粪便。

　　不知从什么时候开始，不透光的狭窄惩戒房里生蛆了。天花板、墙壁，四面八方都覆盖着蛆虫。一觉醒来，脸上也黑压压地沾满了蛆虫，在嘴唇和眼皮上爬来爬去。

这还只是开端。铁面具很快就开始了正式的酷刑。各位读者，这对春姬这个女人来说太残忍，太狠毒，原谅我不忍心用文字表现出来。每当春姬痛苦得连声惨叫的时候，铁面具就在旁边窃窃私语：“巴克夏，你还不知道真正的痛苦是什么。真正的痛苦还没有开始呢。你千万不要让我失望，你这个大惊小怪的女人。”

他向春姬讲述着自己的计划，自得其乐。

“我把我的计划告诉你好不好？有一天，我要剥光你的皮。但是，我绝对不会让你死。你要瞪大两只眼睛，低头看自己被剥光了皮的身体。怎么样，巴克夏？很有意思，是不是?”

他像个解剖学家，沉着冷静地寻找春姬最敏感的神经，加以刺激。惩戒房里总是传来春姬凄惨的叫声。远在春姬原来那个牢房里的护士听到这个声音，抓着铁窗，自言自语：“王八蛋，还没等我动手杀死这个哑巴女人，就得让这个兔崽子给弄死了。”

但是，春姬不可能死。为了不让春姬昏迷，铁面具喂她吃清醒剂。他担心春姬会突然死亡，还准备了各种急救药。为了维持她的健康，铁面具还给她注射营养剂。春姬像稀有的濒危动物似的被彻底管理起来。她得到的是动物能够感受到的所有种类的痛苦。

酷刑每天都在继续。为了不让春姬对痛苦形成免疫力，铁面具每次都寻找她最鲜活的神经。忍受着残酷的痛苦，春姬感觉到自己的肉体正在渐渐消磨。不过，她超出常人的敏锐感觉仍然保留着，并在黑暗中摸索。时间彻底停止了，狭窄惩戒房里的黑暗渐渐扩张，弥漫到无限的宇宙。最后，黑暗充满了全世界。黑暗中突然出现了新的光芒和形象。这对春姬来说是全新的体验。她看到了越来越多的幻象。过往的场景就像随时可以拿出来翻阅的图书馆藏书，整齐地摆在面前。那些书就是把她带回过去的时空隧道。

就像什么也看不到的文，她自由自在地穿梭于过去。她又见到了从她身边消失的人们。金福和文，双胞胎姐妹和鱼贩子……大象花点儿也从遥远的黑暗中向她走来。花点儿比以前更大了，像山一样，被神秘的光芒重重包围。花点儿身上散发出来的光芒刺痛了春姬的眼睛。她连忙把眼睛捂住了。

"你在哪儿?"春姬问花点儿。

"我哪里也不在。因为我早在很久以前就消失了。"花点儿明朗地回答。

"那么，我现在看到的是什么?"

"呵呵，小姑娘，我在你的回忆里。"

"怎么可能呢? 你已经消失了……"

"所以说记忆是神秘的东西。"

"可是我为什么不消失呢?"

"当然了，因为你还没有死。"

"我也想快点消失。这里太难受了，而且太孤独……"

"小姑娘，别这样。不管怎么说，一定要活着。"

"别人也像我这样痛苦吗?"

"这个嘛,我也不知道,不过我也有过痛苦的时候。现在,我觉得怎么活着都比死了好。"

春姬和花点儿的问答无穷无尽。她在广袤的黑暗之中找到了一线光芒。她在记忆中旅行,借以摆脱痛苦和恐惧,终于在黑暗而狭窄的惩戒房里找到了自由。

王族

　　铁面具的复仇因为他的突然死亡而结束。他在巡查牢房的时候突然晕倒在走廊里，抓着自己的脖子咳嗽一通，全身喷血而死。事件出人意料。即使被春姬咬得面目全非的时候，他的健康也没有出现任何异常，所以看守们都觉得他的死有点儿蹊跷。根据监狱长的指示，他们自行展开调查，也没有找到任何他杀的证据。最后，调查人员只能把铁面具的死亡当成单纯的暴亡处理。

　　巴克夏——春姬又回到了有狱友的牢房。这期间，老板娘和氰化钾已经被执行死刑，其他人要么换到别的牢房，要么出狱。除了护士，别的都是新囚犯。有个女人美丽得格外引人注目，虽然穿着蓝色囚服，素面朝天，但还是掩盖不住她夺目的姿色。她总是用悲伤的眼神注视铁窗外面。她的姿态具有强烈的诱惑力，令身边的人们情不自禁地陷入一种感动。这是曾被金福说成是上帝特别花费心思制作而成的美丽女人。她就是睡莲。

看到春姬，睡莲当场就认出她是自己曾经的恋人金福的女儿。虽然只见过一面，但是她忘不掉春姬与众不同的外貌。春姬受了长时间的严刑拷打，又在牢房里生活多年，身心疲惫，没能认出睡莲。跟着药贩子逃跑的睡莲怎么会被关进春姬的牢房呢？这里面藏着某个试图彻底抹除自己的从前，改变身份，最终归于失败的高利贷业者的故事。

带着睡莲逃跑的药贩子到了距离坪岱很远的城市，与睡莲正式成婚。他已经用从金福那里转走的钱购置了房子，而且在好地段买了用来出租的建筑和土地，事先做好了移居的准备。定居下来之后，药贩子就把建筑物租了出去，再用积攒下来的钱小心翼翼地向身边的商人放起了高利贷。钱生钱，没过多久，药贩子的财产迅猛增加，附近的商人几乎没有谁不用他的高利贷。这个行业并不干净。到处放高利贷，有时也会收不回来，很多人不能按时交纳利息。于是，他就需要些动动拳脚的男人，也需要精于算账的人。不知不觉间，他的手下就有了好几个。他们千方百计地为药贩子收回借出的钱和利息，没收借贷人的房子和家具，然后进行拍卖。他用这样赚来的钱继续购置建筑物，建筑物的租金又用来放高利贷。他的财产就像变形虫似的自动增值，他很快就成为那个城市里出了名的富人。这是资本的法则。

不过，药贩子并不是那种只知道攒钱的愚蠢富人，更不是冷冰冰的机器。虽然他攒了很多钱，也娶了世间罕见的美女做妻子，然而他们毕竟只是药贩子和妓女。他为他们的过去感到羞耻。金福在赚了很多钱之后，从不隐瞒自己在码头做粗活甚至沦为乞丐的经历。她非但不觉得这是耻辱，反而当成资本到处炫耀。同在山村长大的药贩子就不同了。这是金福和药贩子的区别。他之所以藏在距离坪岱很远的城市里，也是为了掩饰自己的身份。

为了隐藏耻辱的从前，他开始马不停蹄地制造新的履历。最先着手的事情就是伪造族谱。事情进行得非常隐秘，为了让制造族谱的人封口，他花了比原定费用多出很多的钱。根据新族谱的记载，他的父亲不惜动用全部家产，远赴外国投身独立运动。他的祖父做过三承政，是当代成就最大的文豪。再往上追溯，他的家族都是君主身边的人。再往前追溯几代，他的祖先本人就是君王。于是，药贩子就成了王族。族谱做得非常周密，非常准确，没有任何人怀疑他是王族的事实。

做好族谱之后，他开始填充新的从前。虽然是王族，但他也是具有坚定信念的革命者，适应时代潮流，早年到西方留学，接触到新的文明。但是在军人决定一切的社会，他觉得没有适合自己的事情，于是静静地隐遁起来，等待机会。政府多次寻访，准备赋予他重任，他都果断地拒绝了，因为领袖表面上是民主国家的代表，却与专制君主没有区别，只要将军掌权，他就绝对不会与之共事。他的卓越口才对他的伪装术发挥了重要作用，这是毋庸置疑的事。因为生不逢时而被埋没在尘世的不幸王族，这就是在背后吞噬贫困商人血液的高利贷业者伪装出来的假象。

同时，药贩子并不局限于编造自己的故事。为了让这些故事更有说服力，他还经常去位于市中心的咖啡厅，亲自与当地艺术家们进行交流。虽然他口才出众，但是没受过什么教育，想要融入那些排斥他人、眼光很高的艺术家们，这也绝非易事。不过，凭着他多年在底层摸爬滚打的经验，他总结出了和这些人相处的秘诀，那就是尽可能少说话。这样不但可以掩饰无知，而且也是表现卓越知识、敏锐艺术眼光的最有效方式。做出充分理解对方的表情，适当的礼节性微笑，再加上针对对方意见说出的能够给人留下深刻印象的简短语句。当然，这也仅限于必需的情况。这些他还做得到。尽管这个过程多少有些困难，然而药贩子凭借特有的语言感觉和杰出的模仿能力，很快就和他们实现了毫无障碍的交流。

他辗转于多家咖啡厅，与不同种类的艺术家交流。聚集在各个咖啡厅里的人群都不相同，比如，文人们有文人聚会的咖啡厅，画家们有画家聚会的咖啡厅，音乐家或评论家，他们聚会的场所各不相同。因为他们不愿意看到彼此的面孔。药贩子从这家咖啡厅学到的东西，很快就用到另一家咖啡厅，并以这种方式加入艺术家们的对话，效果好得惊人。比如下面这些语句：

"形式主义是对模仿论的强烈挑战。"

"博尔赫斯曾经说过，法国电影是对无聊的痴狂。那么，好莱坞电影是对什么的疯狂呢?"

"最近的小说渐渐出现了愈发微型化的倾向,也许这是世界变得越来越复杂的证据吧?"

只要他这样简短地说上一句,人们就会惊讶于他的洞察力,毫不怀疑地承认他和自己属于同门同派。如果有人试图对他的说法进行深度交谈,他就露出慎重而柔和的微笑,不动声色地撤退:"怎么说呢,这只是我个人的拙见而已。"说完,他轻轻喝口咖啡,再以下面这句话转移话题。"这次的文学奖评委做出的选择是不是太保守了?当然,我也承认这位作家非常优秀。"

这种程度就足够了。他只说一句话,其余的留给别人去讨论,而他只要带着适度的微笑,静静地听着就行了。这是讨论的法则。知识分子大多居心叵测,轻易不肯表露自己的内心。这一方面是担心暴露自己的弱点,另一方面也是不想与人为敌。因此,他们之间的对话总是浅尝辄止。药贩子比任何人都更准确地看穿了这点。

接下来的问题是睡莲。她同样出身祖上世代为官的名门家族,言谈举止也表现得像受过教育的大家闺秀,然而妓女出身的她却无法掩饰与生俱来的贱气。她还有着让男人见过就永远忘不掉的美貌,所以药贩子总是忐忑不安。这也是理所当然。

果然不出所料,药贩子担心的事情终于发生了。有一天,睡莲去市场买东西,有个男人认出了她。他是辗转于全国各地的糖贩子，几年前在坪岱的妓院里见过睡莲之后，就再也没能忘记她的美貌。美丽的睡莲能让周围豁然明亮，本身就令人难以忘怀，而他记得格外清楚，这是因为多年以前睡莲被妓院老板毒打之后逃跑，被金福救出的那天夜里，跟她发生争执的客人就是他。尽管已经过去多年，然而睡莲清秀的美丽丝毫没有褪色，反而增添了成熟之美，吸引了众多男人的视线。他走到睡莲身边，猛地抱住了她的腰。"臭女人，这些年没见，还以为你去哪儿了，竟然流落到这么远的地方。我们把那天的事情忘掉，找个地方重温旧情吧。我是回头客了，你可不要宰我。"

睡莲认出男人，大惊失色，说道："喂！你认错人了。太过分了，你怎么能没头没脑地跟良家妇女说这种话？"

糖贩子满头雾水，呆呆地站着不动。睡莲故意呵斥完了，然后转身离开。然而她两腿发软，恨不得马上倒下去。回到家里，睡莲说了遇见糖贩子的事。药贩子产生了不祥的预感，连饭都吃不下去了。果然不出所料，几天后，一个男人秘密找到药贩子。这个男人正是糖贩子。他打听了几天，终于得知睡莲和药贩子隐藏身份，趾高气扬地生活在这个城市里。糖贩子抽着烟，对药贩子说："每个人在一生中都会遇到不想发生的事情。虽然我在市场上卖麦芽糖，但是根据形势，我也可能卖药，真正急需的时候，也可能卖水……不是吗？我觉得职业不分贵贱，不过世人似乎并不这么想。"

药贩子瞪着拐弯抹角的糖贩子，问道："你想对我说什么？"

"这个嘛，倒也没什么特别想说的话，我就是突然想起来了。我知道一件事，而这件事可能会对某些人造成不便。"

药贩子单刀直入地问："你想要多少？"

"这个嘛，还要看社长想要我保守秘密到什么程度了。"

"不要拐弯抹角，想要多少，直说好了。"

"既然这样，那我就说了。我这辈子辗转于乡下市场，现在我的嗓子也疼，膝盖也不行了。所以我想找个安静的地方开家糖铺，可是我没攒下什么钱，想开个店铺也不容易啊。"

药贩子给了糖贩子足够开家糖铺的钱。这可不是小数目，然而他没有别的选择。不过他提出了自己的条件，那就是要到距离这个城市很远的地方开店铺，不许再出现在他们生活的城市。发了意外横财的糖贩子乐得合不拢嘴，连连答应肯定做到，然后就拿着钱离开了这个城市。但是，人的本性就是不满足。没过几个月，糖贩子又来找药贩子了。"太奇怪了，我也尽可能地想要忘记这件事。我越是这样，记得越清楚。保守这个秘密太痛苦了，有时候我甚至想痛痛快快地说出来。还是把从你这里得到的钱还给你算了。"

药贩子不得不又给了他很多钱。糖贩子提出要更多的钱。

"这样下去，我早晚得被折磨死。"

不过，药贩子可不是区区糖贩子就能吓倒的懦弱男人。他看出来了，糖贩子在用光自己全部财产之前，绝对不会善罢甘休。他只有一个选择，那就是永远封住糖贩子的嘴巴。药贩子已经在这个城市站稳了脚跟，不想轻易冒险，然而没有别的办法封住糖贩子的嘴巴，也只好这样了。那天夜里，药贩子在床上对睡莲悄悄说起了自己的计划。睡莲本来就对糖贩子心怀怨恨，爽快地同意了。

几天后，糖贩子又来找药贩子的时候，家里只有睡莲。她正坐在廊台上绣花。她对糖贩子说，药贩子有急事出去了。说着，睡莲拿来酒，说让他润润喉咙。糖贩子被在旁边倒酒的睡莲的娇媚姿态迷惑，情不自禁地喝光了她倒的酒。不一会儿，他就四仰八叉地倒下了。这时，藏在屏风后面的药贩子出来，和睡莲一起把糖贩子五花大绑，拖到后院，活埋在事先挖好的坑里。现在，所有的秘密都埋在地底，永远抹掉了。很快，两年过去了。

这次的问题还是睡莲。她和药贩子感情很好，无奈药贩子年纪大了，也没什么魅力，睡莲渐渐地对他感到了厌倦。没过多久，她又跟别的男人坠入了爱河。这是倦怠的法则。她的新恋人是药贩子在咖啡厅里遇到的诗人。虽然名字没有进入中央文坛，但是也赢得了当地乡土文人作出的律诗很有特色的评价。他有着充满忧愁的眼神和柔软的长发，以及甜美的嗓音。两个人避开药贩子的视线，不分昼夜地做爱。有一天，睡莲因为过分信任诗人而说出了自己的全部秘密。这是爱情的法则。得知自己心爱的女人原来是妓女，甚至是与丈夫合谋杀人的可怕女人之后，诗人受到了严重的刺激。他是感情脆弱的人，没有能力独自保守这样残忍的秘密。

这段时间，药贩子也发生了不好的事情。他在咖啡厅里和许多评论家交谈的时候，犯了大错。当时他遇到几件复杂的事情，忙得不可开交，就把几天前在这家咖啡厅听到的事情当成是在别处听来的，鹦鹉学舌似的说了出来。他们能比其他人更敏锐地识别对方是不是和自己同门同派，从前不久就觉得药贩子言行可疑，于是开始留心观察。有人对药贩子指出了这个事实。

"先生，这不是上周崔先生说过的话吗？"

药贩子这才意识到自己犯了错。他慌里慌张地胡说八道起来："哈哈哈，谁说不是呢。我的意思是说，崔先生的想法就是我的想法，我的想法就是崔先生的想法。我们两个人的想法归根结底是一样的。这次演奏会没什么新东西，各位感觉如何？"

这次他仍然努力转移话题，却没有人响应了。他们用冷漠的目光望着药贩子。尴尬而沉重的沉默在他们中间蔓延。尽管谁也没有使用物理暴力，然而他们就像驱赶误闯狼群的豺似的冷漠而残忍。这是知识分子的法则。药贩子知道一切都完了，现在到了离开的时候。他颓唐地耷拉着肩膀，站起身来。离开咖啡厅之前，他看了看众人，最后说道："各位，现在审判结束，到舞台上面看看怎么样？"

药贩子回到家的时候，警察已经等着他了。他这才明白世界上没有哪个人可以和自己共同保守秘密，只有独自保守的时候，秘密才能称得上秘密。他乖乖地坦白了。警察从他家后院里找出了已经严重腐烂的糖贩子的尸体。睡莲也以与药贩子合谋的罪名被逮捕。这就是她进入春姬牢房的前后经过。

不久后，曾经被误认为是王族的药贩子上了死刑台。睡莲凭借出众的美貌被监狱长看中，得以缓期执行。监狱长把睡莲关在自己办公室旁边的特别牢房，随时进去解决自己的欲望。准确地说，那个地方相当于他的卫生间。快要退休的时候，他担心自己肮脏的过去会暴露，匆匆忙忙地把给他充当马桶多年的睡莲送上了死刑台。就这样，药贩子和妓女两个人曲折而坎坷的生涯都在刑场上结束了。

出狱

　　"你不要以为你活着就是运气好，我就算出去了，也能把你这个哑巴女人置于死地。我可以指使别的囚犯杀死你，也可以让她们偷偷往你的饭里投毒。"

　　护士得到了出狱命令，正在整理行李。春姬已经坐牢五年了。她看了看呆呆地望着自己的春姬，突然叹息着说："坦率地说，我还不知道你是不是值得让我杀死。杀死你这样毫无价值的女人，对我来说没有任何意义。但是你也不要掉以轻心，因为我的想法随时都会改变。"

　　离开监狱之前，护士最后又对春姬小声说道："你是哑巴，不会说话，所以我告诉你个秘密。铁面具，那个兔崽子是我杀死的。我应该算是你的救命恩人。不过，你没有必要感谢我，因为我只是不想让那个家伙代替我把你弄死罢了。"

　　监狱历史上最大的谜案，也就是铁面具之死的秘密终于揭开了。至于护士用什么方法杀死铁面具，这点最终也没有答案。有人说她偷偷往面具上撒了砒，有人说她往食物里撒了毒药。这些都成了只有她自己才知道的秘密。

护士出狱以后，马上开起了妓院，做起了皮肉生意。她在偶然间得到了被处死刑的妓院老板娘留下的秘密手册，这才有可能开妓院。手册上密密麻麻地写着愿意做妓女的女人名单，于是她按图索骥，轻而易举地找到了可以为自己赚钱的妓女。生意兴隆，她对前来解闷的男人们说："拜托，一定要当心点儿。这些孩子都像水气球，很容易爆炸。"

护士出狱之后，又过了几年。春姬年纪也大了，青春已逝。她的青春时光都耗在监狱里了。犯人换了多次，看守也换了多次，监狱里都是新人。铁面具和粉刷匠，护士和老板娘的故事早已经被遗忘了。春姬的惊人力量和她咬破铁面具脸部的事件也被人遗忘了。监狱充满了新的囚犯和新的故事。这是监狱的法则。巴克夏成了监狱里年头最长的囚犯，却没有谁注意她。曾经在形质人类学范畴对她产生强烈兴趣的监狱长也把她忘到了脑后。他太忙了，没有心思在意哪个女囚犯。

春姬的监狱生活充满了沉默和忘却。她害怕人，总是避开人群，寻找角落的位置。柔弱而无辜的感性就像幼芽，蒙受了严重的创伤。她不懂得如何把自己的痛苦转变成某种扭曲的憎恶或巧妙的复仇心理。痛苦仅仅是痛苦，不可能替换成任何东西。伤痛抹不去，宛如化石般坚定地扎根于她的心底。这是春姬的方式。

　　每次睡觉的时候，春姬都梦见自己像别人那样消失得无影无踪。睁开眼睛，仍然是四周堵塞的监狱。她只好到从前的记忆中旅行。这是以前被铁面具残忍折磨的时候学会的办法。通过旅行，她重新回味过去的愉快时光。她见到了花点儿，也见到了双胞胎姐妹。她们的脸上总是露出明朗的表情。绽放着茂盛飞蓬草的砖厂也是她旅途中的栖息地。她最喜欢的瞬间却是在妈妈怀抱里的时候，那是她最想要却最终也没有得到的东西。她停留在幻想之中，监狱里的时间也在慢慢流逝，准备着新的生活。

　　将军颁布了新的法律，规定自己可以永远掌权，直到死亡。这是独裁的法则。反对派激烈反抗。为了收拢民心，他采取了很多措施，包括对囚犯下达赦免令。这是独立以来最大规模的赦免，也包括尚未判刑的嫌疑犯。成为赦免对象的囚犯名单中包括巴克夏，也就是春姬的名字。这时是她被关进监狱的第十个夏天。

　　春姬和别的囚犯们一起，大清早就走出了监狱的大门。囚犯们纷纷换上了进来时留在监狱的衣服，或者家人送来的衣服。春姬没有衣服，只能穿着蓝色囚衣来到外面。监狱门前挤满了前来迎接获释囚犯的家属，有人欢呼，有人哭泣。顶着坛子的女人们走来走去，向刚出狱的囚犯卖豆腐。获得解放的政治犯们聚集起来，高声呼喊口号。出狱的囚犯吃着家人递给自己的豆腐，每个人都感慨万端。

　　没有人来接春姬。突然出现在四周的广阔空间令春姬感到陌生，感觉头晕目眩。她茫然若失地站在那里，直到人们发出的吵嚷声音渐渐消失，出狱的人们相继离去。她头痛欲裂，却什么都想不起来。最后人们都离开了，广阔的空间里只剩了春姬。太阳渐渐升起，暖暖的阳光照在她的头上。她避开阳光，坐在监狱围墙下面。

　　这时，一个顶着大坛子的老妇人朝她走来。她是在监狱前面卖豆腐的老妇。突然，她把剩下的豆腐递给春姬。春姬抬头看她。腐烂的黑牙和深陷的鼠眼！借助巫师之口发出可怕鬼语的诅咒神灵！将数百个人推入火坑的复仇火神！她正是汤泡饭餐馆的老妇。春姬感觉老妇很面熟，突然想起很久以前她在鲸鱼剧场反锁安全出口的情景，也想起了她那令人不寒而栗的笑容。老妇已经不再是当时的可怕面孔。她似乎有点儿疲惫和孤独。

　　老妇冲着害怕得盯住自己看个没完的春姬露出腐烂的牙齿，隐隐地笑了笑，然后冲她使了个眼色，让她快点拿豆腐。春姬小心翼翼地接过豆腐，慢慢地吃了起来。略带腥味的豆腐味道还不错。老妇如释重负，露出轻松的表情，在旁边看着春姬吃东西。不知什么时候，她顶着坛子消失了。这是老妇最后一次露面。她小小年纪就在别人家的厨房里做事，后来被夺去恋人，像虫子似的摸爬滚打，拼命攒钱，最后一分钱也没花，却因为钱而丢了性命，结束了充满遗憾的一生。但是，她通过放火烧死那么多人而完成了复仇计划。老妇消失之后，春姬仍然坐在那里，一口一口地把豆腐咽下去，吃得干干净净。

不一会儿，她站起来，靠在围墙上环顾四周。眼前的风景无比陌生。她迟疑片刻，最后慢慢地往南走去。

归还

坪岱像被火山岩浆埋没的古代城市，彻底销声匿迹了。为了忘记悲伤，那天在大火灾中失去亲人的人们离开了这片受诅咒的地方。人们离开了，门可罗雀的商贩们也收起摊位。这里不再需要修建建筑物，做粗活的人们出去寻找新的希望，为他们服务的女人们也收拾好行李走了。女人们走了，服装店和化妆品店纷纷关门，招牌店的老板和做房产中介的老人也无所事事，只好摘下招牌。外地人都走了，甚至没有理由离开的土著居民也随波逐流，犹如潮水般退却。无事可做的政府机关也不得不撤退了。没有传教对象的牧师最后关上教堂的门。坪岱像是被传染病席卷的城市，即使在白天也看不到人影。

春姬从火车站前面经过。这时她已经回砖厂十天了。她害怕走到工厂外面，却又实在忍受不了饥饿，只好出来寻觅食物。火灾之后的第二年，曾经繁华的火车站就被封锁了，火车不再在坪岱站停留。人们都已经离开坪岱，这里只剩下建筑物的残骸，看起来就像幽灵城市一样凄凉和落寞。曾经有一段时间，失去主人的狗在街头垃圾桶里翻找食物。没过多久，这些狗就四散到原野里去了。

春姬沿着街头慢慢行走。以前偷过铁砧的铁匠铺和双胞胎姐妹经常带她去的化妆品商店都被火烧毁了，只剩下空架子。牧师曾经通过满足金福的情欲换砖来建造的教堂，如今也被火烧毁了，只剩下断了半截的十字架挂在建筑顶端，随风摇曳。从窗户缝里传出的虔诚的祈祷声听不见了，颂歌的声音也消失了，教堂里弥漫着诡异的寂静。

不一会儿，春姬站到了茶馆建筑物前。用花点儿的尸体做成的标本曾经就放在那里。茶馆建筑物的玻璃窗还没有被破坏，写在上面的茶馆名称还算清晰。春姬耳边似乎传来昔日电唱机发出的悲伤旋律。想起双胞胎姐妹和花点儿，春姬喉咙哽咽了。她低头看着以前每天骑在花点儿背上走两遍的那条大路。道路中间傲然耸立着比人还高的狗尾草，仿佛在嘲笑人类文明的痕迹。大自然竟如此急切地消除人的痕迹。

她走在被火烧过的建筑物中间，突然看到了挡在眼前的巨大剧场。那是春姬和自己的妈妈金福最后见面的地方。鲸鱼剧场，这里是所有悲剧的起点，也是所有悲剧的终点，如今成为格外刺眼的凶物，诉说着昔日空虚的繁华。原来因为排队买票而拥挤不堪的售票口前趴着一条幸存的老狗，拴在柱子上，孤独和饥饿使它看上去疲惫不堪。因为长时间没怎么吃东西而瘦骨嶙峋的狗肮脏不堪，仿佛是用抹布堆积而成。这条狗正是很久以前金福买给睡莲，睡莲厌倦之后就拴在剧场门前的牧羊犬。这条狗为什么没在大火中死去，又是怎样活下来，怎么会拴在柱子上坚持这么多年，谁都不知道。可怜的牧羊犬看见了人，似乎也没有力气叫出声来，只是用冒着脓水的眼睛茫然地追随着春姬的身影。

春姬打量着被火烧过的剧场，突然从倒塌的建筑物中间发现了在阳光下闪闪发亮的物体。她推开砖块，拿起那个闪光的东西——打火机。金福经常带在身上、最后夺去无数人生命的白色银质打火机，十年之后丝毫没有生锈，就像刚刚出厂时那样发出晶莹的光芒。春姬打开盖子，小心翼翼地打开打火机。惊人的是，芯上竟然还有火星。汽油成分不可能保留，也不可能有人新加了汽油在里面。然而打火机却像十年前那样，冒出优雅的火花，太神奇了。春姬本能地感觉到自己的生存需要这件东西，于是就把打火机塞进了囚衣口袋。

那天春姬在村子里翻找了一整天，只是找到了几件生活必需品，最后也没有找到吃的东西，悻悻地回到了工厂。就这样，春姬成了最后一个去过坪岱的人。几年后，只剩废墟的坪岱在地图上被抹去了名字，永远地消失了。

关于春姬回到工厂之后的事情，公开出来的不多。因为她独自生活在工厂，到死也没有离开，所以没有人向我们讲述她的故事。即便如此，我们还是可以把她的故事延续下去，这是因为崇高生命体留下的炽热的生存痕迹。几十年后到达工厂的建筑师发现了摆放在附近的无数的动物骨头，还有捕捉动物使用的几种猎具、几只空蜂桶。春姬在自己做的砖上画画，模模糊糊地告诉世人，自己如何度过余生。我要首先声明，后面的故事都是根据这些痕迹推测出来的。故事还在继续。

春姬回到工厂以后，直到死亡，再也没有出过工厂的门。对她来说，外部世界就是充满难解的无秩序和不合理的陌生世界，也是充斥着残忍的憎恶和狂暴的野蛮世界。人可以彻底与世隔绝地生活吗？春姬通过自己的余生向人们展示了这样的例子。她回到工厂之后，首先面临的问题就是饥饿。这是最严峻、最迫切的生存问题。这种痛苦就像从前离开伊甸园的亚当和夏娃受到的惩罚，到死都伴随着她。

最初几年，她就像仅仅为了生存而存在的动物。她在山谷里抓龙虾和水獭，在山里放夹套，狍子、河麂、河狸和獾子，抓到什么吃什么。青蛙和火蜥蜴之类的两栖动物就不用说了，知了、蚂蚱和蝗虫等昆虫也成了她的美餐。在这个过程中，她的肉体发生进化，变得适合打猎了。尤其是感官变得更加敏锐，动作也异常敏捷，不久后她就成了出色的猎人。曾经在监狱里扭断粉刷匠胳膊的巨大力量和比任何昆虫都敏锐的感觉把她变成了优秀的猎人。她像狼一样敏锐地感觉气味，再用结实如熊的手臂捕捉猎物。没过多久，她不但吃野生动物，还从沿着山谷盛开的木通树上摘食肉质洁白的果实，或者采摘雨后仿佛有人撒在山上似的漫山遍野的蘑菇。后来，她渐渐学会了采摘。

野外寻找食物是很危险的事情。荆棘和大蓟划破了她的肌肤，蛇咬伤了她的脚后跟。为了捕捉像豹猫和豺狼之类的大野兽，她需要冒着可能全身受伤的危险。她也曾误食毒蘑，连续高烧几天。有一年秋天，她遇到了身体膨胀到最大限度、准备冬眠的黑熊，差点儿丢掉性命。她没有意识到熊的危险性，盲目地扑了上去，结果被熊的前爪踢中胸部。乳房破了，露出白花花的肋骨。尽管受了重伤，然而她并没有退却。她抓住熊的脖子，用拳头猛打熊的脑袋。经过两个多小时的苦斗，她终于得到了可供饱食多日的肉和供她冬天御寒的毛皮。可是胸口的创伤却使她在死亡的门槛上徘徊了好几天。

在野外能够得到的食物大部分都很粗糙，而且分量也远远不够。每到冬天，找食物就更难了。有时候她不得不忍着饥饿，在雪地上徘徊好几天。

但是她感到幸福。因为不再有看守叫她巴克夏，也没有粗重的铁窗和高耸的围墙。没有人用警棍打她，也没有人高声威胁说要杀死她。再也不用被关在漆黑而狭窄的惩戒房里了。相比之下，寒冷和饥饿、孤独和无聊都可以忍受。她越来越敏捷，不久就成了南野里峡谷比任何哺乳动物都更具威胁性的存在。

一年，或者两年过去了。也许过去了更久。她比任何人都更敏锐地感知季节的变换。她没有学过计算日期的方法，不知道过了几年。现在，离开监狱时穿的囚衣已经破了，不能再发挥衣服的作用。她总是在密林和峡谷中穿行，囚衣已经破烂不堪，被凶猛野兽的脚趾甲撕得凌乱如碎布，就像只剩叶脉的冬日的树叶，已经无法遮住她羞涩的肌肤，无法为她抵御寒冷。于是，她就像远祖那样，冬天披上自己捕捉的动物的毛皮。她不会鞣革，坚硬得就像树皮的毛皮常常划破她的皮肤。吃剩的动物骨头堆在工厂庭院的角落，她的生活渐渐回归到原始和野蛮的状态。

某个春日的午后，她靠在砖窑上，悠闲地晒太阳。刚刚度过格外寒冷而且雪格外多的冬天，自然倍加思念温暖的阳光。那天早晨，她幸运地用夹套捉住一头小野猪，刚刚结束了久违的饱餐。剥完猪皮之后，把剩下的肉收拾得干干净净，短期内不用再为粮食问题担心了。漫长而寒冷的冬天终于结束，她的心情无比平静。困意轻轻袭来。除了冬天，南野里的峡谷不但有各种野生动物，还有野葡萄、棉桃、木通和野桃等果实，还有种类繁多的蘑菇，养活一个生命没有任何问题。

春姬和工人们一起压砖。她把泥土放在砖模里面，用绳子划过之后，拿掉砖模，五块砖就整整齐齐地做好了。刚开始春姬看到做好的砖感到新奇，怀着游戏的心态加入进去。尽管她年纪小，却也意识到这种行为具有超出游戏之上的意义。文经常说："春姬呀，并不是所有圆形的东西都能成为蒸笼，同样的道理，也不是所有方形的东西都能成为砖。"

　　她不懂这句话的含义。然而看着文抚摸砖块时的反应，她知道哪些砖做得好。工厂里到处都是忙着压砖烧砖的工人。工人们保持特定的节奏工作，尽管辛苦，却毫不在意，每个人的脸上都带着灿烂的笑容。打磨泥土的工人们跺着脚，兴致勃勃地哼着劳动歌谣。文穿梭在忙碌的人群中间，不时地提出自己的意见。工厂被男人们散发出来的喧闹热气和纯真的劳动喜悦包围，像节日的市场那样热闹。春姬也情不自禁地振奋起来，勤劳地做砖。某个瞬间，春姬突然意识到文和工人们全都不见了。空荡荡的庭院显得无比空旷，周围出奇寂静。春姬突然产生了强烈的失落感，心似乎沉了下去。

　　这是梦。从短暂的午睡中醒来，只剩下倒塌的砖窑和烟囱底座的衰落风景凄凉地展现在眼前。春姬陷入虚脱状态，呆呆地坐了很久。突然，她看到滚落在院子里的砖头。她拿起来，砖完好无损。抚摸着被阳光照得热乎乎的砖，一个念头像雾似的隐约浮现在她的脑海里。春姬眯起眼睛，似乎想要抓住这种模糊的想法。模糊的想法通过时间的过滤渐渐变得分明。终于，那个念头如火花般在她的脑海里绽放。

山谷

　　她修理了破碎的砖窑，重新搭起烟囱，然后开始和泥。再次摸到泥土的瞬间，春姬恢复了初次触摸时产生的宿命般的感觉。微辣的泥土气息和泥土的触感依然能够让她心情平静，让她想起从前出生瞬间的马厩里的风景。她和好泥，放在砖模里踩踏，做成砖坯，劈柴填进砖窑。这些过程都凭她自己的力量来完成。就算是专门的技师和几个壮丁合作，也很难做到这种程度。虽然她在文身边学过烧砖技术，但是她并不能完全理解复杂的生产过程。然而她却做成了砖，放进砖窑里，拿出打火机点着了火。干柴燃烧起来，火焰被吸入砖窑。火焰里夹杂着孤独灵魂的希望。

　　前不久，春姬从梦中醒来摸到砖的时候，她的脑海里浮现出一个念头。如果自己在这里烧砖，人们迟早还会回来。虽然她是为了避开人群才来工厂，但是对于离开的人们，她还是日夜思念，急切渴望回到从前的平静生活。她认为人们之所以离开工厂，就是因为砖窑破了，烟囱倒了，无法再生产砖。她相信，只要自己重新搭起烟囱，继续烧砖，工人们就会回来，文也会回来，她的妈妈金福也不再是陌生男人的面孔，而是恢复到从前那个亲切豁达的女中豪杰的形象，回到砖厂。说不定双胞胎姐妹和鱼贩子，还有花点儿也会回来。工厂像梦中那样洋溢着蓬勃的生机。

　　她经历了多次的失败。烧砖没有她想象的那么顺利。砖坯在她手上无力地粉碎。她没有轻易放弃，继续重复和泥、压砖和烧砖的过程。经过反反复复的失败，她渐渐恢复了从前的感觉。她的触觉再次变得很灵敏，只要摸一摸砖，就能推测出泥土的黏度和水分含量。她可以通过脸颊感觉到的热气调节火力。春姬除了寻找必需的食物，其余的时间都用来做砖。

　　炎热的夏天过去了，春姬的技术越来越精湛，砖做得越来越坚固。到了那年秋天，春姬终于烧出了品质出众的砖，就像和文在一起的时候一样。春姬拿起砖，往旁边看去，等待文的称赞。她的旁边没有人。她把砖堆满了工厂，想让远方的人们也看到。所有的工作都由她自己完成，速度自然很慢。每天烧出的砖只有几十块。春姬片刻不停地做砖。用土、火和水做成的砖不但能分隔空间，遮风挡雨，还能保存温度，净化空气，真是非常优秀的建筑材料。当然，这些实际用处对于春姬没有任何意义。对她来说，砖是她对离去的人们发出的秘密信号，也是呼唤失落的从前的灵验咒术。

独自生活在残酷的野外，春姬不得不屡屡直面死亡。遇到大熊或者误食毒蘑的时候当然危险，最致命的不是凶恶的熊或豹子，而是细小如线的虫子——蛇虫。

这是春姬因为生吃蛇和青蛙而感染上的寄生虫。这种线虫也叫裂头蚴，寄生在皮下组织，像恶性肿瘤那样在身体各部位形成圆形的肿块。春姬感觉敏锐，察觉到体内进入了某种陌生而致命的生命体。可是在没有人迹的深谷里，她没有办法接受治疗。忍无可忍的瘙痒使她不停地抓挠全身，蛇虫仍然在可怕地繁殖，将她的身体变成了宿主。

如果不是春姬拥有超出常人的强健体魄，说不定早就因为肉体受到破坏而落入死神之手了。春姬仍然坚持不懈地烧砖。线虫在春姬体内产卵，蔓延到她身体的各个部位。最后，甚至到达了她的眼睛和大脑。春姬渐渐丧失了视力，深受高烧和头痛的折磨。这时，她开始做起了噩梦。梦中出现了粉刷匠凶恶的面孔，还有戴着铁面具的瓢虫。他们大喊大叫，威胁春姬。每当这时，冲击总是吓得她全身扭曲。

有一天，春姬到山谷里寻找食物。那天，她下意识地避开平时熟悉的路，进入了陌生的山谷。高大的乔木遮蔽天空，山谷散发出阴湿的气息。这是春姬第一次来到这里。她有点儿害怕。仿佛有人引导着她的脚步，她又慢慢地沿着峡谷往上走去，脚步无比沉重。快到山弯的时候，不知从哪里飞来了蜜蜂，嗡嗡地在她头顶飞来飞去。在参天的乔木下面，春姬发现了很久以前离开工厂的独眼女人。长长的白发盘成了团，独眼女人坐在上面。她的头发和眉毛上生出青苔，衣服上出现了白色的霉点。她就像活了几千年的丛林精灵，看来怪异无比。周围放着几个用木头做成的蜂桶，数万只蜜蜂嗡嗡地围绕在她身边。独眼女人猛地睁开唯一的眼睛，瞪着春姬。两个多年与世隔绝的人之间气氛紧张。她们都很久没有见到人了。独眼女人慢慢地打量着春姬，开口说道："从你这个臭丫头刚进这山谷，我就认出你了。看你那身破衣服，就知道你现在已经变成畜生了。"

独眼女人全身只有嘴唇在动。她的声音宛如流淌在山谷里的水声，冷清却又夹杂着隐约的喜悦。独眼女人缓缓站起。围绕在她身边的蜜蜂忽然散开，飞上了树。她靠近春姬，看了看她的身体，笑着说道："本来我想把你赶走，不过感觉你这丫头和我同命相怜，还是算了吧。看你这身材，我猜你身体里肯定也生出了讨厌的虫子。"

说完，她猛地抓起春姬的胳膊。春姬害怕了，试图抽回胳膊。难以抗拒的力量使她动弹不了。独眼女人摘下一只沾在衣服上的蜜蜂，抓住尾巴往春姬的胳膊上猛扎。春姬感觉到灼烧般的疼痛，连连后退。独眼女人勃然大怒："傻丫头！我不是要杀你，你不用害怕。"

独眼女人接连在春姬身上许多部位扎了蜂针。春姬本能地感觉到独眼女人给自己扎蜂针是为了治疗，于是忍住了疼痛。不一会儿，独眼女人扎完蜂针，松开了春姬的胳膊。

"我救了你的命，以后你再也不要出现在这个山谷里了。如果你再到这里捣乱，我的蜜蜂不会放过你。"

那天回家以后，春姬一反往常，睡得很沉。第二天早晨，她惊讶地发现所有的肿块都不见了，疼痛也消失得无影无踪。她不知道独眼女人的蜜蜂发挥了怎样的作用，不过她知道自己体内的虫子都死了。几天后的一个早晨，春姬醒来，发现工厂角落里放着两个用木头做成的蜂桶。不用说，肯定是住在树林里的独眼女人留下的。往里一看，里面有几千只蜜蜂，还有蜂蜜，装得满满当当。春姬用手舀着蜂蜜吃了起来，吃得狼吞虎咽。后来，蜜蜂也经常从山里送来蜂蜜，春姬得以吃上甜美的蜂蜜。病彻底好了以后，春姬多次去山谷里寻找独眼女人。不知怎么回事，她再也没有找到上次见过独眼女人的山谷。

很久没说题外话了。多年以后，某大学建筑系、社会系和人类学系的学生们组成考察队，名字就叫"寻找女王"，目的是追寻有着无穷秘密的春姬。整个暑假期间，他们考察过春姬出生时双胞胎姐妹的马厩，考察过消失的城市坪岱，还有她度过残忍时光的监狱。不过认识春姬的人大部分都已去世，收获甚微。

考察过程中，他们有幸遇到春姬坐牢时的监狱长。监狱长已经太老了，还患有老年痴呆症，没能作出任何回答。

考察队还找到了当时和春姬关在同一所监狱的护士。她已经变成了老太婆，牙齿脱落殆尽，仍然带着两名无家可归的老妓女，继续经营妓院。当中有个妓女就是与春姬同室的未婚妈妈。看到考察队来访，护士面露喜色，说道："团购八折优惠。不过千万不要太粗鲁，这些孩子都像水球，很容易爆炸。"

考察队向她问起春姬，她竟然还能记起多年以前的狱友春姬。"啊，那个哑巴女人，我早就应该杀死她……如果你们见到她，务必替我转告她，我还没死，让她不要掉以轻心。"

考察队又去了已经消失的城市坪岱，然后绕路到了南野里的砖厂，从倒塌的砖窑缝隙里发现了那只问题打火机。队员们兴奋不已，恨不得大肆庆祝。打火机已经生了锈，也打不着火。关于打火机的真伪，学术界又展开了激烈的争论。

考察队在工厂停留了一天，又去了推测为独眼女人生活场所的山谷，最终什么也没找到。倒是在蜜蜂飞舞的山谷里，考察队发现了看似用作蜂桶的腐烂木桩，还有可能被独眼女人用作拐杖的木棍。这期间，有位对蜜蜂过敏的队员被蜜蜂蜇死了，考察队不得不停止了考察。回来的路上，有人去树林里方便，竟然说在树林中看到一位头发花白的独眼老妇。不过，这很可能是队员因恐惧而产生的幻觉。

卡车

　　几年过去了，五年或六年。调皮的命运又准备好了新的人物，用以改变彻底消失在世界之外的春姬的人生。工厂院子里已经堆满了春姬烧出来的砖，再也没有空地了。春姬还是不肯停下来。她就像天生带着劳动基因的工蚁，马不停蹄地造砖。

　　不知不觉间，春姬的年龄已经到了三十五岁左右。野性渐渐退化，青春已逝，乳房开始下垂，千疮百孔的皮肤长出了皱纹。这又是重力的法则。因为长期劳动，全身都被晒得黝黑，手脚上长出了坚硬如树皮的老茧。这时的春姬看上去很粗糙，很狼狈，怎么看都不像女人。她的心里仍然充满深深的孤独和对逝者的思念。每天夜里，她都站在燃烧着篝火的工厂院子里，遥望着远处跑过的火车灯光。她相信有一天，人们会乘坐火车回到山谷。

　　初夏的午后，春姬正在院子里和泥。她想了个好主意，那就是在已经失去衣服功能的囚衣上面涂泥。泥土能保护自己的皮肤不受炽热阳光的伤害，还能防止蚊虫叮咬，非常有用。无需别人教导，长期的野外生活让春姬自行领悟了大象的习性。正在和泥的春姬抬起头来，想舒展疲惫的腰身。这时，她注意到远处铁路下面掀起了茫茫的灰尘。自从春姬最后一次经过通道进入工厂之后，那里就再也没有人走过了。她的心里忐忑不安，既有恐惧，又有惊讶，还有兴奋。灰尘绕过拐角，走进了通往工厂的通道。原来是一辆卡车。

春姬又惊又喜，心都要爆炸了。终于有人在远方发现了自己制造的砖！终于有人回来了！春姬激动得热泪盈眶。卡车距离工厂越来越近了。她飞快地跑到工厂门口。卡车停在春姬面前。车厢里没有工人。驾驶席旁边的车门开了，一个陌生男人下了车。男人看到春姬，目瞪口呆。女人身上满是红色的泥土，乳房从破碎的衣服中间露出。难怪男人会感到惊讶。春姬意识到情况不像自己想的那样。这是她出狱以来遇到的第一个男人。她害怕了，惊慌失措地逃到砖窑后面，藏起来偷偷地观察着男人。

身材高大的男人环顾着工厂里满满的砖，拿起一块看了看，点了点头。男人冲着藏在砖窑后面的春姬做了个手势，示意她过来。春姬吓坏了，逃得更远。这回她索性藏进了草丛。她全身肌肉绷紧，随时准备撕咬男人的脖子。男人从水泵里打上来水，洗了洗脸，靠坐在白杨树下，等着春姬出现。春姬不知道藏到哪里去了，只能听见蝉鸣。他懒洋洋地打了个呵欠，索性在树荫里躺下了。不一会儿，他就打着呼噜，睡起了午觉。春姬仍然藏在草丛里，盯着陌生的入侵者。

不知睡了多久，男人伸着懒腰，坐了起来，继续四下里张望，好像在寻找春姬。春姬还是没有出现。他等了一会儿，不得不拿起砖头，开始往卡车上装。藏在草丛里的春姬终于明白了，原来这个男人正是自己的敌人。如果他把砖都带走了，人们就永远不会回来了。瞬间，她的野性如火焰般复活了。她悄悄地凑到男人的背后。男人忙着往车上装砖，没有发现春姬。春姬瞄准男人的脖子，像猛兽似的迅速冲了上去，死死地勒住男人的脖子。别看春姬年纪大了，力气仍然很大。如果换成普通的牲畜，脖子早就被扭断了。男人的脖子很粗，一条手臂根本绕不过来。男人被突如其来的攻击吓坏了，不过他还是轻而易举地甩开了春姬的胳膊。两个人，互相抓住对方的胳膊，端详着对方的脸。突然，春姬认出这个男人了。他就是小时候在工厂里和春姬掰手腕的少年。春姬放下了胳膊。没想到会遇到这个意料之外的人物，她茫然地望着男人。男人也看出春姬是认出了自己，轻轻笑了笑，用洪亮的嗓音说道："你终于认出我了。不过，你全身裹着泥土干什么呢？"男人见到春姬似乎也很高兴，笑着问道。春姬仍然没有解除戒备心理，继续盯着男人。

"其他人都去哪儿了，怎么只剩下你自己了？你在这里吃什么？造出砖来卖到哪儿去啊？一辆车的痕迹也没有，看来还没有人来买砖吧？那你为什么要造砖？这期间工厂里究竟出了什么事？天啊，堆得像小山似的骨头是怎么回事？不会是人骨头吧。

你结婚了吗？怎么不见你的丈夫和孩子？这种平菇很好吃，你怎么不采？明明不抽烟，为什么要拿着打火机？看起来很贵啊，不会是偷来的吧？你往身上抹泥，弄得那么肉麻干什么？这就是海泥面膜吗？"男人似乎很好奇，接连问了很多问题。但是，春姬一句也无法回答。男人这才难为情地笑着说道："啊，对了，我忘了你不会说话。"

　　男人小小年纪就跟着司机父亲辗转于全国各地。他和春姬一样，也是整骨，从小就力大无穷，完全可以帮助父亲工作。父亲早早地教会他开车，也教他认路。少年十七岁那年，父亲就放弃了驾驶工作，因为他得了关节炎，不能继续开车了。从那之后，他就成了卡车司机，独立驾驶。全国各地只要有需要运送的货物，他就开着卡车赶过去。不管是白菜，还是石头，不管是木材，还是砖瓦，不管是搬家行李，还是鱼，或是人，他都不在乎。

　　他的年轻时光都在路上消磨了，转眼间就到了三十多岁。卡车司机遇上了矿产公司的女会计，很晚才结婚。她的结婚条件就是让他放弃开车，随便到哪儿定居下来。他用以前积攒的钱在矿山附近开了家小店铺，生意不错。会计生了个孩子，她很幸福。而卡车司机却不是这样。看到孩子的瞬间，他觉得孩子将会牵绊自己的脚步，这辈子都将像猪牛那样被关在牲畜圈里。他感到恐惧。夜幕降临的黄昏时分，从早到晚观察村口外面的柏油马路的他，突然开着停在店铺门前的卡车，离开了矿山。从那之后，他再也没有回过家。后来他又有三四次和女人同居生活，然而每次被他遗忘的流浪癖都会死灰复燃。不知不觉间，自由自在地辗转于各地的流浪生活变成了他的命运。

卡车司机的心里有个从来不曾忘记的女人，那就是小时候和他比试过力量的砖厂里的哑巴女孩。她像男孩子似的高大威猛，而且跟美丽漂亮不搭边，然而每当他开着卡车走过陌生城市的时候，每当他在深夜借助卡车灯光茫然穿过狭窄而崎岖的山路的时候，每当他疲惫不堪地躺在散发着刺鼻霉味的旅馆里的时候，他的脑海里总会突然浮现出和自己掰腕子的哑巴的面孔。

十几年前，他曾经为了寻找哑巴而来过砖厂。当时，所有的人都离开了，工厂里渺无人迹。后来他跟女人结婚，然后离家，反反复复，于是渐渐地忘记了哑巴。直到两天之前，他走过坪岱附近的城市，突然又想起了她。他想念哑巴那纯朴而漫不经心的眼神。说不定她已经回到工厂了，这个想法飞快地闪过他的脑海。他没有任何犹豫，盲目地开车驶向南野里。

两个人相对而立。尽管已经知道这个男人不会伤害自己，然而春姬的紧张心情还是没有放松。

"好吧。我不知道这段时间发生了什么，也不可能听你说出来。这些砖不能放在这里。砖要用来盖房子，不能堆放在这里。我认识一个建筑商，我把砖拉走，帮你卖出去。当然了，我不是免费帮忙，我也要赚点儿钱才行。怎么说你也是我童年时代的好朋友，运费会有优惠。只要给我油钱和饭钱就行了。"

卡车司机开始往车上装砖。春姬坚定地拦在他前面。

卡车司机不解地看着春姬，春姬还是不肯让开。

"妈的，没见过这样对待客人的。"卡车司机高举双手，做出投降的架势，说道："好了。看样子今天我来的不是时候，我理解。不过，要是下次再这样对我可就不好了。熟悉了你就会知道，我不是对女人很执著的人。我有个请求，下次我来的时候，希望你能好好穿件像样的衣服。说实话，我不太喜欢那么刺激的东西。虽然是在山里，但我毕竟不是豺狼，怎么说也是个男人，你这样祖胸露乳很不礼貌。"

卡车司机耍了会儿嘴皮子，春姬仍然纹丝不动地挡在砖堆前面。"好，哑巴，如果你没什么话说，那我就走了。多保重。"

卡车司机毫不留恋地坐上了驾驶席，发动了卡车。他掉转车头，说道："不管怎么样，看到你还活着，我很高兴。偶尔来找你玩可以吧？不过我不能保证什么时候来，因为我最讨厌的就是承诺。"

卡车司机笑着沿着进出通道驶出了工厂。春姬仍然敞开双臂，站在砖堆前面。当卡车掀起茫茫灰尘经过天桥的瞬间，春姬的脑海里突然浮现出很久以前的场面。许多卡车拉着满满的砖，排队离开工厂。男人的车上却什么也没有装。是的！看来自己错了。砖造出来不是为了堆放，而是要用卡车和火车卖到很远的地方。只有这样，人们才能看到砖，才能回来。

春姬恍然大悟，沿着卡车离开的通道疯狂地奔跑。为了喊住卡车司机，她从喉咙深处开始用力，试图发出声音。很遗憾，她的声音没能发出来，而是消失在喉咙里面。她穿过杂草，追赶卡车。跑着跑着，她被知风草缠住了脚，摔倒在地。当她抬起头来，卡车已经消失在天桥那边，看不见了。春姬感觉到了无穷无尽的悔恨和绝望，倒在地上，站不起来了。心底泛起阵阵酸楚，她有种想哭的冲动。春姬趴在地上，无数次地责怪自己，同时反复骂着铁面具在监狱里边踢自己边骂的脏话："傻女人！蠢猪！巴克夏！你这个疯哑巴！披着人皮，怎么能干出如此恶劣的事来，嗯？你这种坏女人应该死掉！去死吧！去死吧！"

卡车离开了，再也不会回来了。人们永远都不会回来了。仿佛有人用鞋踢她，春姬蜷起身体，趴在地上哭泣。

卡车司机离开以后，春姬痛苦不堪，什么事也不愿做，也没有出去打猎。她感觉浑身无力，动弹不得。这样的日子还在继续。有一天，不知是梦还是幻觉，花点儿出现在她的面前。花点儿仍然光芒四射，不过它的身影却有些模糊。

"喂，小姑娘，你怎么了？"

花点儿神情灿烂地问道。春姬有气无力地回答。

"我不是小孩子了，你看看我的身体，我又老又累。"

"呵呵，在我看来，你永远都是小孩子，因为我只记得生前见过的样子。"

"你是怎么回事？怎么这么模糊？"

"当然了，因为我正从你的记忆里渐渐消失。"

听见花点儿的回答，春姬更加难过了。她闭上了嘴巴。花点儿说话了："喂，小姑娘，振作起来，那个男人还会回来的。"

听说卡车司机还会回来，春姬很吃惊，慌忙站了起来。

"你怎么知道？"

"我怎么知道？傻瓜！你想想吧。那个男人为什么要来这个空无人烟的工厂？"

"这是什么意思？"

"你还不明白是什么意思吗？那个男人爱你，你这个单纯的小姑娘。"

春姬似乎无法理解花点儿的话，满头雾水地看着花点儿。

"就像我和双胞胎姐妹爱你，那个男人也很爱你。现在明白了吗？"

"嗯，他看上去的确不像坏人，不过……他真的还会再来吗？"

"你等着瞧吧。他肯定会回来的。"

花点儿安慰春姬说卡车司机还会回来，她的心情依然抑郁而且沉重，因为她从来没见过消失的人重新回来。几天后，她终于站起来，出去看放在山谷里的夹套。很不幸，夹套上面没有动物。她在山谷里抓了几只龙虾，准备返回工厂。当她登上看得见工厂的山坡，意外发现工厂庭院里竟然停着卡车。春姬喜出望外，快步跑下山坡。站在水泵旁抽烟的卡车司机看见春姬，脸上露出调皮的笑容，说道："我以为你离开了呢，原来还在。如果你再不来，我就走了……"

春姬不知道如何表达自己的喜悦，呆呆地站着不动。突然，她把手里的龙虾递给男人。

"哦，这个！要是烤熟了，肯定很好吃。"

他接过龙虾，微笑着说："好，既然得到了你的礼物，那我也应该回礼才对。"说完，他从车上拿下一个包袱，扔在春姬面前。"别担心，打开看看吧。"

春姬小心翼翼地打开包袱，里面露出了黄色的连衣裙。卡车司机难为情地说："你身上的衣服也不错。不过，你穿这件衣服的时候，我都不知道看哪儿才好。只是不知道尺寸是不是合适，反正我就要了最大的号码……"

然后，卡车司机又从货箱里拿出一袋米和半头猪。他朝着目瞪口呆的春姬耸了耸肩膀，说道："我不是给你施加压力，你放心收下好了。我只想帮帮你，没有别的意思。"

春姬仍然站在那里，不知所措。男人又坐回了驾驶席。"好了，哑巴，如果你没什么话要对我说，那我就走了。多保重。"

他发动卡车，准备离开的时候，春姬终于回过神来，慌忙拦在卡车前面。她指了指堆在院子里的砖，又指了指卡车的货箱。司机还是不明白她的意思，只是惊讶地看着她。春姬生怕卡车开走，赶忙往卡车上装砖。司机这才下了车，微笑着说道："看来你终于理解了我上次的话。"

他挽起袖子，冲上前去，说道："交给我吧，不能让女人干这种活儿。"

卡车司机推开春姬，自己去搬砖。他力气大，搬砖就像摆弄玩具，每次能搬几十块。装满车后，他用绳子捆得结结实实，免得掉落，又说："喂，哑巴，等着我把这些砖都卖掉吧。不过我不能保证什么时候再来，因为我最讨厌的就是承诺。"

男人开着装满砖的卡车出发了。春姬心满意足地站在门口，目送卡车离去。她的心里充满希望，想着砖卖到远方，然后找回消失的人们。这些砖不是已经找回了善良而有力的男人吗？

一周后的下午，男人开着空车回来了。这些天里，春姬又像从前似的满怀希望地烧砖。司机下了车，满脸微笑地从上衣口袋里拿出钱来。"给你，看好了。我说过了吧？这样的砖应该能卖个好价钱。"

春姬对于没有人回来感到很失望。卡车司机一边耍贫嘴，一边把钱递给春姬："给，拿着。用不了多久，你就变成富人了。到时候可不要忘记我，记住了吗？"

春姬摇了摇头，不肯收钱。

"喂，哑巴，你好像看错人了，我可不会欺骗不懂人情世故的纯真女人。你不要用这种方式把我变成坏蛋。"卡车司机又把钱递给春姬。她还是拼命摇头。无奈之下，司机只好把钱塞回口袋，说道："好，那我就先替你保管这钱。我不是糊涂人，你不用担心。我的钱包比银行可靠。"

看到春姬仍然穿着那件破破烂烂的囚衣，司机问道："我送给你的衣服怎么不穿？对颜色不满意吗？虽然不是很贵，可也不是在市场里随便买的便宜货。妈的，就算你自尊心强，也应该考虑到送礼物的人的诚意，不是吗？"

春姬把司机送给她的衣服放在家里，从来没有穿过。她连微不足道的变化都感到恐惧，更别提让她脱掉穿了十几年的囚衣，换上新衣服了。

"哦，原来你是舍不得穿啊。没这个必要。我买给你这件衣服，不是让你好好保存，就是让你穿的。穿旧了，我再给你买，不用担心。"

那天，司机又拉走了满满一卡车砖。两个人就这样开始了交易。司机拉走砖，回来的时候帮春姬买米买肉，还有锅碗、毯子等生活必需品。他会突然出现，放下米袋子之类，拉走一车砖，仅此而已，没有进一步接近春姬。他是个很粗糙的男人，无法理解春姬细腻的感情。不过，他也看出来了，春姬与别的女人不同。

春姬比以前更卖力地烧砖。造砖的时候，她会不时地张望通向工厂的道路。不知从什么时候开始，她发现自己等待的不是离开工厂的工人，而是卡车司机了。这对紧锁心门的春姬来说，简直是不可思议的事情。这是特别的感情，完全不同于对双胞胎姐妹或文的思念。紧闭的门开了缝，犹如巨浪般无法控制的感情汹涌而来。最初，她只是在和泥的时候，或者独自吃饭的时候，或者躺在房间里隔着天棚的裂缝看月亮的时候，偶尔想起卡车司机的面孔。不知不觉，这张面孔已经占据了她的脑海。这种从未有过的怪异感情使她混乱不堪。每当男人来过之后再离开的时候，这种混乱就会变得更严重。她越来越难以入睡了。躺在床上的时候，脑海里萦绕着各种各样的想法，泛滥如蛆虫。因为翻来覆去通宵失眠，到了凌晨，她累得连翻身的力气都没有了。太阳升起的时候，她又像什么事也没发生似的，猛地从床上站了起来，怀着司机可能回来的期待跑到门外。这是暌违已久的爱情的法则。

有一天，春姬来到文溺水而死的河边洗衣服，突然看到映在水中的自己。蓬乱如杂草的头发和破布条的衣服，还有庞大身体上的可怕伤口……春姬的脑海里浮现出很久以前她的妈妈金福爱过的女人的身影，象牙般白皙的脖子和吹弹可破的皮肤、纤细修长的腰肢……春姬隐隐约约地知道妈妈为什么喜欢她了。那天回到家里，春姬终于脱掉变成抹布的囚衣，换上了男人给她买的黄色连衣裙。幸好尺寸合适，就像量身定做。几天后，卡车司机看到了身穿黄色连衣裙的春姬，似乎感到很新奇，笑着说道："果然选对了。你穿上这条连衣裙，怎么说呢……就像可爱的小鸡。"

后来，他又给春姬买过几件衣服，然而春姬总是固执地穿这条黄色连衣裙。因为她想看到男人灿烂的笑容。春姬生命中最极端也最惊人的事件，发生在卡车司机第一次来工厂的三四个月之后，也就是那年的秋天。

那天，春姬正在水泵边洗澡。她看着身上的伤疤突然感觉非常难堪。尤其是与熊搏斗时留在胸口的伤疤，格外大。她想抹掉这些伤疤。不管她怎么用力搓，伤疤还是抹不掉。她感到很遗憾。她也想拥有像在监狱里见到的女人那样的白皙皮肤。如果可能，她还想把那个女人的肉体据为己有。

突然，春姬发现卡车就停在旁边，也不知道什么时候男人站在自己身边来。男人注视着她赤裸裸的肉体，脸上灿烂的微笑不见了，眼睛里闪烁着奇怪的火焰，显得很陌生，与以往不同。她忘了自己没穿衣服，惊讶地望着男人。她想起自己好像在哪里见过这种陌生的眼神。很久以前，电闪雷鸣的夜里，那些扑向赤裸裸的妈妈的男人们也有这样的眼神。这是不好的征兆。

男人走向春姬。她心怀警惕，迟疑着后退，却被树枝绊到脚后跟，仰面摔倒在地。这一刻，男人的眼神犹如火焰熊熊燃烧。他猛地扑向她的身体。男人在瑟瑟发抖。她突然感到恐惧，身体僵住了。男人褪下裤子，炽热的口气碰到了她的脸，厚实的胸膛压住了她。郁闷得令人窒息，她试图推开男人。正当她要推开男人肩膀的瞬间，有个热乎乎的东西进入了她的身体。尖锐的疼痛穿过头顶，她浑身无力。那还是很久以前在监狱的时候，铁面具用警棍残忍刺过的部位。看着鲜血流出，铁面具说："哼，看来你还是处女。也难怪，哪个疯子愿意跟你这样的怪物办事？像你这样的坏女人，只配跟狗和马交配，不是吗？"

她认为男人也像铁面具，是在欺负自己。原来他是坏人。她奋力挣扎，想要推开男人。越是这样，男人越是拼命地贴紧她的身体。她的力气也很大，还是敌不过男人。突然间，男人全身僵硬。然后，他像木桩似的从她身上滚了下去。她的心底升腾起无名之火。男人躺在旁边，喘着粗气。他是欺负自己的坏男人。她坐起来，想要撕咬男人的脸。转眼间，男人的脸色已经变了，刚才的陌生火焰消失得无影无踪。他又恢复了往日的温柔表情。他的脸色之中掺杂着歉疚和惭愧。她困惑了。不知道到底是不是应该咬男人的鼻子。不一会儿，男人调整着呼吸，说道："对不起，哑巴，不知道为什么会这样，真的对不起！"

后来，男人每次来的时候都会重复相似的事情。每当这时，她都全身僵硬，痛苦不堪，却没忍心去咬男人的脸。本来好好的男人，为什么突然变成了坏人，春姬百思不得其解。她觉得这也许是某种不好的疾病，就像自己体内的虫子。

不幸的是，春姬到死也没有体会到性的快乐。不久她就明白了，卡车司机的行为并不像铁面具那样欺负自己，而是像所有动物那样自然而然的生殖行为。不过，这种行为总是让她感到陌生和恐惧。直透头顶的疼痛消失以后，每当男人的眼神里闪烁着奇怪火焰的时候，她也还是全身僵硬。每当男人在她肚子上面气喘吁吁的时候，她都盼着事情快点结束，男人快点恢复往日的温柔，与她相拥而卧，声音洪亮地讲述周游世界的遭遇。虽然她听不懂男人的话，但是男人身体散发的浓郁的香味和富有磁性的嗓音却使她的心情无比平静，不知不觉就睡得很沉。

不知从什么时候开始，每当男人来的时候，她都会给他做饭。她想起很久以前工厂里的女人们用大铁锅做饭的场面，模仿着做饭做菜。米饭常常夹生，菜的咸淡也不合适，然而男人每次都干干净净地吃光碗里的饭。吃完之后，男人露出调皮的表情，又把碗递给春姬："再给我点儿饭，哑巴，今天肚子太饿了。你的厨艺这么好，我就算拉肚子，也不能不吃。"

两个人像大多数夫妻那样并肩坐在廊台，一起吃饭，一起睡觉。那年的枫叶格外美丽，无比凄凉的南野里之秋因为卡车司机的出现而越来越富有意义。

春姬的人生进入了新的时期。对于结束十年残酷的监狱生活又与世隔绝了几年的春姬来说，卡车司机陪她度过的几个月不能不说是令她惊喜而充满幸福的时光。如果两个人就这样相伴到老，也许她从前经历的痛苦就算得到了足够的补偿。然而女王的人生不可能这样简单地结束。残酷的命运把更残酷、更恶毒的考验摆到了她的面前。

初霜过后不久，卡车司机又来到了工厂。他给春姬买来了厚厚的夹克，让她在即将到来的冬天里穿。他像往常那样，见到春姬就迫不及待地掀起她的裙子，想要和她做爱。正在这时，他注意到春姬的肚子比平时大了。虽说春姬本来就比别的女人肥胖，不过他很快就明白了，春姬有了身孕。他的神情突然变得黯淡了，静静放下她的裙子。春姬看出男人的脸色不同往常。男人极力做出轻松的表情，眼神却很生硬。那天，他连一碗饭都没吃完，躺在床上辗转反侧，不时地抚摸睡着的春姬的头发，发出深沉的叹息。

第二天早晨，春姬睁开眼睛的时候，司机已经不见了。停在院子里的卡车也不见了。她为男人的不辞而别感到惊讶，平时男人都要调皮地说些告别的话，然后才离开。连个招呼都不打就离开，这在以前从未有过。整整一天，她都被不祥的预感困扰着，干活的时候也不时地往天桥那边瞥上几眼。

卡车司机一早就离开工厂，走在狭窄的山路上。对于大多数恋人来说，创造新生命都是值得祝福的事情，然而对他来说却不是这样。就像很久以前跟矿产公司会计生活的时候，他害怕孩子束缚自己的脚步，让他只能像牛和猪那样被关在牲畜圈里生活。经过崎岖的山谷，他暗自思忖，尽管和春姬分开令人心痛，然而流浪就是他的命运，无可奈何。经过下一个山谷的时候，他渐渐轻松了。算起来春姬也不是很有魅力的女人。再过一个山谷的时候，他想，哪儿都有路，路边总会有女人，女人不过是男人应该从世界上获取的滋养罢了。经过最后一个山谷的时候，他的心里充满了新的希望，想到陌生的城市找个新女人，继续这种潇洒的生活。最后，卡车终于驶上了视野开阔的大路。他用力踩下油门。卡车司机就这样离开了工厂。这是他最后一次走这条路。

直到初雪降落，卡车司机还是没有回来。春姬的肚子越来越大了。交尾结束，肚子就会变大，然后生出幼崽。通过观察野生动物的状态，春姬已经知道这件事。她总是望着通道的方向，期待卡车司机回来。春姬的耳边回荡着男人每次离开时说过的告别的话："好了，哑巴，再见吧。不过我不能保证什么时候再来，因为我最讨厌的就是承诺。"

正如他说的那样，卡车司机没有留下承诺就离开了。寂静重新笼罩了工厂。直到深冬，他也没有回来。春姬感觉到腹中的胎儿在踢自己。春姬对体内渐渐长大的宝贵生命感到恐惧，同时也产生了心潮澎湃的满足感。她就像鸡窝里孵蛋的母鸡，独自在黑暗中静静地度过冬天。

第二年春天来了，春姬的分娩日期邻近，就连起身都很吃力。肚子越来越大，皮肤变薄，血管仿佛要裂开。春姬害怕自己的肚子会爆炸。偏偏在这时候，家里的粮食都吃光了。时隔一年，春姬不得不再次到野外寻觅食物。现在正是春天，田野和山谷里都没有吃的东西。直到分娩之前，春姬忍受着残酷的饥饿，无比凄惨。她本能地感觉到自己的饥饿会给孩子带去痛苦，更是心急如焚。她等待男人的心情更加迫切了。然而直到她生下孩子，卡车司机还是没有来。

那年暮春，春姬独自产下一个女孩。孩子很小，没有力气，也没有哭。她狼狈极了，就像从前出生在双胞胎姐妹的马厩里的时候一样。春姬用牙咬断脐带，煮熟胎盘吃掉了。这是身为人母的原始本能。她给孩子喂奶。稀薄的乳汁终于流了出来，孩子呼吸通畅了。看着自己制造的生命吸奶的样子，春姬百感交集。这是不需要别人教的母亲的快乐。

快乐总是很短暂。从第二天开始，春姬就不得不到田野和山谷里四处寻找食物了。喂饱幼崽的本能将可怜的母亲赶进了干枯的大自然。她疯狂地在山谷里游荡。然而对于刚刚生完孩子的母亲来说，这个树枝冒出新叶、鲜花盛开的春天却是无比残忍的饥饿的季节。奶水不够，孩子吸着空空的乳房，有气无力地哭泣。产妇没有食物，当然不会有乳汁了。春姬摘来刚刚冒出的新芽，挖来树根，抓来田鼠，当做自己的食物。为了保护孩子脆弱的生命，她拼命与自己对抗和斗争。那是最单纯也是最残忍的斗争。

季节转换到了夏天。山谷里提供的食物虽然不足，却也能让她产出乳汁。不过，春姬更忙了。她要到处寻找食物，照顾孩子，还要像以前那样继续造砖。她觉得男人之所以离开，是因为自己在造砖这件事上偷懒的缘故。她想念卡车司机，想念他洪亮的嗓音和浓郁的体味，甚至想念她曾经深恶痛绝的做爱。她想把自己生孩子的事情告诉男人，让他看看他们两个人共同制造的孩子是什么样。秋天过去了，又到了残忍的冬天，她仍然在急切地盼望着。

暴雪

那年冬天是政府有气象观测以来降雪最多的冬天。老人们回忆当年，回忆起那个每次雪量都创造新纪录的冬天，总是这样说："比起当年，现在什么都不算。那年真是下了好大好大的雪。我以为冰河世纪又来了呢。"

春姬抱着孩子，在雪花里穿行。那是她以前见过独眼女人的山谷。孩子的身体滚烫如火球。凛冽的寒风从耳边呼啸而过，隐隐听到孩子的哭声。她要去找独眼女人。她以为独眼女人也能像给自己治病那样帮助孩子。这是她唯一能为生病的孩子做的事了。

那天早晨，她到山上看完夹套后回家，发现孩子在哭。幸好夹套上套住了一只野兔。她匆忙回到家里，想把兔子煮熟了吃，却发现孩子身上长满了米粒大的疹子，浑身通红。涨得通红的小脸滚烫，像是要爆炸，小嘴不停地咳嗽。她慌忙让孩子咬住乳头，然而孩子还是没有停止哭泣。看到孩子痛苦地咳嗽，像是喘不过气来，春姬急得团团转，不知如何是好。她好不容易平静下来，用兔子煮了汤，喂进孩子嘴里。孩子马上又吐了出来。

到了下午，孩子烧得更厉害了。孩子筋疲力尽，已经哭不出来了。她抱着孩子，冒着大雪，往山谷里跑去。数十个山谷看起来都是差不多的样子，她不知道上次是在哪个山谷里见到的独眼女人。雪更大了，没过了膝盖。孩子的哭声小了。她拼命地在雪地里奔跑，没过多久就迷路了。突然，她害怕极了。至少要赶在天黑之前回家才行。她掉转方向，路已经被暴雪封住了，密密麻麻的雪花挡住了视野。强烈的风声如鬼嚎般在耳边回荡。她分不清方向，天也黑了，山里的黑暗刹那间笼罩了天地。雪还没有停。周围只有没完没了的雪花，她渐渐累了，脚步也慢了下来。周围沉浸在黑暗之中。不一会儿，春姬抱着孩子，倒在没过大腿的积雪里。雪里比想象中温暖。敲打在耳边的风声渐渐远去。春姬觉得自己应该快点站起来，然而她的身体不听使唤。她担心孩子的状态，自己却已经没有力气抬头了。她的脑海里浮现出死亡的影子。她出生时闻到的马厩气味不知从哪里隐隐传来。美丽的雪花渐渐覆盖了母女二人疲惫的身体。

春姬抱着孩子在雪地里挣扎的时候，卡车司机正在山路上行驶。他准备回到砖厂。从下午就开始下雪，直到夜里还没有停止，反而越来越大。他累了。他刚刚从拘留所出来。

离开春姬以后，他总是遇到不好的事情。他从很远的果园里拉水果，送到城市。收入还算不错，也遇到了女人。那是在市场里卖水果的女人。她的身体总是散发出葡萄的芬芳。最初的几个月，两个人坠入甜蜜的爱河，租了房子，过起了同居生活。水果商是个永远不懂得满足的女人。她不停地数落男人。女人批评男人，说他太懒，花钱大手大脚，问他为什么不能像别人那样，根本看不起他。这是他遇到的最差劲的女人，干脆离开了。

离开女人前往邻近城市的途中，他喝了酒，驾驶途中发生了轻微的交通事故。本来没有人受伤，只是因为与对方发生口角，他在愤怒之余挥起了拳头，于是被带到警察署，拘留了几天。在警察署，他突然想起了哑巴。他很想知道她有没有生下孩子。他意识到自己老了，力气大不如前，也更容易疲劳。现在到了结束多年的流浪生活的时候。他也想像别人那样养育孩子，过上稳定的生活。这种欲望变得日渐强烈。

那天早晨，他从拘留所出来，到市场里买了米和肉，还买了件羊毛衫。这是送给哑巴的礼物。他想马上见到哑巴，也想看看她和自己共同制造的孩子的面孔。距离坪岱越来越近了，雪也越来越大。只要再过一道山谷，就能远远看见工厂了。他想知道春姬是不是还穿着那件黄色的连衣裙。他已经准备好了见到春姬时要说的话："对不起，哑巴。我不是因为讨厌你才离开，我只是想自由自在地生活。现在，一切都结束了。我从来没对别人承诺过什么，可是现在，我第一次向你保证，将来不管发生什么事，我都不会离开你。"

雪花更大了。他看不见道路，只能把脸紧贴在车窗上驾驶。他希望自己的孩子是个可爱的小女孩。走下山谷的时候，他想起自己没有为孩子准备礼物。他恨自己没有想到这点。"傻瓜！"

他用拳头使劲去砸方向盘。突然，方向盘旋转起来，卡车偏离了道路。这是陡峭的下坡路。他大吃一惊，慌忙转动方向盘。卡车在雪路上打滑，撞到了路边的栏杆，继续朝下降落。滚下山坡的时候，他在心里想："妈的，究竟要落到哪儿啊？我就想死在路上。"

卡车撞上了山谷下面的石头，变成了碎片。很快，卡车就被猛烈的雪花覆盖了。一辈子在路上游荡的他，就在大雪覆盖的山谷里结束了自己的生命。直到第二年春天，五月份的时候，才有登山的游客在粉碎的卡车里发现了他的尸体。现场距离砖厂只有十五里路。

春姬睁开眼睛，感觉眼睛疼痛，仿佛被什么东西刺中了。笼罩天地的雪地上升起了太阳。周围静悄悄的，没有一丝风，仿佛从来就没有下过雪。她缓缓地坐了起来，身体犹如千斤重。突然，她低头看了看自己的胳膊，孩子不见了。她大惊失色，发疯似的在雪地里挖了起来。不一会儿，她就找到了孩子，赶紧抱了起来。孩子的身体冷得像冰块，脸色苍白，四肢已经僵直。她知道孩子死了。刹那间，巨大的悲痛摇撼着她。她用自己的脸蹭孩子冰凉的脸蛋。死亡不可逆转。她很清楚这个事实。她像中枪的狍子，晃了几晃，膝盖弯了下去。她把孩子轻轻地放在雪上。孩子太小，太柔弱了，她死了。春姬低头看着孩子，巨大的悲伤突然如海啸般涌来，穿过喉咙爆发了。春姬哭了，哭得很绝望，很悲伤。她拼死拼活地痛哭，几乎要窒息了。太阳升得更高了。春姬变成了雪地上的点，她在哭泣。哭声之中饱含着多年的孤独和痛苦。她浑身颤抖，放声痛哭。声音大如惊雷，撕心裂肺……

大剧场

现在，故事越过漫长的时光之海，引领我们走向二十年后的建筑师。他跟别人通了个电话，刚刚放下话筒。他的脸上露出极度失望的神情，长长地叹了口气，然后疲惫不堪地用手心揉了揉脸，自言自语道："应该是啊。不可能留到现在。难道都错了吗?"

他站起来，倒了杯威士忌，走到闪烁着城市灯光的窗前。他似乎感觉到了严重的挫折，目不转睛地盯着窗外。他猛地喝光了威士忌，喃喃自语道："那也应该去看看。等我亲眼见过之后，再开始工程也不晚。"

不一会儿，他就急匆匆地准备旅行包了。

建筑师是个很安静的人，很清楚自己的目标是什么。早年海外留学归来，曾经在建筑界掀起了重大革命。他重新确立了建筑的概念，把建筑从单纯的工程学范畴引入艺术境界。这是建筑界对他的评价。自然而不粗糙，华丽而不妖艳，实用而不浅薄，谐调而不着人工色彩的建筑物，这就是他的建筑学信条。这需要严格的自制力和卓越的艺术灵感才能做到。每完成一个建筑，人们都为之痴迷，从而有更多的工作涌来。他选择工作的时候非常慎重。他害怕习惯性的东西，忌讳自己的才华被富人利用。

一年前，两个身穿黑西装、戴着太阳镜的男人秘密地找到了他。他们向他传达了国家要兴建的新建筑的诸多事项。新建筑就是大剧场。他顿时激动起来。作为建筑师，这是值得挑战的事情。他本来就感觉身心疲惫，正需要新的突破口。所以当场就接受了这项任务。

设计用了很长时间。修建剧场和修建普通建筑不同，还需要考虑音响设备、照明设施和观众席等诸多事项，非常复杂。机关人员随时打电话催促。不知道为什么，他们似乎非常着急。这里是有原因的。

将军主张与北方签订和平协议。据说南方特使去北方会谈的时候，看到了惊人的建筑物。那是巨大而豪华的剧场。于是将军决定在北方特使来参加南方会谈之时务必让他们看到不逊色于北方剧场的大剧场。

幸好建筑师在计划的时间之内完成了设计。问题在于施工。他很慎重地挑选用于修建独特大剧场的建筑材料。水泥看起来很浅薄，大理石过于沉闷，木材实用性不强。大剧场是所有人都能利用的场所，应该使用兼具大众性的亲切感和艺术性的沉重感的建筑材料。他思考良久，最后选择了黏土砖。只用土和水以及火构成的黏土砖，比任何材料的历史都更悠久，也是文明和自然的最理想结晶。

问题是虽然红色的黏土砖遍地都是，砖厂也不少见，然而他想要的却是配得上大剧场气势的特别的砖。他的标准太严格、太苛刻，带着样品来的黏土砖制造商频频遭到拒绝。每次拒绝的时候，他都对制造商说："你们看，并非所有的圆形都是车轮。同样的道理，也不是所有的方形都能成为砖。你明白我的意思吗？"

最后他亲自上阵，寻找自己想要的砖。设计已经结束，却在选择建筑材料的时候遇到了困难。他找遍了全国各地的砖厂，还是没有找到自己想要的砖。偶尔也有质量上乘的砖，但是他想要的标准远比这高得多。

经过外地城市的时候，他去了当地的砖厂，结果又是失望而归。现在，他不得不在自己考察过的材料中间选择质量相对好些的砖了。他的心情很沉重，叹息着转头看向窗外。这时，一座旧建筑进入了他的视野。他眼前一亮，让司机停下了车，然后下车走向建筑物。

这是用作台球室和茶馆的二层建筑，已经修建多年，建筑造型都相当陈旧。不过，他一眼就看出这栋建筑使用的是他见过的最出色的砖。不，是非常优秀的砖，其他砖不可同日而语。他不由自主地抚摸着那些砖，很坚固，亮度也恰到好处，看起来很有分量。这正是他苦心寻找几个月的砖，不，甚至远远超出了他的期待，简直就是用土做成的宝石。

他摸着砖，心潮澎湃，一动不动地站了很久。一种敬畏之心油然而生。感慨不已的建筑师从砖上移开了手，自言自语："如果上帝做过砖，就应该是这些了。"

正在这时，茶馆的门开了，女服务员探头出来。

"先生，不要在这里站着，进来喝杯咖啡吧。"

女服务员嘴里嚼着口香糖，脸上稚气未脱，穿着看得见大腿的短裙。建筑师感慨之余，猛地抓住女服务员的手，问道："孩子，你觉得这世界上有上帝吗?"

"不知道。如果真有上帝，他会让我从十二岁就给人端咖啡吗?"女服务员唐突地回答。

"是的，我以前也这么想。你可能不知道，现在你就在上帝建造的房子里工作。这是非常美好的事情。"

"我也知道。"女服务员嚼着口香糖，气呼呼地回答。

"你也知道?"建筑师惊讶地问。

"是的，这是上帝建造的房子，我是圣母玛利亚。"

说完，女服务员甩开建筑师的胳膊，回到茶馆里。

施工无限期拖延下去。主管部门方面催得很急，建筑师眼睛眨也不眨。他的信念非常坚定，哪怕有人拿枪对准他的脑袋，他也不会开始工程。如果找不到自己想要的砖，就不可能开工。没办法，机关方面只好派出要员寻找合适的砖，动用了所有的信息网。

他们又在几个地方发现了用打动建筑师的那种砖建成的建筑。要员们通过建筑物主人或者建筑商调查造砖的地方。距离建筑物初建之时已经过去了多年，有关人士大部分已经去世。即使活着，也记不起来了。后来，他们从还算清醒的老建筑商那里得到了消息，关于那个很久以前用卡车送砖的力大无穷的男人。男人一次能搬几十块砖，是个大力士。尽管过去了多年，建筑商仍然记得他独特的告别方式："下次我再送来更多的砖。不过我不能保证什么时候再来，因为我最讨厌的就是承诺。"这就是大力士卸下砖后，准备离开的时候说的告别辞。

主管部门以发现砖的地域为中心，到处调查生产这种砖的工厂。还是没什么进展。宛如神秘的武林秘籍，似乎已经彻底从世上消失了。这时候，建筑师又从建筑物废墟中发现了新的砖。虽然不及前面找到的砖，但是质量也比普通的砖更好，制造方法和材料等方面都和他最初发现的砖有很多共同点。他确信这两种砖都由同一家工厂制造。某大学研究所的调查结果显示，从建筑物废墟里发现的砖比建筑师初次发现的砖早二十多年。这些砖之所以成为重要线索，是因为印在砖角的印章。他新发现的砖上都鲜明地保留着写有"坪岱壁瓦"字样的印章。

现在，调查的重点集中在寻找那个名叫"坪岱壁瓦"的工厂。要员们很快就在集中发现了很多砖的城市里搜集到大量关于坪岱的信息。坪岱是早在几十年前就已消失的城市。他们从很久以前的铁路年鉴中好不容易找到了坪岱这个地名，模模糊糊地猜测出这个城市的位置。经历过那个时代的老人作证，早在很久以前听说这个邻近城市发生过大火灾，人都被烧死了。后来，他们终于找到了小时候生活在坪岱、大火灾之后离开坪岱的老人。凭借老人模糊的记忆，他们总算找到了埋没在悲剧之中的城市——坪岱。这时，距离建筑师首次发现砖已经六个月了。

　　主管部门的要员到达坪岱的时候，城市里到处都是生长了几十年的树木和杂草。看起来就像丛林精灵把巨大的城市秘密地藏进了自己的怀抱。城市规模超出他们的想象。从建筑物废墟的宽度可以猜测到当时的繁荣程度，足以令他们震惊。每个建筑物都清晰地保留着被火烧焦的痕迹，诉说着当时的火灾有多么残酷。他们还去了大火灾的发源地，也就是剧场所在的地方。鲸鱼形状的建筑物早就倒塌了，展开如裙摆的大理石台阶和宽阔的广场仍然保持着原来的形状，可以想象当时有多么奢华。

　　调查要员经过剧场门前的时候，看到了售票口门前的一条老狗。狗被拴在柱子上，因为孤独和饥饿而疲惫不堪地趴在地上。因为没有食物而格外消瘦的狗显得很脏，好像是用破布堆起来的一样。要员们难以相信人们离开几十年之后，这条狗仍然活着。拴在狗脖子上的铁链已经被厚厚的铁锈覆盖，看样子已经饱经风霜了。有个要员试图解开铁链，刚刚伸过手去，铁链就无力地粉碎了。铁链解开之后，那条可怜的名犬仍然趴在原地，眨着充满脓水的眼睛，不肯离开售票口。

　　四天后，建筑师接到了主管部门打来的电话。那天下午，要员们终于找到了据说是坪岔壁瓦的厂址。他们足足用了四天时间才找到工厂，这是因为工厂距离坪岔还很遥远，周围长满了各种茂盛的杂草和荆棘，单是寻找通道就用了两天。他们艰难地经过通道，跨过工厂大门，结果工厂早在几十年前就废弃了，成了杂草丛生的荒地。要员们告诉建筑师，说工厂早就关门了，他们不能继续等待，所以命令他赶快施工。然后，要员又补充说，如果建筑师再固执己见，那就只能把他排除在外，继续进行工程了。建筑师非常失望。他简短地回了句话，就挂断了电话。他很想亲眼看看工厂。虽然听说工厂早在多年之前就废弃了，但他还是很想亲自到那个生产砖的地方看看。他想通过亲眼所见告诉自己，再怎么坚持也没有用了。只有这样，他才能摆脱几个月来折磨自己的对砖的执著。接完电话三十分钟后，他独自开车，悄悄地连夜驶向砖厂。

　　第二天傍晚，夕阳西下的时候，建筑师到达了工厂通道。经过铁路下面的天桥，沿着要员们蹚出的小路，他朝工厂走去。要员们已经在前一天全部撤退了。不知为什么，通道上密密麻麻地纠缠着高过人头的各种毒草和荆棘，连只老鼠都很难通过，好像故意不让人从这里走过。要员们用镰刀和锯砍掉了密密麻麻相互纠缠的草木，得以艰难前行。于是，建筑师轻而易举地接近了工厂。到达工厂门口，路断了。木头做成的招牌竖在门口，已经腐烂了半截。招牌上面还隐约保留着"坪岱壁瓦"的字样。

建筑师在招牌前确信自己的确遇到了挫折。招牌后面的工厂院子里，破碎的砖窑之间长着茂盛的飞蓬草，仿佛在告诉人们这里早就断了人迹。建筑师长长地叹了口气，抽起了烟。仅存的希望破灭了，无需怀疑。他还是不忍心转身离去。他想亲自到荆棘后面的工厂里去看看。看看到底是用什么方式烧砖，说不定还能找到点线索。

建筑师把裤腿塞到袜子里，继续前行。没有任何装备，就想通过杂草和荆棘密密纠缠的草丛，这可不是容易的事情。脚下是很容易陷进去的沼泽地，迈步十分困难。他没有放弃，慢慢地往前走。荆棘仿佛具有某种意志，顽固地抵挡，不让他进入里面。从门口到工厂庭院，不过三十多米的距离，他却不得不和荆棘进行了长达一个多小时的战争。终于，他像婴儿脱离母亲的子宫似的脱离了荆棘，进入工厂庭院。

院里没有其他的杂草，只有飞蓬草形成了白色的花海，太神奇了。庭院角落里乱七八糟地散放着骨头，好像是动物骨头，还有几个像是蜂桶的腐烂的木桶。看似用来居住的建筑物已经倒塌，上面也长出了茂盛的飞蓬草。建筑师慢慢地观察着工厂，走向破碎的砖窑。砖窑年久失修，已经破碎得不成样子了。他像是寻找尚未揭晓的谜底，用手摸着砖窑。手放在砖窑上的瞬间，他产生了某种难以言说的兴奋，心跳加速了。他把手从砖窑上移开，抬起头来。

这时……他看到了！看到了堆在工厂后面，辽阔原野上的红砖！他几乎不敢相信自己的眼睛，心里七上八下，差点儿就发出了尖叫。被杂草埋没多年的砖终于露出了真面目。建筑师两腿发软，双手撑住砖窑，注视着眼前的砖。砖覆盖了广袤的原野，直到远处的山谷，一看就知道数量庞大，足以修建几个大剧场。这些都由一个人完成，不能不说是令人震惊、令人感动的结果。上次要员们已经到了工厂门口，却没有发现这些砖，那是因为挡在面前的高过人头的杂草和排列在院子里的破旧的砖窑。几十万块，不，几百万块砖都像有生命似的，在夕阳下如波涛般汹涌。望着这些砖，建筑师陷入了崇高的感动，情不自禁地红了眼圈。建筑师潸然落泪。他用颤抖的声音自言自语："这可真是……令人难以相信的奇迹！"

　　夕阳挂在原野尽头的西方天空。红色的砖和夕阳融合了，宛如巨大的野火在熊熊燃烧，真是无比庄严的场面。

春姬，或女王

　　各位读者，赶紧驱走迎面扑来的瞌睡，继续听我说吧。现在，我们终于到达了漫长旅程的尽头。要员们到工厂勘探，竟然在砖窑旁边发现了看似人体的遗骨。那是在建筑师穿过荆棘，进入砖厂庭院发现砖块的两天之后。庭院里摆放着各种动物的骨头，起先他们没看出那是人的遗骨。送到研究所做完检查，这才证实遗骨的主人是个女人，大概死了十年。他们从这个骨架太大甚至不像是女人的遗骨上又发现新的疑点，那就是前臂的骨头只有一块，而不是分成两块。负责验尸的研究员这样说道："别的不敢说，这个女人肯定力气很大。"

　　通过多种证据推测，可以确信这些砖都出自遗骨的主人之手。建筑师对整骨的主人心怀敬意，送给她"红砖女王"的美誉。

　　大剧场的施工终于开始了。曾经成为问题焦点的砖头被报纸曝光，随后，关于这些砖的各种故事充斥了媒体。根据当时在砖厂工作的人的说法，这些砖的真正主人另有他人等，各种报道漫天飞舞，后来已经很难判断出哪个是真、哪个是假。几乎每天都有新的事实暴露出来，几乎每天都有更正报道。这个把世界点缀得华丽而喧闹的女砖瓦工，她的美丽名字在世间传开了：春姬。这就是烧出大剧场用砖的主人公的名字。

现在，故事重新回到被我们暂时遗忘的可怜的主人公春姬。那天早晨，春姬在冰冷的雪地里抱着孩子的尸体咆哮。她把孩子埋在山谷下面的小山坡上，然后回到了工厂。孩子的坟前没有任何标志，她也没有继续痛苦。直到第二年春天，她都躺在黑暗的房间里，绝食等待死亡，因为她没有能力继续忍受降临到自己身上的残酷刑罚。然而她没有死。三个多月没有喝水，顽强的生命力却不允许她死亡。

到了温暖的春天，她放弃死亡，又出去寻找食物了。她不再等待卡车司机，他也只是离开自己的一个人罢了。她并不怪他。男人让她怀孕之后就离开了，然而她并没有把他的不负责任与自己的痛苦联系起来。对她来说，痛苦只是发生在内心深处的现象，不怪任何人。

体力恢复得差不多了，春姬又开始压砖。一边压砖，一边想着死去的孩子，想着孩子柔软的脸颊和像虫子般柔软的手指，想着无力吮吸妈妈乳头的小小嘴巴。每次想到孩子，她都会流泪。于是，她下定决心不再想孩子。然而她越是下决心不再想孩子，眼前就越是经常浮现出孩子的面孔。每次想孩子的时候，她就下决心不再去想。下决心的同时却又情不自禁地想起孩子。就这样每天从早到晚，她的脑子里总是在想死去的孩子。

泥土放进砖模，做成砖的形状，还没放入砖窑里烧的时候，她用树枝在柔软的泥土上面画孩子的脸。线条很单纯，笔法也不熟练。她不停地画孩子的脸。不知从什么时候开始，她不仅画孩子，还画她认识的人们、遭遇的事、曾经掠过眼前的风景。画画成为莫大的安慰。她喜欢在砖上画画，烧出来，整齐摆放，然后坐下来，茫然地凝望天空。至少在看画的时候，她可以忘记痛苦和孤独。她开始在砖上记录越来越多的回忆。从飞蓬草和蛇、蚱蜢和蜻蜓、河麂等随处可见的东西，再到铁匠铺的铁砧、运砖的卡车等出现在她生命中的各种物品，再到茶馆的风景和坪岱火车站发飙的花点儿等众多的场景，无不成为她描绘的对象。

几年过去了，自从卡车司机离开之后，就再也没有人来过工厂。春姬仍然在做砖。岁月流逝，她的回忆也越来越模糊。死去的孩子和卡车司机的面孔几乎忘记了，只在她的脑海里留下隐约的形象。最初她满怀期待地做砖，期待离开工厂的人们还会回来。后来做砖是为了等待卡车司机回来。现在，她不再等待卡车司机，也早已放弃了离开的人们还会回来的期待。那么，她为什么还要继续做砖呢？

有人说她只是为了在与世隔绝的生活中缓解无聊，有人说这是出于人类原始的游戏欲望，有人说是因为她对过去平静的工厂生活的怀念，也就是渴望回到那段时光的心愿。当然了，哪种说法都不足以解释她的举动。如果她的劳动仅仅是为了缓解无聊，那么她没有必要这么拼命地做砖。如果只是出于游戏心理，做砖未免太辛苦了。如果只是因为思念，那么做砖的行为未免过于重复。关于春姬的举动，也有人联想到在绝壁上刻画鲸鱼的新石器时代的宗教态度。这个遍布南野里山谷的六面体的单纯性里饱含着怎样的宗教意义，我们实在无力说明。

那么，她究竟为什么拼命埋头做砖呢？无数次地重复这项单调工作的过程当中，她在想些什么？如果这项工作包含某种宗教心愿，那么她想要的究竟是什么呢？纯净而炽热，甚至让人感动的激情究竟源自哪里？真相就像冰块，当你握在手里的瞬间，就已经融化，消失不见了。或许，保留这些解释和说明才是接近真相的途径？通过图画将她从单纯而静态的陈述中释放出来，恢复自由自在的状态；通过图画让她轻轻散去，像从前吹过南野里山谷的风。也许只有这样才是接近真相的途径？各位读者，故事正在继续。

随着时间的流逝，她做砖的技术渐渐提高，越来越熟练。她发现，和好泥后放置一夜，经过露水打湿再烧，水分会分布得更加均匀，从而大大提高了砖的质感。干燥的时候，天气总会给砖的硬度带来影响。通过调节烧制的时间，可以随心所欲地调节砖的色彩。她烧出来的砖就堆在工厂后面的原野上。因为工厂院子里已经摆满了砖。从这时起,她的体重开始渐渐减轻。她从事艰苦的劳动,吃得一塌糊涂,体重减轻也是理所当然的事。然而对于在绝食期间体重始终保持在一百公斤以上的她来说,这不能不说是惊人的变化。不知从什么时候开始,她的头发变白了。结实的肌肉失去了弹性,额头上长出了粗粗的皱纹。独自烧砖的过程中,她越来越孤独。越是孤独,她做出来的砖就越出色。工厂后面的辽阔原野渐渐被更多的砖充满了。

　　几年过去了。她还在独自烧砖。

　　又过了几年。她还在独自烧砖。没有人到工厂来。

尾声之一

后面的故事我们都知道了。大剧场的开业,为了纪念大剧场开业而进行的演出;更多的是为了看剧场而不是看演出的记者,他们对邀请参加演出的文化人、艺术家、政治家、艺人等知名人士进行的简短采访;奇迹般的建筑技术、本世纪最优秀的建筑物、世界将为我们的建筑水准而震惊等,谦虚的建筑师把所有舆论的焦点和所有的功劳都转给了无名的砖瓦工;她已经去世多年,官员们还是习惯性地提出了应该为她追授勋章的建议;勋章可以追授,然而究竟是授予她商业勋章,还是文化勋章,关于这个问题,各部门之间展开了争论;随后涌出了大批以砖为主题的学术会议和研究论文;为修建大剧场提供理由的南北会谈,因为酒店职员分配房间出现失误,而住进看不见剧场的对面房间的北方特使;什么都没看到的令人难以相信的后话;酒店职员被解雇和对活动主办人的问责;关于春姬和砖的层出不穷的书籍和电视剧的制作;本来主人公的体重是一百公斤以上，但是为了选拔演员，不得不把主人公体重减到四十八公斤的剧作家的苦恼；扮演女主人公的演员认为瓷器比砖更漂亮，于是把春姬改编成烧制瓷器的主人公的大规模改编工作；名字春姬太土气，不得不把主人公的名字改成艾尼的大规模修订工程；扮演男主人公的演员，觉得男主人公的职业竟然是卡车司机，真让人气愤，于是不得不改成富家子弟的大规模熬夜作业；从而形成的体重四十公斤的贫困陶艺系女大学生和富家子弟跨越身份壁垒的悲伤爱情故事；收视率和大众性法则，已经可以预见的电视剧的火暴和毫无意义的大众的眼泪……

就说到这里吧。真相全部消失。现在，所有的啰里啰唆都和我们的主人公春姬毫无关系。她不是英雄，也不是牺牲者。她不是具有明确目标的匠人，更不是崇高的艺术家。我们不知道她想什么，也不知道她希望过什么样的生活。她和我们不同，正因为她的不同，所以她终生都在孤独中度过。围绕春姬发生的故事就像自己获得生命的变形虫，无限扩张，而真相却如同早已在地球上消失的武林秘籍，不存在于任何地方。

她留给世界的只有砖，而且在砖上留下了永远抹不掉的画。砖上的画如实地表达了春姬希望砖卖到其他地方，传达自己心灵的虔诚愿望。她以各种素材为对象画画，尤其是刻在大剧场角落的砖上的画，清晰地再现了她有着怎样的心愿，以及她的心愿有多么强烈。刻在砖上的画是这样的：

后来某诗人路过大剧场的时候，看到砖上的这幅画，被深深

地打动了。她把自己的语言借给了从来不会说话的春姬，也就是
用一首诗记录了春姬藏在画里的凄切心情。这首诗内容如下：

> 亲爱的，回来吧
>
> 我在等你。
>
> 日沉月升
>
> 多少岁月流逝
>
> 我永远在等你。
>
> 像一对黄鼠狼相亲相爱
>
> 像一对蜻蜓相亲相爱
>
> 我们重逢
>
> 像从前那样相亲相爱。
>
> 亲爱的，回来吧
>
> 我永远在等你。

尾声之二

一个温暖的春日午后，春姬坐在砖窑旁边。这时，死亡已经近在眼前。此时的她变成了白发苍苍的老妇，瘦骨嶙峋，犹如天刑般伴随终生的肥胖终于凋谢，当时她的体重还不到三十公斤。暖洋洋的阳光照耀着她干瘦的肉体。她闭上眼睛，想要快点起来做砖，身体却重如千斤，连根手指都动不了。她吃力地睁开眼睛，大象花点儿站在她的面前。她分不清是梦境还是现实。它的周围仍然发出白色的光芒，身体被光芒遮挡，只能感觉到圆形的光芒。花点儿走到她面前，背对着她，似乎想让她坐到自己背上。她无力地摇着头。

"我现在连站起来的力气都没有了。"

"小姑娘，一切就将结束了，再坚持一会儿。"

在圆形的光芒之中，花点儿朝春姬伸出长长的鼻子。她吃力地伸出手，抓住花点儿的鼻子。花点儿抬起她轻盈的身体，轻轻松松地把她放到自己背上。她刚刚坐到大象背上的瞬间，花点儿的身体就浮了起来，呈直线飞向天空。春姬有点儿害怕，紧紧抓住花点儿的后背，低头往下看。砖厂里的砖窑和房顶映入她的视野。接着，她看到了堆满工厂后面的原野的砖。刹那间，气势汹汹的荆棘和毒草以可怕的速度生长，覆盖了通道。花点儿飞得更高了。她看见了曾经为了寻找食物而游荡的山谷和埋葬孩子的山坡，看见了远处文落水而死的小河和漫漫延伸的铁路。

花点儿飞得越来越高了。这回她看见了被草丛淹没的坪岱的衰落风景。鲸鱼剧场尤其引人注目。剧场门前仍然蹲着那只老狗，正用无比羡慕的目光追随乘着圆形光芒飞上天空的春姬。进入坪岱的山路下面停着生锈的卡车。春姬这才知道卡车司机早在多年以前就死于事故。不知为什么，她没有感到悲伤。甚至从前那些细致的感觉和感情似乎都消失了。她没有任何感觉。只有无尽的空虚充满她狼狈的身体。花点儿飞得更高了。围绕山路延伸的铁路消失了，终于看到了远处蔚蓝的大海。那是春姬的妈妈金福度过童年的地方，春姬却是第一次见到。她弯腰看着远处依稀的蔚蓝大海，紧紧地抓住花点儿的后背。

花点儿终于脱离大气，圆圆的地球立刻进入她的视野，看起来就像个大大的珠子。春姬好奇地瞪大眼睛，望着蓝色的珠子。

"我没想到世界是圆形的。"

"傻瓜，世界上所有的东西都是圆形。"

"砖不是方形吗?"

"那倒也是。不过用砖盖出圆形的房子，它就变成圆形了。"

"也可以盖方形的房子啊。"

"是的。方形的房子聚集起来，就成了圆形的村庄。"

"原来是这样。不过，我们要去哪儿啊?"

"什么都没有的地方，很远很远的地方。"

花点儿回答。春姬漫不经心地点了点头。蓝色的珠子越来越小，变得像手指甲。天空中飘浮着无数颗星星。不一会儿，花点儿到达了广袤的星际大海。花点儿的飞行速度快得惊人，快得令人难以想象。星际没有任何阻碍，平静得就像在深海里游泳。某个瞬间，春姬突然发现自己的身体也像花点儿那样被光芒笼罩了。望着被光芒团团包围、渐渐变得透明的身体，她说："这里好安静。"

突然，春姬发现自己嘴里发出了声音，不由得大吃一惊。她在大地上什么话也不会说，然而这分明是她发出的声音。这声音犹如掠过树叶的风，轻柔而模糊。花点儿知道她为自己的声音而惊讶，脸上露出了微笑。

花点儿继续飞行。她不知道花点儿飞行的速度有多快。她们很快就飞到了仙女座附近。丝毫感觉不到移动，仿佛停在某个地方。忽然间，春姬和花点儿的身体变得透明了。同时，光芒渐渐消失，仿佛白糖在水中溶化。春姬惊讶地问："我们怎么了?"

"我们正在消失，永远地消失。你不要害怕，就像你记得我，只要有人记得你，你就和存在没什么两样。"

春姬还想问些什么。然而还没等开口，他们的身影就在刹那间消失了。广袤的星际只留下隐约的声音。

"小姑娘，多保重。"

"花点儿，你也保重。"

The Queen of Red Bricks

Copyright ⓒ 2004, Cheon Myeong-Kwan（千明官）

Simplified Chinese translation rights arranged with

Munhakdongne Publishing Corp.

through Imprima Korea Agency

All rights reserved.

版贸核渝字（2010）第 24 号

图书在版编目（CIP）数据

鲸／（韩）千明官 著；薛舟，徐丽红 译. – 重庆：重庆出版社，2011.4

ISBN 978-7-229-03727-7

Ⅰ．①鲸… Ⅱ．①千… ②薛… ③徐… Ⅲ．①长篇小说—韩国—现代
Ⅳ．①I312.645

中国版本图书馆 CIP 数据核字（2011）第 021690 号

鲸

Jing

［韩］千明官　著

薛舟　徐丽红　译

出 版 人：罗小卫
策　　划：后浪 人 华章同人
责任编辑：刘学琴
特约编辑：王宏亮　张慧哲
责任印制：杨　宁
营销编辑：田　果　王朝选
封面设计：尚书堂

重庆出版集团　出版
重庆出版社

（重庆长江二路 205 号）

北京联兴盛业印刷股份有限公司　印刷
重庆出版集团图书发行公司　发行
邮购电话：010–85869375/76/77 转 810
E–mail：bjhztr@vip.163.com
全国新华书店经销

开本：880mm×1230mm　1/32　印张：12.125 字数：300千
2011年6月第1版　2011年6月第1次印刷
定价：29.80元

如有印装质量问题，请致电023–68706683